Helene Hegemann

JAGE ZWEI TIGER

Roman

Hanser Berlin

1 2 3 4 5 17 16 15 14 13

ISBN 978-3-446-24367-5

Satz: Greiner & Reichel, Köln
Druck und Bindung: CPI – Ebner & Spiegel, Ulm
Printed in Germany

FSC
www.fsc.org
MIX
Papier aus verantwortungs-
vollen Quellen
FSC® C006701

JAGE ZWEI TIGER

Wer kalkuliert, ist ein Feigling.
Kalkulieren besteht in Gewinn- und Verlustrechnungen.
Sterben ist Verlust, Leben Gewinn.
Wer kalkuliert, beschließt nicht zu sterben, stirbt aber trotzdem.
Der Jäger, der zwei Hasen jagt, verfehlt beide.
Wenn du schon scheitern musst, scheitere glanzvoll.
Jage zwei Tiger.

Written by Laibach, supervised by Chris Bohn, published on CD-booklet »Laibach-Kapitel« (Mute Records Limited 1992); translation by Carl G. Hegemann 1997, this version is authorised by NSK. Laibach is a part of NSK. NSK is the first global state on earth without territory. Printed by permission.

Ich jedenfalls sitze letzte Woche mit Maria beim Vietnamesen, und plötzlich kommt Binky Schweiger um die Ecke und quatscht uns an und freut sich seit Jahrzehnten zum ersten Mal, mich zu sehen, wahrscheinlich weil ich aufgrund meiner neuen Beziehung jetzt irgendwie eine Stufe aufgestiegen bin in ihrem Hierarchiesystem – freudiges Hallo, und plötzlich fängt dieses einfallslose, sich selbst in keinster Weise ihres bei mir überhaupt nicht vorhandenen Status bewusste Babe an, mir zu erzählen, sie sei ja Teil von einer Clique, die regelmäßig Girls Dinner veranstaltet, »das ist so was Ähnliches wie Ladies Lunch«.

Unglaublich. Ich frage also aus purer Höflichkeit, aber bereits megaabgeturnt: Und, wie gestalten sich diese Girls Dinner? Und sie zählt erst mal in einer unerträglichen Tonlage auf, wer da überhaupt zugegen ist, beispielsweise Nazan Merizadi, die Pseudofashion-Teppichhändlerin in ihrer selbstherrlichen Paschamanier, und Jutta Budelmann natürlich, Annette Krupp und Franziska Feuerstein, habe deren korrekte Nachnamen vergessen, auf Letztere mussten dann, weil sie nicht so bekannt ist wahrscheinlich, erst mal große Lobeshymnen gesungen werden, von wegen sie ist ja so süß und tough – blablabla, jedenfalls sei die ganze Scheiße im Endeffekt einfach ein Zusammentreffen verschiedener, dass ich diesen Ausdruck überhaupt noch wiederholen muss, ist grauenhaft, aber es geht an dieser Stelle leider nicht anders: Powerfrauen, die ihren Weg gehen etc., und ich sei herzlich eingeladen.

Weißt du, was das Schlimme war? Dass ich nicht wusste, wie man auf so eine bekackte Ansage reagiert, also vollkommen fehleingeschätzte Geschichte, sie so erwartungsfreudig ob meiner von ihr vorausgesehenen euphorischen Zusage, und ich konnte schlechterdings nichts erwidern, weil ich wahnsinnig geschockt war. Die Crème de la Crème der Scheiße trifft sich da einmal im Monat, vermutlich in so-einem vulgären Bordell wie dem Borchardt, und stilisiert das Ganze als nettes Get-together. Und dann sind sie stolz darauf, mich auf einen Olymp draufzuhieven, freundlicherweise, wo ich aber überhaupt keinen Olymp sehe, sondern eher eine Art aus der Matsche gehobenes Loch. Mein Gott. Mein Gott, wie furchtbar.

Du weißt, dass ich dir das nicht einfach so erzähle und mir aus diversen Gründen ohnehin abtrainiert habe, mich aufzuregen – Aufregung ist kacke, wo wir wieder bei der Diskussion über Stilfragen anlangen, die aus demselben Grund wie die ganze Aufregung bereits in grauer Vorzeit aus unserem Dunstkreis hätte verbannt werden sollen – dieses unangenehme Abfeiern von deren Lokalprominenz wird von mir hier gerade lediglich mit der Absicht dämonisiert, damit eine interessante Grundlage für die Geschichte zu entwickeln, um die es eigentlich geht. Nämlich um Binky Schweigers Tod, sie ist zwei Tage später bei einem Autounfall gestorben. Leider habe ich ein bisschen zu spät erzählt bekommen, dass sie vergangenes Jahr einen Heiratsantrag vom Oberidioten überhaupt, diesem bei ner entgegengesetzt seiner politischen Meinung ausgerichteten Tageszeitung angestellten Bauernaristokraten Arthur, gekriegt hatte, auf den alle Girls ständig so abfahren und der sich jetzt mal, nach drei gezeugten Kindern und langer Zeit der Uneindeutigkeit, auf jemanden festlegen zu wollen schien, nämlich Binky Schweiger – er so auf Knien vor ihr rumgerutscht mit nem Ring und wahrscheinlich auch ner Buttercremetorte, und was macht sie? Nein sagen. Big Time. Mit dem Argument, es tue ihr ja leid, aber sie stehe einfach auf dumpfe Surferboys, die gut im Bett sind, und sonst nichts.

Dies sei ihr posthum als guter Move angerechnet.

Nun zum Unfall. Sie hatte einen Sohn, elf Jahre alt, sein Name ist Kai. Wir haben ihn damals öfters in einer kleinen russischen Bar gegenüber vom Wasserturm gesehen, dort hat er nach der Schule immer Hausaufgaben gemacht und stundenlang Sudoku gespielt. Ein bisschen zu dick, ein bisschen zu unentspannt und ne fette Brille auf der mit unregelmäßigen Sommersprossen bedeckten Nase, unfassbar rührend, vor allem das liebevolle, von großen gegensätzlichen Ansichten geprägte Mutter-Sohn-Verhältnis. Ist ja auch immer super, im 3400-Euro-Lammlederkleid nach Hause zu kommen und sich zurück auf dieses auf Astronomie oder so stehende Kind in Adidas-Jogginghose besinnen zu müssen, auf dem Sofa, kariertes Hemd dazu, gegelter Seitenscheitel, das sich gut mit Technik auskennt. Die beiden waren letzte Woche auf dem Weg nach München, in Binkys Alfa Romeo. Des Kindes Vater scheint dort zu wohnen, und sie musste arbeiten beim Event irgendeines Modeblogs, wo mal wieder zwei aus bayrischen Kaffs stammende Pseudo-Larry-Clarks versucht haben, Christiane F. nachzuspielen, als Fashionstatement also kleine Upperclassgirls in mit roter Farbe gesprenkelte Neubauzimmer stellen und dann abfotografieren, wie eine von denen gerade ne Spritze wegwirft, im Hintergrund am besten noch das Wort »Sex« mit Lippenstift auf ne rohe Betonwand geschmiert. Ganz so schlimm war es wahrscheinlich nicht, trotzdem. Es ging um die in diverse undefinierte Undergroundrichtungen getrimmte Aufpolierung eines Turnschuhlabels, alles supersick, diese inszenierte millionenschwere Guerilla-Idee von Coolheit.

Kai sollte einfach seinen Vater sehen dürfen, der offenbar ein Arschloch ist und reich, weshalb Binky Schweiger, wie wir alle wissen, völlig unterbezahlt, wollte, dass er ihrem gemeinsamen Kind dessen größten Wunsch finanziert: drei Wochen Hawaii und dort mit Delfinen schwimmen. Stilecht. Irgendwo hinter Leipzig auf der Autobahn passierte dann die große Scheiße, nämlich dass Binky unter einer Brücke durchfuhr und genau in diesem Moment ein Vierergespann hysterischer Realschüler auf Jägermeister die glorreiche Idee hatte, einen großen Felsbrocken, nicht unbedingt Felsbrocken, aber zumindest einen großen Stein auf die Autobahn zu schmeißen. Thomas, Nina, Jonas und ein Mädchen, dessen Namen die drei anderen vergessen hatten, kamen gerade aus der Kanubau-AG, waren da alle zehn Minuten aufs Klo gegangen, um sich als Rebellion gegen das Schulsystem auf der Toilette zu besaufen und gegenseitig zu beleidigen – also ein relativ simpler Vorgang. Stein knallt durch Windschutzscheibe direkt auf Binky Schweiger drauf. Das Auto bleibt nicht sofort stehen, sondern rast mit dieser erschlagenen Mutter am Steuer, das dementsprechend außer Kontrolle geraten ist, noch durch die Leitplanke auf ein Stück Wiese, um dort dann endlich anzuhalten.

Hardcore, oder? Aber irgendwie auch geil.

Kai auf der Rückbank, das Ganze hatte ihm natürlich die Sprache verschlagen. Binky lag blutüberströmt über das Steuer gebeugt, ihre Hose war durchnässt, ein Arm in schrägem Winkel irgendwo eingeklemmt. Es dauerte ungefähr dreißig Minuten, bis ein kleiner Ford Fiesta aus der anderen Richtung auftauchte und anhielt. Zwei Mittzwanziger stiegen aus, eine Frau (Tiermedizinstudentin) und ein Mann (lustigerweise Gründer einer Erste-Hilfe-Kurs-Institution am Alexanderplatz, konzipiert für Menschen, die ihren Führerschein machen wollen, aber keinen Bock haben auf Stuhlkreise und sich die Ersthelferscheiße dann vier Stunden beaufsichtigt vor nem Computerprogramm eintrichtern lassen können). Die beiden rannten auf das Auto zu. Kai versteckte sich im Fußraum und gab die komplette Zeit über keinen Laut von sich, weshalb sie ihn zuerst nicht bemerkten, sondern nur Binky nach draußen zerrten, in einer Mischung aus Sensationsgeilheit und Überforderung angesichts des ersten als solches zu bezeichnenden Dramas in ihrem Leben – der Typ so: »Okay, stabile Seitenlage nur, wenn noch irgendwo ein Herzschlag zu lokalisieren ist.« – »Glaubst du, es gibt hier in der Nähe ne Tankstelle mit nem Defibrillator?« – »Nein. Wir müssen sie wiederbeleben, ruf einen Krankenwagen.« – »Wenn du einmal am Patienten dran bist, kommst du da nämlich nicht mehr weg, ist das nicht so? Ist das nicht so ein Psychoding, wo man zurück auf den Trip des natürlichen eindimensionalen Denkens des Tieres, das man mal gewesen ist, geführt wird und nur noch geradeaus kann?«

»Ein andermal, Franziska.«

Innerhalb der nächsten fünf Minuten wurde einige Meter vom Auto entfernt über Binky Schweiger gebeugt herumgenuschelt, Kai konnte nicht genau verstehen, worum es ging. Er erinnerte sich an seinen letzten Traum, in dem er und Binky und alle Leute, die die beiden kannten, vorgekommen waren, Kai hatte einen Vampir und einen Geist gesehen, aber das Element, das ihm den größten Schrecken eingejagt hatte, war seine sich im strömenden Regen zu einem Dinosaurier mit Schuppenkamm entwickelnde Mutter, die mit einer Axt versuchte, ihr eigenes Grab auszuheben. Schlagartig wurde eine esoterische Mega-Ebene zu seinem Bewusstsein dazuaddiert, er alterte in dem Moment der Feststellung seines bedeutenden Verlusts um fünf Jahre, beschloss in seinem neu gewonnenen Reflexionsvermögen, sich von nun an nur noch auf sich selbst zu konzentrieren und deshalb als einzigen Schritt der Selbstverteidigung cool zu bleiben. Aus Neugierde verließ er das Auto. Der deformierten Person, die jetzt nichts anderes mehr für ihn war als eine Ansammlung überlebender Bakterien, wurde von dem Ersthelfer das T-Shirt vom blutüberströmten Leib gerissen, der Typ maß mit seinen Fingern irgendeinen Abstand zwischen zwei Rippengegenden ab und begann laut zu zählen, wie oft er sich noch auf ihrem Herzen abstützen müsse. Als er bei dreißig angelangt war, bestand sein erster Impuls in einem dynamischen Übergang zur Mund-zu-Mund-Beatmung – Binkys Gesicht bestand jedoch nur noch aus Rotz, Blut und verschiedenfarbigen anderen Körperflüssigkeiten, wahrscheinlich quoll auch schon Gehirnmasse aus Löchern, also drehte er sich zu seiner Begleiterin um und teilte der nach einem langen Ausatmen mit: »Ich kann doch meinen Schülern nicht eintrichtern, dass sie Situationen sterilisieren, also im Klartext: ihre eigene Gesundheit als das Wichtigste betrachten müssen, und hier jetzt selber die Infektionen einer Fremden ablecken!«

Die Frau, sowieso schon die ganze Zeit den Tränen nah, nickte verständnisvoll und wandte sich vor lauter emotionaler Überforderung ab. Der Typ machte seine Sportschuhe vernünftig zu und dann mit der Herzmassage weiter, nach neuesten wissenschaftlichen Standpunkten konnte die selbst ohne Beatmung weiterhelfen. Die Frau stand auf. Und genau in diesem Moment bemerkte sie den Jungen.

Wie er da mit nahezu geschwellter Brust neben dem Auto stand und anstatt Mitleid oder Verantwortungsgefühl ausschließlich Staunen in ihr auslöste. Ein dermaßen wissender und straighter Blick, als wäre er gerade selbst gestorben. Die Frau ging einen Schritt auf ihn zu, er einen Schritt nach hinten. Und als Kai realisierte, wie stillos und inadäquat es sein würde, morgen beim Kinderpsychologen das Verhältnis zu seinem Vater mit dem spontan gewählten Abstand zwischen zwei Bauklötzen zu visualisieren, fing er an zu rennen. So schnell und ausdauernd wie nie zuvor in seinem Leben. Von der an die Autobahn angrenzenden Wiese, auf der er es schaffte, den durch tägliches Marathontraining klar im Vorteil befindlichen Ersthelfer abzuhängen, hinein in eine dunkle Pflanzenformation, meterhohe Fichten mit den Sternenhimmel vollständig verdeckenden Kronen, ein unendlich erscheinender Wald, der beeindruckender und angsteinflößender funktionierte als in allen Modefilmen und skandinavischen Elektromusikvideos, wo die Leute immer in fetzigen Kostümen durch die Dunkelheit latschen und der ausgedachte Rahmen dafür beispielsweise eine Krankheit ist, die das Blut grau werden lässt und eine derartige Apathie bei ihnen auslöst, dass sie zurück in die Natur müssen und da mit Glitzerpuder bestäubt in Ekstase geraten, oder Kinder in Piratenkostümen machen sich da auch immer gut, schön in Slow Motion abfilmen, wie die Edeltannen hochklettern, damit dem Regisseur die Möglichkeit gegeben wird, zu heucheln, er wolle damit eine Stellungnahme zum hochinteressanten Thema »Pubertät« erzielen. Egal. Kai fürchtete sich jedenfalls nicht im Geringsten. Er rannte und betrachtete seine Lungenschmerzen als lapidar, bis seine Beine wegknickten und er hustend in einem Matschhaufen liegen bleiben musste. Er drehte sich auf den Rücken, dachte an die Delfine, bedeckte sein Gesicht mit den Händen und fing an zu weinen.

Er wurde geweckt von kommunikativen Lautäußerungen, die längst keine mehr waren. Vielmehr eine durchdringende Mischung aus Panik, Verzweiflung und Kapitulation. Er spürte seine Beine nicht mehr. Von weitem sah er die Umrisse gebeugter Wesen auf sich zukommen, deren Schreie immer lauter wurden. Es waren Hunderte, einige wenige humpelten, die meisten krochen langsam auf allen vieren oder zogen mit den Armen ihre zerfetzten Rümpfe hinter sich her, alle paar Meter gab eines von ihnen auf und blieb reglos im Laub liegen. Je näher diese Meute träge umherirrender Organismen ihm kam, desto mehr bestätigte sich seine Angst, dass es sich um Menschen handelte und er Teil dieser Verdammnis war. Blutig entstellte Menschen mit halbverwesten Gesichtern, deren Kleider durchnässt und zerrissen waren und von dunklen Malen überzogenes Fleisch offenbarten, er blickte an sich runter und sah Maden an sich nagen. Blattförmige, gabelig gespaltene Riesenwürmer, durch deren milchig durchsichtige Haut ihre sich mit seinem Blut füllenden Mägen schimmerten, sein Körper war nicht mehr eigenständig und geschützt vor der Natur, sie ging in ihn über, die Insekten krabbelten in seine offene Bauchdecke, ohne dass er etwas davon spürte, er konnte es nur beobachten. Die Spitze der geschändeten Menschen näherte sich ihm, es war ein alter Mann, nur noch einige Meter von ihm entfernt. Er trug ein regloses Baby in den Armen, das keine Füße und Hände mehr hatte. Der Mann schrie nicht, aber es liefen ihm Tränen über das Gesicht, und als er Kai entdeckte, kämpfte er mit letzter Kraft darum, ihm zuzuflüstern, er solle weder vor Erniedrigung noch vor Gift fliehen, den Tod gebe es nicht in dieser Welt und man solle ihn deswegen auch nicht fürchten.

Als Kai zum zweiten Mal seine Augen aufschlug, hörte er Vogelgezwitscher, die bedrohliche Dunkelheit war einzelnen, sich durch die Bäume kämpfenden Sonnenstrahlen gewichen. Er wusste, dass er nicht sterben würde. Die Tiere flohen vor ihm, als er sich zu bewegen versuchte. Seine Beine funktionierten, seine Zehen, seine Finger, er konnte seinen Kopf drehen und sich aufrecht hinsetzen. Er dachte: »Alles ist unsterblich«, und er war allein.

2 Er würde für den Rest seines Lebens allein bleiben. Seine Mutter hatte ihm ununterbrochen ein Mantra vorgebetet, dass er davonlaufen müsse, wenn er sich nicht wehren könne, und Feuer oder Vergewaltigung schreien. Er solle brennen, wilder sein als seine Provokateure und zugleich wie ein Renaissancegemälde aussehen, egal, ob er sich vor einer für 800 Euro mit englischen Seidenmalereien tapezierten Betonmauer befinde oder in vergletscherten Kesselmoorlandschaften. Kai konnte laufen, es kam ihm vor, als hätte die Natur seinen erbärmlichen Menschenkörper in ihrer Gewalt, schmerzhaft und unbezwingbar. Trotzdem schützte ihn der verdreckte Wald mit seiner natürlichen Gleichgültigkeit vor einer Realität, in der ihm längst instabile Knochenbrüche mit Polytrauma diagnostiziert und ein mit Pinguinen bedrucktes Nachthemd übergezogen worden wäre, hier zu sein war die einzige Möglichkeit, die Zeit anzuhalten und eine Strategie zu entwickeln, die Scheiße auszuhalten, irgendwie durchzukommen, durch diesen fürchterlichen hellen Tag. Alles war zu hell, es war unerträglich. In seine Beckenknochen liefen aufgrund diverser Gefäßverletzungen gerade ein bis zwei Liter Blut, nebensächlich, kalter Schweiß, zerquetschtes Unterhautfettgewebe in der Breite eines Autoreifens, es war wirklich egal. Ihm fiel eine Geschichte ein, die er oft gehört hatte, als er klein war – von einem erfolglosen Exfreund seiner Mutter, Halbindianer mit einem von Leberflecken

übersäten Körper und dunklen Haaren bis zum Arsch. Er hatte Kai andauernd von einem Jungen erzählt, in dessen Körper sich das komplette Universum befand – solange er den Mund geschlossen hielt, war er bloß ein schmächtiges, kleines gehänseltes Kind. Öffnete er ihn jedoch, spielte sich in seinem Hals die komplette Existenz alles je Dagewesenen ab. Dieser in der Nightlifebranche beheimatete Mann hatte eines Nachts zwei spanische Teeniegirls mit nach Hause genommen und war dementsprechend plötzlich weg gewesen vom Fenster, Kai erinnerte sich nicht mal an seinen Namen, realisierte jetzt jedoch endlich, worum es in der Geschichte überhaupt ging. Darum, dass er selbst gleichzeitig das Universum und dessen kleinster Teil war. Und sich alle Menschen permanent im Zentrum dieses Widerspruchs bewegen mussten, um lebendig zu bleiben.

Stundenlang lief Kai durch das hochmystische Ambiente, mit gesenktem Kopf durch das Laub, es war Herbst, bis er etwas Silbernes zwischen den Blättern aufblitzen sah, das den Anschein uneingeschränkter, unberührter Natur zerstörte. Ein in der Erde befestigter Metallhaken, von dem ein diagonal gespanntes, dunkelblaues Seil ausging. Kai konnte vor lauter Botanik nicht sehen, wohin es führte, also kämpfte er sich durch die Büsche. Das Seil endete an einem von vier zwei Meter hohen Masten auf einem kleinen, von Tannen umgebenen Seeufer. Über den Masten hing eine rote Plane, auf die weiße Sterne gedruckt waren, es war ein halb abgebautes Tierzelt mit bunt angemalten, hüfthohen Gittern, die teilweise schon gestapelt auf dem Boden lagen. Ein einziger Ziegenbock graste unangeleint vor sich hin, aus der Ferne ertönte das Meckern seiner bereits weggeführten Kollegen. Wieder Menschenstimmen, von sehr weit weg, relativ hysterisch, jedoch auf einer langweiligeren Ebene als in seinem Traum, sie schienen sich auf Ostdeutsch über Sonderangebote verschiedener Discountsupermärkte zu streiten. Das Bild des allein gelassenen Tiers war surreal, wie es da graskauend stand und Kai anstarrte, umgeben von dieser Käfigruine. Der Großteil des bunten Lacks war abgeblättert, und der sternenbesetzte Zeltstoff hatte Löcher.

Kai befand sich gegen seinen Willen in der Zivilisation. Und zwar in einer, die nichts mit seinem bisherigen Alltag zu tun hatte (in dem er, umgeben von eiweißlastig ernährten, reit- oder Tai-Chi- oder karatebegeisterten Kindern, in die fünfte Klasse einer bilingualen Ganztagsschule gegangen war oder mit seiner Mutter durch mit Kunst behangene Hallen an Menschen vorbei, die Binky immer genervt hatten, weil man anhand der pseudosubversiven Statements ihrer Anziehsachen und Haarschnitte sofort feststellen konnte, aus wie vielen und was für Designklassikern deren Inneneinrichtung bestand, ab und zu noch ein paar kalkulierte Brüche, irgendein bambusmäßiges, aus Bali eingeflogenes Windlicht zum Beispiel, oder ein Motörheadposter zwischen dem Eames-Softpadchair und irgendwas vom Flohmarkt, eine mit Perlmuttknöpfen beklebte Kommode, über der eine Pfauenfeder schwebt, grau gestrichener Beton mit Perserteppichen oder Echtholzparkett, sogenannte Scheißkreativoasen, in denen sich an folkloristischer Kunst geschätzte Einfachheit und Schlichtheit widerspiegelt, und auf keinen Fall Hängeschränke in der Küche). Das, was er unter seiner momentan so verhassten Realität verstand, war an diesem Ort dermaßen jenseits, dass er sich traute, an der Ziege vorbei zum Wasser zu gehen. Die Ziege folgte ihm sogar. Am anderen Ufer des riesigen Sees befanden sich ein paar Villengrundstücke, die mehr oder weniger tot aussahen. Die zum Ufer hinabführenden Hänge waren vom Nebel verdeckt. Weiter nördlich, ein bis zwei Kilometern entfernt, stand eine Neubausiedlung aus drei- bis vierstöckigen identischen Betonklötzen. Kai hatte sich inzwischen langsam den Menschen genähert, zu denen die Stimmen gehörten und die selbst ein Kleinkind den genannten Betonklötzen hätte zuordnen können – im Schutz irgendwelchen Zierstrauchgestrüpps beobachtete er drei Frührentner auf Stoffliegestühlen, der dickste von ihnen komplett nackt, die von zwei um ihr Lager herumtollenden Hunden aus ihrem Gespräch über Kartoffelknödel gerissen wurden. Und quasi hineingetrieben in einen Kampf gegen das andere, die Hunde und deren Besitzer, die ihnen keine Probleme bereiten würden und gerade deshalb ein Grund waren, sich mit großer Aussicht auf ein Erfolgserlebnis gegen sie zu wehren.

Der eine Hund war eher ein Meerschwein, der andere eine sogenannte bayrische Gebirgsschweißdogge in Ponygröße, mit ungestutztem Fell, leicht debil wirkend, das kann man leider nicht anders sagen. Während sich der Frührentner Augen weiteten und sich das ganze Schwergewicht ihrer nackten Leiber in Angriffsstellung brachte, strahlten die Besitzer der Hunde eine Überlegenheit aus, die Kai bereits beim Anblick ihrer sich nähernden Silhouetten aus seinem bisherigen Lebenskonzept warf – das war er ohnehin gerade losgeworden und er selbst dementsprechend in einem sehr porösen Zustand. Das, was er da mitkriegte an Coolness und Andersartigkeit, war wie eine Offenbarung, nicht wirklich zu begründen zwar, aber existent und sich zu einer in dieser möglichen Neuorientierung liegenden Hoffnung entwickelnd. By the way, Kai hatte Schmerzen, extrem vielschichtige, die sich in Intervallen durch seinen Körper zogen und nicht mehr zu lokalisieren waren, aber wenn man jung ist, stirbt man nicht so leicht. Wie seine Mutter immer zu sagen gepflegt hatte. Man stirbt nicht so leicht, wenn man jung ist, und das ganze psychotische und zerstörte Material verwaltet sich dahingehend selbst, dass jede einzelne Zelle danach schreit, am Leben zu bleiben.

Die Hunde rannten jedenfalls zum Wasser, der exaltierteste der Frührentner sprang schwerfällig auf und schrie den Besitzern zu, wo denn die Leinen und die Hundemarken seien und dass er die Polizei rufen werde. Seine zwei Begleiter, in ihren geschlechtsneutralen Cargopants, untermalten dies mit vorwurfsvollem Stöhnen. Es war zum Kotzen. Bei den Hundebesitzern handelte es sich um einen Mann und eine Frau, knapp über zwanzig in gefakten Markensporthosen. Der Mann lachte, rief die Hunde zu sich (»Tequil!, Sunrise!«) und brach einen Ast von einem Busch ab, um ihn in die Richtung der Liegestühle zu schmeißen. Kai wurde aus der Ferne mit der bedeutendsten Armmuskulatur konfrontiert, die ihm je untergekommen war. Im Gegensatz zu seiner Begleiterin war der Mann nicht im Geringsten hübsch, eine zu große, offenbar mehrmals gebrochene Nase, winzige Augen, undefinierbare Haarfarbe. Aber seine derart selbstverständlich durchtrainierte Körperlichkeit, die Haltung, das Lachen und seine Haut, die aus unerfindlichen Gründen im Sonnenlicht glitzerte (ja, glitzerte, Reste von Bodyspray aus dem Drogeriemarkt würde ich mal vermuten, ein Glitzern, das er uneingeschränkt zu seiner natürlichen Physiognomie hätte zählen können) – irre attraktives Alien. Der Frührentner wusste sich ob dieser Provokation nicht anders zu helfen, als die dem Stock hinterherstürmenden Hunde mit einem Handtuch zu verscheuchen. Die Hunde erkannten darin eine Spielaufforderung und versuchten immer hysterischer, das Ende des Handtuchs zu fassen zu kriegen. Der Frührentner begann nach ihnen zu treten. Er erwischte den größeren so hart an der Schnauze, dass er zur Seite geschleudert wurde und sich sekundenlang nicht mehr rührte. Bis er einen unglaublichen Schrei ausstieß, der in ein Winseln überging. Der zweite Hund rannte bellend hin und her, blieb stehen, konnte sich nicht zwischen Knurren und Heulen entscheiden, der Frührentner bekam Schiss. Nicht vor dem Zwerghund, sondern vor dessen merkwürdig glänzendem Besitzer, der auf ihn zurannte. Er versuchte von der Situation abzulenken, mit dem unbeholfenen, sich auf den abgebrochenen Ast beziehenden Satz: »Und jetzt auch noch die Natur kaputt machen, ihr asozialen Spinner! Wo sind eure verdammten Hundemarken?«, woraufhin der Glitzertyp, nachdem er an ihm vorbei zu seinem Hund gerannt war, ruhig (sinngemäß) erklärte, der Busch, von dem er den Ast abgebrochen hatte, sei bereits tot gewesen, er wolle sich weder Respektlosigkeit gegenüber der Natur unterstellen lassen noch respektlos werden gegenüber den Vollidioten, die da mit ihrem LIDL-Einweggrill tagtäglich tonnenweise Müll produzieren und damit die in dieser Gegend lebenden Tiere umbrächten, er habe generell keinen Bock mehr auf diese unfassbar aggressive und gelangweilte Kleinbürgerlichkeit – es tue ihm leid, dass ausgerechnet diese von Gott in Punkten wie Attraktivität, Intelligenz und Charme benachteiligte Gruppe von Leuten für seinen Wutausbruch herhalten müsse, aber er sei zu oft konfrontiert worden mit dieser Scheiße und er hasse die Gegend hier, er hasse die Bevölkerung, er würde am liebsten ihre verfetteten Brustkörbe nach und nach mit zentnerschweren Eisengewichten beladen, bis sie endlich aufrichtig gestünden, asozialer Dreck zu sein, der nichts vom Leben versteht – andernfalls würden nämlich ihre Brustkörbe zerbrechen. Das musste mal gesagt werden.

Zum Ende seines unerwartet gut formulierten Ausbruchs hatte der Hundebesitzer die Stimme erhoben, trotzdem lachte er, genau wie die Frau neben ihm, die ihn beschwichtigend am Arm nahm und mit dem tollen Satz »Hau rein, Pascal!« in die Richtung zog, aus der sie gekommen waren. Im Gehen drehte sie sich noch mal um und schrie der naheliegenderweise konsterniert wirkenden FKK-Konstellation entgegen:

»Haben Sie hier eigentlich ne gottverdammte Nacktliegemarke?«

Normal.

Der große Hund hatte sich zwischenzeitlich berappelt und war nun auf Kai zugerannt in sein Versteck zwischen den Büschen, um dort hinzukacken, einen riesigen Haufen, der drei bunte, elastische Hohlkörper aus Naturkautschuk beinhaltete – zerbissene Luftballons, wie Kai messerscharf kombinierte, er schien sich allen Ernstes in der Nähe eines die ineinanderlaufenden Grauabstufungen bekämpfenden Zirkus zu befinden, er staunte nicht schlecht. Dann fiel ihm ein, dass seine Mutter gestorben war, er seit anderthalb Tagen nichts gegessen oder getrunken hatte, dass vermutlich gerade große Gruppen von Männern systematisch den Wald nach ihm durchkämmten und er nicht ohne bleibende Schäden davonkommen würde, momentan fühlte sich sein Körper nämlich an, als würde er von Eiszapfen durchbohrt. Er gehörte nun also zu der Gruppe ins kalte Wasser geschmissener Kinder, deren Abenteuer ganze Fantasytrilogien füllten. Er erinnerte sich an eine Romanfigur namens Trevor oder so, der im Alter von elf Jahren Wildschweinfallen, Flöße und wetterfeste Waldhütten aus Palmblättern bauen konnte – und begann also mit größenwahnsinnigem Überlebensinstinkt, Stöcke zu sammeln und Ausschau zu halten nach Brombeerbüschen und weggeworfenen Getränkedosen, allerdings nur fünf Minuten lang, dann überwog wieder die Verzweiflung, und er setzte sich vollkommen kraftlos in den Matsch, um dort im Schneidersitz hospitalistisch vor und zurück zu schaukeln. Kai biss sich ziemlich in den Arsch. Er hatte den von der evangelischen Kirchengemeinde angebotenen Pfadfinderclub damals bereits nach der ersten Stunde verschmäht, weil da eh nur alle im Hinterhof im Kreis hatten stehen müssen und Aufgaben gestellt worden waren wie: Der, der am schnellsten Klopapier gefunden und seine Gruppenkollegen damit eingewickelt hat, kriegt ein Diddlblatt zur Belohnung. Bei schlechtem Wetter wurden die Kinder nach drinnen gesetzt und bekamen Weltkugelmandalas, die zu esoterischer Hintergrundmusik von außen nach innen ausgemalt werden sollten. Der Entspannung wegen. Wie zur Hölle konnte es in einer Institution für Survivaltraining bloß um Scheißentspannung gegangen sein, fragte er sich. Wozu hatte er sich im Biologieunterricht stundenlang mit der Bandscheibe des mexikanischen Stirnlappenbasilisken beschäftigt, wozu Kinderkrimis im Fernsehen gesehen mit der moralischen Schlussfolgerung »Fairness siegt«, wozu war es gut für ihn, jetzt, Tischtennis spielen gelernt zu haben oder die vernünftige Herangehensweise an Strukturen auf Mathematikarbeitsblättern, verdammt, statt vorbereitet worden zu sein auf das sich im Moment einstellende Level von Verlust, Verlorenheit und Radikalität, der alles, was ihm bisher begegnet war an Informationen und Lifestylekonstrukten, außer Kraft setzte?

Die Barriere, die man Respekt vor der Gesellschaft nennt, brach gerade ein für alle Mal zusammen, Kai stand auf, wischte den Dreck von seiner Hose, spuckte in die Hände und fuhr sich damit mehrmals durchs Gesicht, um die Spuren seiner bisherigen Odyssee zu beseitigen. Dann rannte er in die Richtung, in die die Zirkusleute gegangen waren.

Zwei Stunden später erfolgte die Erkenntnis, dass er im Kreis gelaufen und wieder an dem Seeufer angekommen war, wo er die Ziege getroffen hatte. Inzwischen waren die Gitter und Masten jedoch weg, nur noch die zerrissene Plane lag da. Von weitem hörte er ein definitiv durch Menschenkörper erzeugtes Rascheln im Gebüsch, Klirren von Metallstäben und eine tiefe Stimme die Songzeile »Motherfucker, it's a perfect crime« singen, Guns N' Roses, 1991, das *Use Your Illusion*-Album, völlig durchgeballert. Als Kai vorsichtig den Geräuschen folgte, sah er plötzlich Pascal wieder, die Metallzäune lässig unter beide Arme geklemmt, die Leine der Ziege an seinem Gürtel festgebunden.

Mit unbeholfenen, aus Indianerfilmen abgeguckten Schleichskills heftete Kai sich sozusagen an Pascals Fersen, eine halbe Stunde lang, bis sie an einem von Grasflächen umrandeten Sandplatz ankamen. In dessen Mitte wurde gerade das Zirkuszelt abgebaut. Es hatte dieselben Farben wie die Stallung am Ufer, Rot und Blau mit weißen Sternen und gefühltem Platz für 600 Personen, 450 Quadratmeter groß, fünfmastig. Mehrere Männer schrien sich Dinge zu, schraubten riesige Haken aus der Erde, kletterten die diagonal zur Zeltspitze hinaufführenden Spannseile hoch, um Schrauben zu lockern oder die Dachplanen aufzurollen. Um das Zelt herum standen Wohnwagen, der größte von ihnen hatte eine Terrasse, von der aus zwei kleine Kinder in Badeanzügen Miniaturhelikopter fernsteuerten. Dort, wo mal die Manege gewesen war, lagen nur noch Sägespäne. Die Frau, die Kai mit Pascal am See gesehen hatte, fegte die Späne zusammen, die anderen sammelten Klappstühle ein und zerlegten Sitztribünen, um sie in einen von drei riesigen schwarzen Lastern zu tragen, die hinter den Wohnwagen standen. Es waren acht Menschen, die routiniert ihre Aufgaben durchzogen und währenddessen in keiner Weise wirkten, als wollten sie je eine Form der Selbstverwirklichung anstreben, die über die Zugehörigkeit zu diesem System hinausging. Wo man auch hinsah, zeichneten sich unter Trainingsanzügen Muskelstränge ab, derentwegen Kais Mutter jahrelang vergeblich Geld für Pilates ausgegeben hatte. Und all diese Leute wirkten verwandt, durch ihre dicken, schwarzen Haare, die Haut einen Ton dunkler als der mitteleuropäische Standard und dazu dann helle Augen, natürlich auf Kai eine Wirkung ausübend, die ihn, zwischen der üblichen sich unter Empathiefassaden tarnenden Asozialität, umhaute.

Abgesehen von gelegentlich rumgebrüllten Kommandos war es still. Bis eine Frau aus einem der Wohnwagen trat, drei weiße Tauben auf der Schulter und zehn bis zwanzig weitere in einem riesigen Bastkorb vor sich hertragend. Sie hatte ein weißes Paillettenkleid mit Tüllrock an, gigantisch, allerdings nur halb angezogen, es war aufgrund des offenen Reißverschlusses bis zur Hüfte runtergerutscht. Unter dieser Abendrobe kam ein billiger, halb kaputter Nylonbody zum Vorschein, der so schlecht saß, dass sich Fettwülste unter den Bündchen hervorquetschten. Extremes Make-up, angeklebte Wimpern, abgesehen davon ziemlich attraktiv. Während sie gleichzeitig die Tauben und den Rest ihres Outfits zusammenzuhalten versuchte, ließ sie Hasstiraden los auf jemanden, der sich noch im Wohnwagen befand – und nach einigen Sekunden herauskam, mit gesenktem Kopf. Ein Mädchen, zur Abwechslung blond.

Ohne sich anzugucken, liefen sie über den Platz und schrien sich an.

»Ey, ich bin keine fünf mehr!«

»Um neun Uhr haste zu Hause zu sein!«

»Neeiheein, mit vierzehn darf man bis zehn raus, halt doch einfach die Fresse, wenn du mit mir redest!«

»Ich möchte aber mit dir kommunizieren, Samantha!«

»Ich aber nicht mit dir, falls du es immer noch nicht verstehst!«

»Warum denn nicht?«

»Darum nicht. Weil du mir halt immer aufn Sack gehst.«

»Das ist aber keine vernünftige Antwort.«

»Du willst ne vernünftige Antwort? Super, bitte: Weil du mich eh nicht verstehst! Und weißt du überhaupt, was Kommunikation heißt, du kannst das doch noch nicht mal gescheit aussprechen!«

»Na und?«

»Lern erst mal mit so Fachdrücken um dich rumzuschmeißen, ey.«

»Fachausdrücken, Samantha.«

»What?«

»Wo, mein liebes Kind, hast du denn jetzt ein Problem, mit mir zu reden?«

Die beiden kamen an dem Wohnwagen mit Terrasse an, Samantha schlüpfte aus ihren Schuhen und knallte die Tür hinter sich zu. Die Frau blieb auf der Terrasse stehen, stellte den Taubenkorb ab und quetschte die Vögel von ihrer Schulter zu den anderen, hysterisches Gurren, sie atmete tief durch und rief dann dem unbeeindruckt weiterarbeitenden Rest der Familie zu: »Früher hätte ich ihr direkt ins Gesicht gehauen, egal ob Anzeige oder nicht, aber die weiß ja, wir dürfen nicht hauen, und deswegen kann die auch so großartig rumprotzen. Was willste mir, tja, wenn du mich schlägst, zeig ich dich an. Das ist heute so. Ist es weltfremd zu behaupten, ich hätte zu viele Rechte genommen gekriegt, als Mutter?«

Es erfolgte, außer dass Samantha zurück auf die Terrasse stürmte und ihrer Mutter ins Gesicht spuckte, um sich dafür eine Ohrfeige einzufahren und schwerstbeleidigt von dannen zu ziehen, mit ausgestrecktem Mittelfinger in die Untiefen des Waldes hinein, keine Reaktion. Ein alter Volvo fuhr vor, aus dem ein Mann ausstieg. Liebes Gesicht, breite Schultern, mehrere Einkaufstüten in der einen Hand, ein totes Eichhörnchen in der anderen. Tequila und Sunrise stürmten auf ihn zu. Anstatt die Hunde zu begrüßen, hielt er demonstrativ das Eichhörnchen von sich weg und teilte allen Anwesenden lächelnd mit:

»Manche denken, es gehe um den simplen Vorgang, eine Straße zu überqueren. Doch ich wusste immer: Es geht ums nackte Überleben!«

Mutter (genervt, aggressiv, über den ganzen Platz): »Gleich gibt's Essen, beeilt euch!«

Kai saß mal wieder hinter irgendeinem Busch, wo auch sonst in seiner neu eingenommenen Position als minderjähriger Outlawjunge. Beim Gedanken an das eben erwähnte Essen musste er fast kotzen vor Übelkeit, er empfand erschreckenderweise nicht mal Durst – trotzdem das vernunftgesteuerte Gefühl, dass es ihm mit etwas Flüssigkeit besser gehen würde. Von allen Seiten trottete eine unerwartet große Menge Familienmitglieder aller Altersklassen zum Wohnwagen. Der Vater stand währenddessen rauchend auf der Terrasse, klopfte allen auf die Schulter, stilecht, und schien darüber nachzudenken, was nun mit dem matschigen Kadaver in seiner Rechten anzufangen sei. Er schmiss die Zigarette über das Terrassengeländer und das Eichhörnchen, nicht ohne zu zögern, hinterher. Dann ging er als Letzter in den Wohnwagen und zog die Tür hinter sich zu, was Kai als hinreichenden Grund begriff, sich für die nächste halbe Stunde sicher genug zu fühlen, über die Befriedigung seiner Grundbedürfnisse nachzudenken. Er brauchte Wasser, klarer Vorgang, vor dem Wohnwagen stand ein Trinknapf für die Hunde, den konnte er allerdings nicht erreichen ohne hohes Risiko, durch das Fenster gesehen zu werden. Dann fiel sein Blick auf die immer noch offen stehende Tür des Wagens, aus dem vorhin das Mädchen mit ihrer Mutter getreten war. Er kroch aus dem Gebüsch und um die teilweise noch mit Planen behangenen Zeltmasten zur gegenüberliegenden Seite, zwang sich, die letzten Meter zu rennen, und erreichte die Tür.

Es war dunkel im Wagen, nur die Wärmelampe eines auf zwei Barhockern stehenden Terrariums sorgte für Licht. Zwischen den Barhockern stand ein Aldi-Sixpack mit Energydrinks, Kai leerte zwei davon, und als er aus zwangsneurotischem Reflex lesen wollte, was er da gerade an Glucuronolacton und synthetischen Aromastoffen runtergewürgt hatte, bemerkte er zum ersten Mal, dass er keine Brille mehr trug. Er sah sich nach einem Spiegel um und entdeckte einen, hinter zwei überfüllten Kleiderstangen mit Zirkuskostümen. Er wusste nicht warum, aber er kniff seine Augen zusammen, während er zum Spiegel wankte. Er hatte nahezu Panik davor, sich selbst zu sehen. Nicht seines ramponierten Zustands wegen, sondern eher bezüglich der Scheißangst, von jetzt an ein neuer Mensch sein zu müssen.

Er öffnete seine Augen einen Spalt und realisierte schemenhaft, in diesem Halbdunkel, dass er krass aussah. Mehr wollte er gar nicht wissen. Er guckte weg, sein Blick fiel auf ein an der Wand hängendes Poster von Eminem, für den Kai plötzlich nichts anderes mehr empfand als Respektlosigkeit. Dieser Typ hatte es mit dem Besingen schrecklichster, sein Aufwachsen behindernder Umstände zu ca. zwanzig Millionen verkaufter Platten gebracht. Sehr unvermittelt fing Kai an zu heulen. Das ganze Programm, große Hysterie, kaum Luft kriegen, unglaubliche Rotzeströme auf seinem Hemdkragen, er biss sich so fest in die Hand, dass sie zu bluten begann, und aus seinem Schluchzen entwickelte sich ein »Nein«, das er mehrmals wiederholte, so als könnte seine extreme Abneigung gegen die Situation, in die er geschmissen worden war, irgendeine höhere Instanz davon überzeugen, alles wieder rückgängig zu machen.

So unvermittelt er zu weinen begonnen hatte, hörte er auch wieder damit auf. Aus diesem ganzen Drama gerissen wurde er von dem eindeutigen Gefühl, jemand könnte sich dem Wohnwagen nähern. Er beruhigte sich und zog die Gardinen zur Seite, um aus dem Fenster zu sehen. Samantha lehnte einige Meter entfernt am größten der Zeltmasten, mit dem Rücken zu ihm. Er konnte nicht erkennen, was sie dort machte, bis sie sich umdrehte, im hohen Bogen das tote (inzwischen, vermutlich von ihr selbst, ja mein Gott, das ist die Kompromisslosigkeit der Jugend: ausgeweidete) Eichhörnchen wegschleuderte und sich eine Zigarette anzündete.

Das war das Bild, das Kai für den Rest seines Lebens als Beispiel für maximale Intensität verfolgen würde, das Mädchen, wie es im Gegenlicht des Sonnenuntergangs an diesem (man könnte ihn fast poetisch nennen) Zeltmast lehnte, mit einem paillettenbesetzten Stirnband, barfuß, die eine Hand in durchgebluteten Mullbinden, in der anderen die Zigarette, ein T-Shirt tragend mit der verschnörkelten Aufschrift »Don't ask me it's my generation«. Sie sah großartig aus und fühlte sich unbeobachtet. Sie schloss die Augen, als müsste sie eine nur ihr bewusste Form von Radikalität verarbeiten, eine auf sie einprasselnde, anstrengende Kraft, von der kein Mensch, der in diesem Moment älter als vierzehn war, eine Ahnung haben konnte. Dann ging sie weg. Kai wusste sich nicht anders zu helfen, als Lärm zu produzieren, er schmiss, wahllos greifbare Gegenstände durch den Wagen und wartete ab.

3 Als Samantha die Tür aufmachte, lag Kai zusammengekauert hinter den Barhockern. Er wollte gefunden werden. Von schräg unten sah er auf das Terrarium, in dem sich zwei ziemlich große Boa constrictor befanden. Das irritierte ihn kaum, im Gegensatz zu dem am Terrarium angebrachten, in bunter Kinderschrift gestalteten Namensschild. Die Schlangen hießen Marina und Karina. Samantha machte eine Wandlampe an, sah sich um, stellte die herumgeworfene Scheiße (mehrere Maybelline-Jade-Lidschattenduos) wieder hin im vertrauensvollen Glauben, metaphysische Kräfte hätten für den Krach gesorgt, und holte dann ein kleines, unter einem Schmutzwäscheberg verstecktes Kästchen hervor. Seelenruhig. Sie nahm Mundspray und Handcreme raus, legte ihre Zigarettenschachtel rein, setzte sich auf eine Waschmaschine in der Kai gegenüberliegenden Ecke und entdeckte selbigen dann auch relativ schnell, erstaunt zwar, aber unerwarteterweise ohne einen Schrei auszustoßen oder ohnmächtig zu werden. Kai wusste nicht, was er hätte erwidern sollen auf diesen empörten Blick, also blieb er still liegen. Je näher sie ihm kam, desto schwerer wurde sein Atem. Sie ging auf ihn zu wie auf ein verletztes Tier, vorsichtig und mitleidig. Sie war kaum erstaunt. Sie gehörte zu einer Gruppe von Jugendlichen, die am Tag zuvor eine Frau getötet hatten. Und sie spürte, dass der Junge der Sohn dieser Frau war.

Samantha hockte sich neben ihn, starrte ihm lange in die Augen und fragte dann, eher als Übersprungshandlung und weil ihr nichts anderes einfiel, ob er Hunger habe. Kai zuckte, so gut er das in seiner Position hinkriegte, mit den Schultern und kam sich dabei irre bescheuert vor. Sie stand auf und rannte weg, um einige Minuten später völlig außer Atem mit einem riesigen Teller Frikadellen und Kartoffelbrei zurückzukommen, eine Wasserflasche unter den Arm geklemmt. Sie half Kai, sich aufzurichten und etwas zu trinken. Dann versuchte er (der selbst in diesem dramatischen Zustand aufrechterhaltenen Höflichkeit wegen), ein Stückchen Fleisch zu essen, er kriegte es irgendwie runter, auch zwei weitere, bis er plötzlich würgen musste, sein Körper wurde von ihn vollkommen überanstrengenden Rachenraumkontraktionen durchschüttelt, unaufhörlich, bis er nach und nach alles ausgekotzt hatte, was sein Exzess so hergab an Widerlichkeiten. Er empfand nichts anderes mehr als Verwunderung darüber, dass Samantha nicht angeekelt weggesprungen, sondern neben ihm sitzen geblieben war und jetzt, mit der verbundenen Hand, seinen Kopf tätschelte. Er wollte nett sein, weil er sie so unglaublich nett fand, und keuchte eine ziemlich lässig wirkende Frage danach hervor, was mit ihrer Hand passiert sei.

»Ach«, seufzte sie, in ebenfalls eher unverhältnismäßigem Tonfall, »ich bin so scheiße mit dem BMX-Rad von meinem Bruder den Hügel da hinten runtergefahren, und ich wusste aber nicht, dass es keinen Rücktritt hat, und die Vorderbremse war auch kaputt, und dann konnte ich nicht anhalten und hab mich über diesen grünen Zaun sozusagen *überschlagen* und bin in einen Brennnesselbusch gefallen, da lag halt so eine Art Scherbe drin.«

»Du bist in der Scherbe gelandet, mit der Hand?«, fragte Kai.

»Ja, das tat arschweh. Und weißt du was? Ich glaube sogar, dass die Scherbe bis in den Knochen gegangen ist. Das sind keine wirklichen Schmerzen mehr, aber es fühlt sich auch nicht so richtig normal an, irgendwie, keine Ahnung, tiefer als sonst, eklig, kannst du dir das vorstellen?«

Kai antwortete: »Wahnsinn«, das hatte einer der ehemaligen Boyfriends von Binky Schweiger immer getan, wenn er gerade mal keine komplexe theoretische Erwiderung am Start gehabt hatte. Samantha setzte sich aufrecht hin und fing an zu weinen.

»Das stimmt gar nicht«, schluchzte sie. Und Kai brauchte nicht zu fragen, was Samantha damit meinte, sie redete einfach weiter.

»Ich habe eine Katze. Und diese Katze hat mich immer gemocht, nur heute hat sie mich gebissen. Ich habe ihr ins Gesicht geguckt, und sie sah mich an wie ne Ausgeburt der Hölle, und ich glaube, das war ich, in ihrem Blick, wenn du dir was darunter vorstellen kannst, und ich weiß nicht, was ich mit dieser Feststellung anfangen soll, aber ich glaube, sie musste das tun.«

Kai hatte das dringende Bedürfnis, ihr vom Tod seiner Mutter zu erzählen. Aber seine Stimme versagte, und er konnte seine Augen kaum noch offen halten. Verschwommen nahm er einzelne Episoden von Samanthas Versuch wahr, ihn über den Platz zu ihrem Wohnwagen zu hieven, die nächste konkret von ihm realisierte Situation bestand darin, dass er im unteren Teil eines Doppelstockbettes lag, an ihm vorbei kletterten gerade die beiden Kinder weinend in ihren Badeanzügen eine Leiter hoch, während Samantha ihnen laut keifend einbläute, niemandem von Kai zu erzählen. Dann legte sie sich zu ihm, mit dem Kopf auf seinen Arm, was ihm ziemlich weh tat, aber er sagte nichts. Samanthas Weinen entwickelte sich zu einem bitterlichen Schluchzen, es war nicht zu fassen. Obwohl Kai etwas Derartiges noch nie erlebt hatte und völlig geplättet war von diesen hochinteressanten und unerklärlichen Zusammenhängen, konnte er sich nicht wehren gegen eine alles überblendende, furchteinflößende Müdigkeit, die ihn niederdrückte zusammen mit der absurden Mischung aus Glück und Gefahr, die er gerade zu empfinden begann, und er schlief ein, in dem Wissen, dass es das Falscheste war, was er tun konnte.

4

Kai wachte auf in der Unfallchirurgie eines Zehlendorfer Krankenhauses. Selbstverständlich wusste er das nicht. Er sah eine aus grauen Vierecken zusammengesetzte Deckenfläche, hörte ein Piepen, das ihm aus der Intensivstation-Folge seiner TKKG-Hörspiele bekannt vorkam, und schwere, sich von ihm entfernende Schritte. Er bewegte seinen Kopf ein Stück nach rechts, was ihm sofort einen Schwindelanfall einbrachte, und erkannte den Rücken seines Vaters, der gerade das Zimmer verließ. Es störte ihn nicht. Das Einzige, was er empfand, war Verblüffung darüber, wie kalt und wie wenig schockiert oder traurig er war angesichts der bisherigen Ereignisse.

Er war angeschlossen an gewaltigste Maschinen, okay. Folgerichtig. Links von ihm war ein gelber Vorhang, durch einen Spalt konnte Kai einen schlafenden Jungen in seinem Alter sehen und dessen an seinem Bett sitzende Eltern, völlig aufgelöst, die Augen des Jungen waren mit Pflastern überklebt, beide Arme eingegipst, die freiliegende Haut mit Blutergüssen übersät. Komischerweise fühlte sich Kai relativ wohl, er hatte sich nach den Horrorstorys seiner Mutter Krankenhäuser als Schweineställe vorgestellt. Binky Schweiger hatte als Kind nämlich angeblich einen Skiunfall gehabt und ständig davon erzählt, wie sie wochenlang in einem österreichischen Dreißigbettzimmer mit alten, entweder furzenden oder ihrem Leben hinterherröchelnden Frauen hatte verbringen müssen, ohne aufs Klo gehen zu können, und jeden Tag gab es absoluten Quatsch zu essen. Er realisierte, dass er an seine Mutter dachte und nicht den geringsten Impuls hatte zu weinen. Stattdessen blitzte eine Erinnerung an das blonde Mädchen auf, das ihn anlächelte und hysterisch zu schreien anfing und sich währenddessen zu einem in seiner Hässlichkeit gleichermaßen grauenhaften und vereinnahmenden Schlangenkopf entwickelte, vollkommen überdimensional, Kai kniff die Augen zusammen, aber das Bild verschwand nicht, es nahm alle Ebenen seiner Realitätswahrnehmung ein. Er wollte schreien oder aufstehen oder irgendwas unternehmen, doch bei der geringsten Bewegung seines Körpers löste sich das, was er als sein Selbst betrachtete, plötzlich von diesem Körper ab und fing aus unerklärlichen Gründen an zu schweben, in irgendwelche bedrohlich aufflammenden Sphären hinein. Die eine Hälfte seines Bewusstseins befand sich jenseits eines ihm sein Leben lang eingetrichterten Empfindens von Zeit und Raum, er spürte verschiedene Zungen in seinem Mund, mehr und mehr befreite sich sein ramponiertes Ich aus den Zwängen seines Körpers und versetzte sich in einen autonomen Zustand, als würde es endlich die Vielschichtigkeit dieser Welt erkennen wollen. Sein Herzrasen hatte sich bis zur Explosion gesteigert, auf deren Detonationswelle er sich befand, jetzt also erst mal schön eine undefinierbare Weile lang den in alle Himmelsrichtungen geschleuderten Fettschichten seiner Herzkranzgefäße dabei zusehen, wie sie zu brennen begannen, seine Arme fielen ab, seine Wimpern fielen aus.

Gleichzeitig konnte Kai erschreckend klar erkennen, was mit seinem Körper im Krankenbett geschah, der sich schreiend, bettelnd, gewalttätig und eher an ein Tier erinnernd, Geräusche von sich gebend, die man einer Horde Wildschweine zutraute und keinem präpubertären Jungen, gegen vier weißgekleidete Krankenhausangestellte wehrte.

Eine Überblendung, weniger sanft als in elektronisch arrangierten Mix-CDs, ein rabiater Sprung in einen Zustand, in dem keinerlei vorgefertigte Entwürfe oder Gesetzmäßigkeiten mehr existierten. Auf der einen Seite also eine Energieform, die Kai in hoher Geschwindigkeit durch mehrdimensional pulsierende, von einem kleinen Licht in der Ferne ausgesandte Wellen trieb, ab und zu unterbrochen von Blitzen und einer komplexen, schattenhaften Struktur aus unbestimmbaren Partikeln, vermischt mit der Volumenausdehnung seiner Organe. Auf der anderen Seite seine stechende, farbintensivierte Sicht auf das, was da abging in diesem Krankenhauszimmer. Allen Ernstes von der an der Decke befestigten Halogenlampe aus. Das wurde ihm erst jetzt klar (und er hätte herzlich darüber gelacht, wären die dafür benötigten Muskelgruppen in Reichweite gewesen) – er befand sich auf dieser beknackten Lampe und konnte sogar lesen, was auf deren Rückseite stand, die Herstelleradresse mit Postleitzahl: NARVA Lichtquellen GmbH + Co. KG, Industriegebiet Nord, Erzstraße 22, 09 618 Brand-Erbisdorf. Donnerwetter.

Der Einzige, der seine vorübergehend hier oben stattfindende Existenz als solche zu erkennen schien, war der Junge mit den zugeklebten Augen aus seinem Nachbarbett. Durch dessen Pflaster spürte Kai einen entlarvenden, zur Lampe gerichteten Blick. Majestätisches Grinsen. Irgendwie semidiabolisch bewegte der Junge seine Lippen, als wollte er sagen, dass er sterben wird. Dass sie beide sterben werden. Daneben, an Kais eigenem Bett, stand inzwischen auch sein Vater, körpersprachlich Signale der Abscheu und gleichzeitigen Scham über die ausbleibende alles überbrückende Liebe zu seinem Sohn aussendend, er ekelte sich vor ihm und er konnte nichts dagegen tun. Kai ekelte sich vor sich selbst, wie er da einer mächtigen, schwitzenden und unkontrolliert scheißenden Amphibie viel ähnlicher war als einem menschlichen Wesen. Bis er einen Nadelstich in seiner Armbeuge spürte, der ihn augenblicklich wieder in den unkomplizierten Zustand von psychischer und physischer Einheit versetzte. So uninteressant dieser Satz auch ist: Kai war wieder in seinem Körper. Er schlug die Augen auf und sah die Zimmerdecke, vor ihr ein paar leicht unscharfe, über ihn gebeugte Gesichter. Er machte die Augen wieder zu. Und rannte durch einen Wald, in dem Wissen, verfolgt zu werden und eine Grenze überqueren zu müssen zu einem anderen Land, welches, fern von allem, was ihm wichtig war, die einzige Chance bot, zu überleben. Er hatte diese Grenze fast erreicht, als er an der Schulter gepackt, umgedreht und dazu gezwungen wurde, in die leeren Gesichter zweier Männer in Uniform zu sehen. Einer von ihnen richtete seine Pistole auf ihn. Und obwohl er keinen Knall hörte, was er, sehr nüchtern und analytisch, seinen der Lautstärke wegen zerplatzten Trommelfellen zuschrieb, wusste Kai, dass er gerade erschossen worden war. Das Blut schnellte aus seinen Zehen- und Fingerspitzen hinauf in seinen Kopf, alles, was er hörte, war ein Bass, der sich aus seinem Herzschlag entwickelt hatte und zu mehrschichtigen Trommelrhythmen wurde. Der Wald drehte sich. Der Wald wurde langsam wieder das eierschalenfarbene Krankenzimmer, doch weder das Drehen noch das Trommeln hörten auf. Ein dynamischer Übergang zurück in eine von vielen Realitäten. Es dauerte zehn Minuten, bis der donnernde Beat leiser wurde und Kai wieder die Geräusche der Geräte vernahm, an die er angeschlossen war. Außer ihm war niemand im Zimmer, das Nachbarbett war leer, der Vorhang aufgezogen. Er wusste, dass die von der Fensterbank auf seinen Sauerstofftank springenden Disneyhäschen irgendwelchen medikamentenbedingten Halluzinationen zugeschrieben werden konnten – im Gegensatz zu dem, was er davor gesehen und erlebt hatte. Er konnte diese Zustände nicht neutralisieren mit dem, was man unter dem Begriff »Einbildung« verstand, war momentan jedoch auch zu erschöpft, um sich damit auseinanderzusetzen. Mit großem Kraftaufwand griff er nach der Fernbedienung auf seinem Nachttisch und schaltete den kleinen Fernseher ein, der in der gegenüberliegenden Zimmerecke hing, über zwei ebenfalls leeren, mit Plastikplanen bedeckten Betten. Dieser Vorgang nahm ungefähr zehn Stunden in Anspruch. Zuerst lief eine Dokusoap über eine potthässliche Millionärsgattin, die Schlagersängerin werden will und auf Kosten ihres Mannes ein Musikvideo dreht zum neuen Hit »Jetset«. Einige Aufnahmen von ihr im Rolls-Royce und an der Côte d'Azur, durchgängig mit Champagnerglas in der Hand und extrem guter Laune. Nach der Werbung dann weiter im Rhythmus der Freude, mit einer Auseinandersetzung der Probleme von Familie Meier-Rodriguez aus Berlin. Täglich fliegen da die Fetzen. Den Hartz-IV-Empfängern droht die Obdachlosigkeit, wenn sie es nicht schaffen, binnen drei Monaten eine neue Wohnung zu finden – obwohl diese neue Wohnung noch nicht in Sicht ist, macht sich Mutter Annette bereits jetzt auf die Suche nach Umzugskartons in Altpapiercontainern. Währenddessen will Vater Giacomo die häusliche Ruhe genießen, doch Sohn Dustin hat anderes im Sinn: Der Vierzehnjährige leidet an einer Hyperaktivitätsstörung, schließt seinen iPod an die Dockingstation und zertrümmert zu »Hey was geht ab« von DJ Ötzi die komplette Kücheneinrichtung. Kai konnte das nicht wissen, aber heute war sein zwölfter Geburtstag.

Die Krankenschwestern sahen uninteressant aus und hatten zu dünne Stimmen und waren verwundert über Kais nahezu zynische Herangehensweise an die Verarbeitung des Verlusts seiner Mutter, der ihn so gut wie kaum zu tangieren schien. Er gab höchstens einige schmallippige, souveräne Statements von sich, zumeist unaufgefordert und dadurch jede weitere in Wochenendlehrgängen zum Umgang mit traumatisierten Kindern erlernte, subtile Annäherung des Personals unterbindend, beispielsweise »Mir steht eine harte Zeit bevor, aber ich muss positiv denken« oder die bewusst provokante, auswendig gelernte Formulierung »Natürlich hat das Bild dieser aus dem Leben gerissenen, blutüberströmten Frau eine tiefe Narbe auf meiner Seele hinterlassen, aber gerade deshalb muss man so eine Situation als krasse Chance sehen«, oder, wenn er überhaupt keinen Bock mehr hatte, eine von ihm erwartete Naivität und Offenheit zu performen, und vor allen Beteiligten konkretisieren wollte, dass er keinen Einzigen von ihnen genug mochte, um auch nur das kleinste bisschen dessen mit ihnen zu teilen, was er wirklich empfand – dann sagte er, er habe seine Mutter sowieso gehasst. Und sich ihren Tod gewünscht. Er wusste, dass sie ihm das nicht verübelt hätte.

Es galt ausschließlich dem Schutz davor, zu einer bemitleidenswerten Projektionsfläche sensationsgeiler Idioten zu werden, die seine Geschichte mit der allgemeinen Vorstellung von »Liebe« und »Tragik« entkräften würden.

Sein Vater verhielt sich okay. Die ersten Tage nachdem Kai aufgewacht war, saß er fast durchgehend und ohne ein einziges Mal sein graues Armanihemd zu wechseln an Kais Einzelzimmerbett, erkennbar gelangweilt und unter Druck gesetzt und definitiv nicht aus einer emotionalen Ambition heraus, trotzdem liebevoll genug, die Bereitschaft zu demonstrieren, deren Anschein aufrechtzuerhalten. Kai sah fern oder schlief, sein Vater las Zeitung oder telefonierte oder rauchte am Fenster, was beide lächelnd als Rebellion gegen lebenserhaltende Maßnahmen und die Glorifizierung der puren Biologie betrachteten. Eine verbindende und familiäre Zugehörigkeit wurde da demonstriert zu einer nur in der Illegalität und der Aufrechterhaltung kultureller, selbstzerstörerischer Gesten überlebenden, hochreflexiven Punkfraktion. Dieser schwerstattraktive Eins-neunzig-Typ in den besten Jahren, auf eine interessante Weise nicht erwachsen geworden und gleichzeitig enorm zerfurcht von der schweißtreibenden Gleichzeitigkeit seines Business und der von diesem und voneinander fernzuhaltenden Frauen unterschiedlichster sozialer Schichten und Altersstufen, alle leider, leider wahnsinnig verliebt in ihn – während er seinem Sohn Happy Hippos auf den Nachttisch stellte und sich mit ihm über das Buch *Spinne, der Torwart* unterhielt, dachte er an die chirurgisch optimierten Schamlippen seiner einundzwanzigjährigen Affäre Isabell, Philosophiestudentin, und schämte sich.

Die beiden redeten kaum, schon gar nicht über die bevorstehende Intensivierung ihrer Blutsbeziehung. Als Kai in ein Vierbettzimmer verlegt wurde, verkomplizierte sich die Situation in eine die emotionalen Innenwelten seines Vaters offenlegende Richtung, praktischerweise eine Informationsgrundlage bietend für das, auf was sich der Junge, flexibel wie man ist in dem Alter, würde einstellen müssen. Zwei der anderen Betten waren belegt, von einem schlafenden kleinen und einem gerade im Aufenthaltsraum vermutlich Mandalas gestaltenden großen Jungen. Er hatte die beiden dementsprechend noch nicht kennengelernt. Kais Vater saß auf einem Stuhl neben seinem Bett und war in einen Artikel über weiße Quallen und deren Status als Nahrungsmittel der Zukunft vertieft, gleichzeitig auch in die Frage danach, wie er den zwei Meter großen Eisblock einer von ihm betreuten Künstlerin zur Marrakesch Biennale transportiert bekäme. Zumal diese Künstlerin sehr gut bzw. wie eine nordische Beduinin aussah und trotz ihrer idealistisch, politisch aktiv und feministisch strukturierten Fassade (der Eisblock beispielsweise spiegelte das Verhältnis afrikanischer Nomadenvölker zu deren Siedlungsgebieten wider, eine aus zwei Vasen mit schlechtgelaunten Gesichtern bestehende Arbeit von vor vier Monaten die baldige Abschaffung des Y-Chromosoms usw. usf.) in ihrer ganzen vulgär ausgespielten Blondheit schlussendlich doch nur eins wollte, nämlich gefickt werden, möglichst im Hôtel de Paris in Monaco.

Kai fragte ihn, was genau eine Städtepartnerschaft sei. Ihn beschäftigte das seit seiner frühen Kindheit, damals hatte er eine Trickserie gesehen über ein Sportinternat in Manchester, da war das halt irgendwie vorgekommen.

Sein Vater reagierte nicht.

Er fragte noch mal: »Papa, was ist eine Städtepartnerschaft?«

Keine Reaktion, nur konzentriertes Starren auf die Zeitungsseiten. Kai fragte ein drittes und ein viertes Mal und stand dann auf, um seinem Vater auf die Schulter zu tippen, der erstaunlicherweise noch immer nicht antwortete. Die Zimmertür war offen, alle vier Sekunden hechtete gestresstes Krankenhauspersonal an dem Raum vorbei. Durch des Vaters verschränkte Sitzhaltung war dessen Hosenbein ein Stück nach oben gerutscht, und weil ihm das irgendwie vorkam wie eine folgerichtige Handlung, spuckte Kai auf seinen nackten Unterschenkel. Sein Vater stieß einen unkontrollierten Schrei aus, ließ die Zeitung fallen und trat Kai so rabiat von sich weg, dass er nach hinten und mit dem Kopf gegen das Eisengestell seines Bettes knallte. Aufs Äußerste erschüttert wischte der Vater sich die Rotze mit einem Stück Gardine ab, beugte sich über seinen Sohn und brachte folgende zwei Sätze hervor: »Spinnst du? Hast du den Arsch offen?«

Woraufhin selbstverständlich eine Krankenschwester ins Zimmer rannte, Kai lag immer noch auf dem Boden, es tat ihm zwar nichts weh, aber es gab auch keinen konkreten Grund, aufzustehen, sie erkundigte sich in einer selbstverständlichen Pseudobetroffenheit, was vorgefallen sei, und half Kai auf die Beine, während sein Vater nur sagte: »Hier ist rein gar nichts vorgefallen, abgesehen davon, dass mir ein zwölfjähriger Junge aufs Schienbein gerotzt hat«, Kai daraufhin, vor durch diesen körperlichen Angriff freigesetzter Wut schossen ihm Tränen in die Augen, gleichzeitig war er aber auch ziemlich triumphal am Start: »Ja, weil du nämlich voll nicht gehört hast! Du hast angefangen!« – »Was habe ich nicht gehört? Womit habe ich angefangen?« – »Kannst du mal bitte aufhören, so einen Scheißstress zu machen immer?« – »Nein, kann ich nicht.« – »Doch, Papa! Warum musst du hier immer so viel Scheißstress machen?« Vater (zur Krankenschwester): »Er ist verrückt geworden.« – und die Krankenschwester natürlich so kontrolliert empört und Kai dabei auf die Schulter klopfend: »Das ist noch lange kein Grund, ihn körperlich anzugreifen!«

Kais Vater war genervt und riss das Fenster auf, hinter dem nichts anderes abging als schlecht beleuchteter horizontaler Aschebrei, wir befinden uns in Brandenburg.

»Irgendwas stimmt hier nicht. Ich meine, ich kann doch keinem halberwachsenen Menschen ungestraft irgendwelche Gesten der Geringschätzung durchgehen lassen, und dann kommt da plötzlich ne Krankenschwester und schreit: ›Misshandlung, Misshandlung!‹ Und du hör jetzt bitte auf zu heulen, Kai, zieh hier bloß keine Show ab, du bist ganz definitiv derjenige, der angefangen hat mit der Scheiße.«

»Werfen Sie Ihrem zwölfjährigen Sohn gerade wirklich vor, er hätte *mit irgendwas angefangen*?«

»Ja, mein Gott, weil es sich bei meinem Verhalten weder um körperliche Gewalt noch um unberechenbare Scheißzüge handelt, sondern um einen folgerichtigen Reflex auf eine zutiefst inadäquate Aktion, durchgeführt von einem Menschen, den ich zu ernst nehme, um ihn nicht zu kritisieren für so einen Mist.«

Die Krankenschwester fing an zu grübeln, und Kais Vater fuhr fort:

»Ehrlich. Kai, du bist mein Sohn und du bist weit unter achtzehn, und es tut mir leid, aber ich werde dich hier keinesfalls wie ein auf Rücksichtnahme angewiesenes Kindergartenkind behandeln. Ich kann das nicht. Ich kann nicht morgens um sechs aufstehen, um dir Schulbrote zu schmieren, ich kann nicht irgendein für dich geeignetes Fernsehprogramm zusammenstellen und darauf achten, dass du nicht länger als zwei Stunden pro Tag vor der Glotze sitzt. Ich kann dir nicht bei Mathehausaufgaben helfen, und ich werde dich nicht davon abhalten können, in vier Jahren oder weiß der Teufel wann Drogen zu nehmen. Ich will auch nicht lernen, wie so was geht, verantwortungsbewusstes Handeln, da muss ich ehrlich sein, auch zu mir selbst. Und das klingt schrecklich und asozial, weil die liebende Fürsorge von Eltern immer als natürliche Gegebenheit vorausgesetzt wird von ausnahmslos allen Parteien. Aber als ich deiner Mutter begegnete, damals, wusste ich, dass ein aus diesem durchgeballerten Aufeinandertreffen zweier so unterschiedlicher Menschen entstandenes Kind später nicht einfordern würde, als Kind behandelt zu werden. Erinnerst du dich an diese Kugelblitze, mit denen du dich im Alter von fucking drei Jahren beschäftigt hast? Du hast mir auf die Mailbox gesprochen, stundenlang, irgendwas über kugelförmige Leuchterscheinungen.«

»Ja, ja, blabla.«

»Oder daran, wie du mit sechs bei mir zu Hause vor dem Fernseher saßt und dieser grauenhafte Horrorfilm lief, *Angriff der Killerameisen*, und du, anstatt heulend von dannen zu ziehen und kolossale Schäden davonzutragen, plötzlich seelenruhig angefangen hast zu erklären, wie bewundernswert die Special Effects sind?«

Kai zuckte mit den Schultern. Er erinnerte sich nicht, jemals bei seinem Vater zu Hause gewesen zu sein. Aber das musste wohl stimmen, denn sein Vater log nie. Er konnte es einfach nicht. Binky hatte immer erzählt, dass er, wenn er in einer Notsituation zu der geringsten Unwahrheit gezwungen wurde, sofort rote Flecken im Gesicht bekommen habe. Einmal seien die beiden bei der Witwe ihres Onkels eingeladen gewesen; und zehn Meter vor deren Haustür fiel Binky plötzlich auf, dass sie vergessen hatten, Blumen zu kaufen. Sie wollte dieser Frau dann höflichkeitshalber die Lüge auftischen, dass sie den riesigen Blumenstrauß auf dem Autodach liegengelassen hätten, eingestiegen und losgefahren seien und sich das Arrangement dementsprechend nun, im hohen Bogen aus dem Parkhaus geschleudert, in der Innenstadt befände. Doch als sie gerade mit der detaillierten Schilderung einer zweistündigen Suchaktion begonnen hatte, die ihr noch spontan als plausibilitätssteigernde Legitimierung für die Verspätung eingefallen war, merkte sie plötzlich, dass Tante Christiane gar nicht mehr zuhörte, sondern mit offenem Mund Binkys neuem Boyfriend dabei zusah, wie er in einen Ohnmachtsanfall zusammensackte und dabei drei ihrer Setzkästen von der Wand riss. Na ja. Dieses physisch bedingte Bedürfnis nach Ehrlichkeit sei dann wohl auch einer der vielen Gründe für die sogenannte Trennung gewesen, aber sie hätten sich sehr geliebt.

Die Krankenschwester fragte: »Was genau hat Kai denn eigentlich gemacht gerade?«

Kai: »Ich habe ihn angespuckt.«

Schockiertes Hochziehen der Augenbrauen von Seiten der Schwester. Sein Vater stöhnte laut und sagte:

»Er hat mich nicht einfach angespuckt. Das war kein Affekt. Das war, keine Ahnung, ich würde fast sagen: kalkulierter Mord. Er hat die Spucke sozusagen erst mal genüsslich gesammelt und sie dann, in einem langen Spuckefaden, auf mein Bein tropfen lassen. Genau auf den Hautstreifen zwischen Socke und Hose.«

Und Kai sagte: »Aber nur, weil ich ihn vorher angetippt und zweitausend Mal gerufen habe und er einfach nichts gehört hat und ich ihn dringend was fragen musste.«

»Was musstest du mich denn fragen?«

»Was eine Städtepartnerschaft ist.«

Kurzes Schweigen.

»Klingt bescheuert, aber es interessiert mich wirklich.«

»Na ja«, antwortete der Vater dann, von einer Sekunde auf die andere wieder gefasst und als wäre das Drama des vorangegangenen Hardcorekonflikts tatsächlich einem Interesse an der bestmöglichen Erläuterung des Begriffes Städtepartnerschaft gewichen: »Da ist dann halt irgendwie, was weiß ich, Warschau verbunden mit Hamburg oder so, und dann stellen die sich gegenseitig ein Denkmal hin und tauschen Schüler und Studenten aus und solche Sachen. Auch mit Förderprojekten, und am Ortseingangsschild steht dann eben noch zum Beispiel die Partnerstadt ganz klein drauf. Wieso?«

»Weil das mal vorkam in einer *Teufelskicker*-Folge, wo Henri von der Schule fliegen sollte und dann alle Geld sammeln wollten und … scheiß drauf, ist zu schwer zu erklären.«

Wie dem auch sei.

Der Vater, er trägt übrigens den denkbar unpassenden Namen Detlev, ging dann kurz noch raus, um einen Kaffee zu trinken, und die Krankenschwester lief ihm hinterher, aber vorher sagten sich Detlev und Kai noch, dass sie sich lieb hätten, was beide auch zum ersten Mal halbwegs ernst meinten.

Als die Erwachsenen das Zimmer verlassen hatten, hörte Kai plötzlich eine sehr hohe Stimme fragen, ob er das Fenster wieder schließen könne. Sie gehörte seinem Zimmergenossen, der von dem ganzen Exzess wach geworden war und jetzt aufrecht in seinem Bett saß mit bis unter das Kinn gezogener Decke und hellgrauen Augen, die ins Nichts starrten. Der Junge hieß Leo.

Leo war neun Jahre alt, von Geburt an blind und während der Herbstferien, im Rahmen einer Integrationsmaßnahme für behinderte Kinder, vom Pferd gefallen. Er hatte ein eingegipstes Bein und konnte sehr differenziert die Geräusche verschiedener Rennautos nachmachen, was er Kai nach anfänglicher Schüchternheit auch stolz präsentierte, stundenlang. Der Aufdruck seines Bademantels bestand natürlich auch aus Rennautos. Es war total absurd, vor allem kam dann passenderweise auch noch Leos Großfamilie eingeritten irgendwann, zu fünft, mit Streuselkuchen, dessen größere Hälfte Kai ungefragt auf seinen Nachttisch gestellt wurde. Leos Vater war es gelungen seine beiden Hasen in einer Tragetasche ins Krankenhaus zu schmuggeln. Seine Mutter hatte eine wulstige, ihren Hals umrundende Riesennarbe, die wirklich brutal aussah und, wie sie Kai direkt erklärte, nicht mit einer Mafiavergangenheit, sondern einer verpfuschten Stimmbandoperation zusammenhing.

»Ich finde, das sieht eher cool aus als scheiße«, antwortete Kai höflichkeitshalber und wurde daraufhin direkt eingeladen, jederzeit bei Familie Halberstedt aus Kleinmachnow vorbeizukommen, gerne auch für mehrere Wochen. Woraufhin Leos kleine Schwestern hysterisch zu jubeln begannen und Kai dachte: Wow, endlich mal wieder normale Menschen. Und danach dachte er irgendwie an den Zirkus und an Samantha, die eigentlich der einzige normale Mensch unter sechs Milliarden zu sein schien, und er würde auch die nächsten vier Jahre nicht mehr aufhören, an Samantha zu denken, keine einzige Sekunde lang, und in dieser Nacht weinte er zum ersten Mal zwei Stunden durch, den Kopf in sein Kissen gepresst, weil alles wirklich zu krass war.

Am Tag vor Kais Entlassung brachte sich der Junge mit den zugeklebten Augen um, dem er in der Intensivstation begegnet war. Der war dreizehn Jahre alt und scheinbar passionierter Skydiver gewesen und hatte seinen Sportunfall zwar querschnittsgelähmt überlebt, sich jetzt aber aus dem vierten Stock des Krankenhauses gestürzt, was Kai im Gegensatz zum Rest der sich in diesem Gebäude befindenden Personen nicht im Geringsten wunderte, sondern nur erinnerte an etwas Wichtiges, das es noch zu erledigen gab. In der Mitte des Raumes stapelte Kai die drei dort verfügbaren Stühle übereinander. Währenddessen erklärte er Leo, er müsse dringend einen sogenannten Fliegenklebestreifen an der Decke befestigen, deshalb der ganze Lärm, und der sehende Junge, mit dem sich die beiden das Zimmer teilten, war eh zu debil, um das in Frage zu stellen. Der spielte desinteressiert Gameboy und kurierte derweil seine Harnleiterentzündung aus. Kai kletterte auf die holprige Stuhlinstallation und sprang mehrmals hintereinander vertikal in die Höhe, um einen Blick auf die Rückseite der Lampe erhaschen zu können. Beim zwölften Mal schaffte er es. Die Lampen hier waren allesamt von der NARVA GmbH hergestellt worden, Industriegebiet Nord, Erzstraße 22, 09618 Brand-Erbisdorf, wo zur Hölle sich dieser Ort auch befinden mochte. Kai fiel einer vorübergehenden Minderdurchblutung seines Gehirns zum Opfer und aufgrund des damit einhergehenden Haltungskontrollverlustes von der Turmkonstruktion. Er zog sich jedoch, dem Himmel sei Dank, keine weiteren Verletzungen zu.

5 Cecile stand mit einer Frau, die sie seit ihrer Geburt mit deren Vornamen anzureden hatte, an einem Flughafen im Süden Europas. Die Frau trug eine Hose in einer Farbe, die ihr gut stand, dazu eine Kaschmirjacke und hohe Schuhe. Selbst morgens um neun war sie zu konditioniert, um auf der ganzen Sohle zu laufen. Sie hieß Gloria. Eines der wenigen Male in ihrem Leben trug Cecile Shorts, wahrscheinlich um ihrer Mutter anhand entwaffnender Teenagerhaut ihren Altersunterschied und den damit einhergehenden Eindruck in Erinnerung zu rufen, den Fremde von ihnen hatten: Sie waren beide Teil derselben durch Abstammung begründeten Lebensgemeinschaft, so fern voneinander sich diese Leben auch abspielten. Cecile hatte keine Sekunde geschlafen und bereute das, die Schlange zum Schalter war lang, die beiden konnten weder ein Wort miteinander wechseln noch charmant mit dieser Sprachlosigkeit umgehen. Als sie endlich einchecken durften, zitterte Cecile, während sie ihren Ausweis hervorholte. Gloria kommentierte das in keiner Weise, forderte beim Steward jedoch unerwartet ein, im Flugzeug neben ihrer Tochter zu sitzen.

»Sollen wir noch einen Kaffee holen?«, fragte sie, und Cecile antwortete ironisch und mit abgewandtem Blick, sie tue immer nur das, was ihre Mutter ihr sage. Zwei Minuten später lief sie Gloria hinterher durch die lichtdurchflutetste Flughafenhalle, die sie je gesehen hatte, neue Skalen von Himmelfarbtönen überall da draußen. Sie blieb stehen, wenn ihre Mutter stehen blieb, und wartete schweigend, während die sich einen Kaffee am Tchibostand bestellte. Von weitem beobachtete sie eine über vierzigjährige Frau in kobaltblauem Kreppkleid, klare Linien, raffiniert eingesetzte Abnäher, glänzendes Niveagesicht zu Verhärmtheit und roten Lippen. Cecile verglich diese Tussi unwillkürlich mit ihrer Mutter und fantasierte sich, ohne irgendetwas dagegen tun zu können, mit großer Genugtuung zusammen, wie Gloria sie, ihre Tochter, mit ihrem Mann, Ceciles Vater, in der hemmungslosesten Sexsituation seines Lebens erwischte. Mit Gaffatape gefesselt auf den aus Bali importierten, zweihundert Jahre alten Holzdielen des Elternhauses. Vor Schmerz und der Freude an äußerster Perversion verzerrte Gesichter, irgendwo entlangrinnende Blutströme, das ausgezogene Slayer-T-Shirt und eine so in dieser Familie noch nie dagewesene Grobschlächtigkeit. Von hinten klopfte Cecile ein ihr bekannter Mann auf die Schulter. Die schweißüberströmte Existenz eines uneingestandenen Folklorekapitalisten – Cecile wurde von ihm mit einer Gönnerhaftigkeit angelächelt, die jede stattgefundene sexuelle Interaktion zwischen ihnen vor allen Anwesenden ausschloss. Danach begrüßte er euphorisch ihre Mutter. Als Cecile ihm von Gloria als minderjährige Tochter vorgestellt wurde, versuchte er seinen Schock zwar elegant zu überspielen, doch ein Anflug von Panik, antrainiertem Schuldbewusstsein und Hilflosigkeit machten sich in seinem Gesicht breit, schnell und professionell aus der Welt geschafft mit einem Kompliment für die Inneneinrichtung der Ausnahmeimmobilie, die Ceciles Eltern vor kurzem bezogen und für ein an Besserverdienende gerichtetes Lifestylemagazin hatten abfotografieren lassen.

Der Typ, mit dem Cecile gestern Sex gehabt hatte, und ihre Mutter führten unangenehmen, mit verkappter Flirtiness aufgeladenen Smalltalk. So etwas hätte Cecile unter normalen Umständen mit einem lauten »Ihr Ficker« unterbrochen. Zuerst ging es um die als Grund für dessen Selbstmord bezeichnete Witwe von Mike Kelly und von dort aus über neugeborene Tierkinder in verschiedenen Zoos hin zur Ernsthaftigkeit des Business, Gloria halt so, mit einer lässigen Geste ihre Haare nach hinten werfend: »Ich wollte mir ja unbedingt einen von diesen Betonfernsehern von Cora Isken holen, die finde ich echt irre!«

Und der kommerzielle Vermittler zwischen Künstler und Publikum antwortete: »Ja, sie hat ein paar neue, zehn Stück oder so, die sind alle cool bis auf einen, ich kann dich irgendwann mal mitnehmen in ihr Studio.«

»Warum denn alle bis auf einen?«

»Weil einer irgendwie … keine Ahnung, die Form ist nicht richtig. Nicht so ne richtige Fernsehershape, sondern eher Kitsch.«

»Wie viel kosten die?«

»Zwanzig- bis dreißigtausend.« Kurzes Schweigen. Bis Gloria sagte: »Geht ja eigentlich.«

»Und, ich meine, ja, mein Gott, was will man machen mit der Kacke.«

»Weißt du, wie viel die für den Elefanten aus dem Dingensmuseum haben wollten?«

»Welcher Elefant genau?«

»So ein aus Eisen gegossener von Anselm Echternacht – eine halbe Million!«

Und plötzlich durchbrach des Galeristen Frau im blauen Kleid die Scheiße, verhältnismäßig nett, sich von hinten heranschleichend, mit einer viel zu tiefen Stimme: »Den haben wir doch gesehen, Thomas! Diesen Elefanten! Bei der Vernissage in Venedig, wo Cornelius Dragenhorst seiner kleinen Assistentin eine reingehauen hat.« Dann zu Cecile, ihr eine Plastiktüte mit Lebensmitteln entgegenstreckend: »Willst du eine Frikadelle?«

Cecile schüttelte den Kopf und kratzte sich am Arm.

Die Frau schien sichtlich verärgert, dass niemand da war, dem sie auf die Schulter hätte klopfen können. Eins stand fest: Die spontane Gruppierung war an einem unausweichlichen Scheißpunkt angelangt, der keiner näheren Schilderung bedarf.

Bewegen wir uns an dieser Stelle also zurück zum Vortag. An dem Cecile (siebzehn Jahre alt, schweißtreibende Gewaltfantasien, neue Protagonistin) die weitere Dimension des »Eine Einladung ist unnötig«-Bullshit sexy zu finden begann, also die kilometerlange Reihe aus nach 2006 gebauten Sportwagen, Glorias eingeübte Grandezza und ihr Valentinokleid, dieses Aufeinandertreffen von proletarisch anmutender, humorloser Pseudodekadenz und einer aus Credibilitygründen eingeladenen Culture-Scene, goldschwarze Spiegelfassungen, kombiniert mit beigem Marmor und der Geste wegen zu konsumierenden schlechten Drogen. Eine Schweizer Industriellendynastie kam hier anlässlich des fünfzigsten Geburtstages eines wichtigen Erben zusammen, dessen Bruder vor fünfzehn Jahren zuerst seine Frau und dann sich selbst umgebracht hatte. Die Familie war seit Generationen geprägt von dysfunktionalen Aussätzigen, angefangen bei dem zu Beginn des zwanzigsten Jahrhunderts geborenen Sohn eines Generals, der zusammen mit circa zehn Geliebten nach Persien ausgerissen war und dort infolge seiner Opiumsucht mehrere Körperteile verloren hatte. Mit sechzehn waren seine Gefäße abgestorben, denn sein Blut hatte sich verdickt. Eine ausgezeichnete Metapher für das sich durch die Familie ziehende Ausmaß an widersprüchlicher Dunkelheit, verborgen unter einer den Fakten diametral entgegenstehenden »Alles ist geil«-Manier, derentwegen die exzessive Präsenz der Gäste bereits heranwaberte, als sich das Anwesen gerade erst am Horizont abzuzeichnen begann.

Gloria und Cecile liefen als Freunde der Familie in einer Art Dämmerung, die sich über die Wiesen zog, über das naturgeschützte Grundstück, in der Ferne Kastanienwälder und Schafherden und ein riesiges morastiges Kackbiotop, das von irgendeinem Vater vor Jahrzehnten angelegt und seitdem an das jeweils älteste Kind weitervererbt worden war. Das Haus war halt irgendwie fünfhundert Jahre alt und vollständig aus Holz. Auf und in den hinteren der in einer Endlosreihe geparkten Autos (also vor der Tür zu diesem Haus stehen die alle, am Rand einer Art Privatstraße, egal) saßen Teenager in Ceciles Alter, eine Mischung aus Verschnitten amerikanischer High-School-Meinungsführer und dem alternativen Rest, langhaarige Jungs in mit Schmirgelpapier bearbeiteten Jeans zum Beispiel und Girls im Hippiestyle, Stirnbänder aus Schlangenlederimitat, ein Großteil von ihnen gerade aus Ibiza oder einem Kibbuz wiedergekommen, Hobbys: Pilates und Fechten. Sie alle hatten eins gemeinsam: 400 bis 700 Euro, die regelmäßig unter einem künstlichen Stein vor ihren Elternhäusern deponiert wurden, damit sie nachts aus Partysituationen mit dem Taxi nach Hause fahren und es bezahlen konnten, ohne die Angestellten zu wecken. Nun hingen sie auf Motorhauben ab und taten fragwürdige Dinge, zum Beispiel Haschisch rauchen. Cecile und Gloria mussten gleichzeitig gähnen. Sie gingen auf das fette Holzhaus zu und an diesen Jugendlichen vorbei. Eins der Mädchen quälte sich bedrohlich zielsicher aus dem Auto, holte die beiden ein und lief neben ihnen her, mit träge über den Pupillen hängenden Augenlidern. Nach kurzer Zeit brüllte es dann unvermittelt mit auf Cecile gerichtetem Zeigefinger: »Ach krass, bist du nicht die mit dem freiwilligen sozialen Jahr in Bolivien, wo der Panther so auf dich losgegangen ist?«

Cecile schüttelte den Kopf, das Mädchen zuckte mit den Schultern.

»Egal«, sagte es gähnend, streckte sich und deutete dann auf einen zu dicken Hirtenhund, der in einiger Entfernung etwas aus dem bewusst verwilderten Wiesenstück auszubuddeln versuchte.

»Guckt mal, der Hund da!«

»Sehr interessant«, sagte Cecile.

»Ja, das ist Lumpi von Cordula, dessen ganzer Körper seit neustem kahl rasiert ist.«

»Kahl rasiert?«, fragte Gloria.

»Ja, kahl rasiert!«, antwortete das Mädchen. »Und ich so zu Cordula: ›Wieso hatn dein Hund so kurze Haare?‹ Und sie in ihrer süddeutschen Ignoranzmentalität, die ist ja angeheiratet und kommt eigentlich aus irgendeinem Kaff: ›Den hom wa heut morgen gschorn.‹ Und ich: ›Soo kurz, wow.‹ Sieht jedenfalls total bescheuert aus. Einfach ratsch, ratsch mit so nem Rasierer drüber. Macht man das so kurz?«

»Nein, natürlich nicht«, antwortete Gloria und fügte nachdenklich hinzu: »Vor allem lässt man nicht am Kopf und an den Füßen das Fell lang, das ist doch Quatsch.« »Ey, der sieht aus, Leute! Ich dachte zuerst, der hätte irgendwie so ne Fellkrankheit. Echt, diese schreckliche Frau. Und dann so heute Morgen sagt sie: ›Ach, die können ruhig raus, die können ruhig raus.‹ – Agapi und Lumpi dann also draußen am Spielen, Agapi ist der gut erzogene Dackel meiner Schwester, und Cordula so: ›Ja easy, locker, des is ja auch guat für die Hunde, wenn die mal nen Kollegen haben zum Spielen und so.‹ Lumpi hat dann aber direkt so die Düse gemacht – und sie: ›Lumpi, Lumpi!‹ Also erst nen großen hippieartigen Vortrag halten, wie easy und locker, der Lumpi, und super, und der muss halt auch raus zum Spielen, ist normal, und Lumpi gleich so weg und sie gleich total hysterisch.«

»Wie heißt du eigentlich?«, fragte Cecile.

»Juditha!«

Juditha reichte Cecile und Gloria hintereinander die Hand, drohte währenddessen umzufallen und redete trotzdem weiter:

»Hab ich euch schon erzählt, wie ich diese Cordula kennengelernt habe? Da kam sie so rein mit nem bayrischen Ornamententhermometer in der Hand und wollte das verschenken. Obwohl, nee, stimmt gar nicht, zum ersten Mal gesehen habe ich sie letztes Jahr im November, da war ich hier bei Frederick zu Besuch, sie ist ja seine Mutter, und ich hatte sie aber nie kennengelernt, weil sie meistens depressiv im Bett hängt, und Frederick hatte Stress mit seinem Girlfriend, und das ruft ihn die ganze Zeit an, und ich sitz da so an einem der aus Italy importierten Kamine, er geht raus ums Haus und telefoniert. Ewig lang. Dann klingelt's, ich geh nach vorne und mach die Tür auf, da steht da diese Frau mit ner knallroten Pudelmütze, nem blauen Overall und irgendwie so Hippieschals und diesem Hund und noch irgendwie so einer dreißigjährigen anderen Künstlertante in ähnlichem Outfit. Und das ist halt so, wenn ältere Frauen, die nur aufm Land leben und nur Körner fressen, so ein faltiges, aber rundliches gesundes Gesicht haben, wie so – ja, wie so ein älterer Pfirsich eigentlich. Aber gesund. Diese gesunde Röte, weißte? Cordula so: ›Hä?‹ Und ich so: ›Hä?‹ Und sie: ›Ja, ist denn der Frederick da‹ und ›ich bin die Cordula‹ und so. Obwohl, das hat sie gar nicht gesagt, dass sie die Cordula ist, weil sie sich natürlich auch selbstverständlich auf dem Terrain bewegt, weil das ja mal alles auch ihr eigenes war oder vielmehr immer noch ist. Die dumme Tussi wohnt hier, verdammt, das vergess ich ständig. Wie auch immer. Ein paar Monate später kam sie jedenfalls reingeschneit mit dem bayrischen Ornamententhermometer in der Hand. Ja, und trug das erst mal so durch die Gegend und überreichte es dann feierlich Frederick, als Geschenk. Also einfach so ein Schnörkelscheiß. Mit zwei Thermometern. Oder Thermometers oder wie das heißt. Also innen und außen, Thermostat, oder was weiß ich, mit so Gold eingelassen, so richtig kacke. Das Ding war abgrundtief hässlich. Also. Weiß nicht. Wie diese Lampe da vorne oder so. Egal, scheiß drauf. Scheiß drauf!«

Juditha atmete tief durch und setzte sich auf die zur Haustür führenden Stufen.

Die Kids in den Autos riefen nach ihr, sie winkte ihnen zu, sagte zu sich selbst: »Boah, ich hab Hunger!«, stand wieder auf und ging ohne Verabschiedung zurück. Im Gehen schmiss sie ein aus Gänseblümchen geflochtenes Stirnband weg, das sie parallel zu ihrer Labereskapade angefertigt hatte. Gloria atmete durch und warf Cecile ein konspiratives Lächeln der Erleichterung zu, das nicht erwidert wurde. Die beiden betraten das Haus. Durch ein leeres kleines Vorzimmerchen mit einem viel zu großen Stromkasten, der halb in den Raum ragte. Was auch echt total verkackt war, wie Cecile mit Schrecken feststellte, allein dieser kleine Flur hatte schon acht verschiedene Wände und vier verschiedene Holzelemente, also diese helle Decke, die Fünfziger-Jahre-Leisten, da vorne das alte Holz, da drüben eine moderne Tür, hier wieder ein bisschen Putz und so und egal, und zwischen Türrahmen und dem Dings hing jetzt eben zu allem Überfluss auch noch das Thermometer. Und damit konnte man den Ort eigentlich komplett in die Tonne treten. Wirklich. Das Thermometer gab dem gerade noch so den Rest. Zumal es nämlich genau an dem Fleck angebracht worden war, wo es auch jeder Bauer hingehängt hätte. Zwischen dem Stromkasten und der Tür. Vor hundert Jahren hatte das an dieser Stelle definitiv schon mal genauso rumgehangen.

6

Als Cecile und Gloria im Wohnbereich des Hauses angekommen waren, durch eine große Flügeltür, verfolgten dort circa hundert Menschen den Transport eines riesigen, aufgespießten Wildschweins, das vom stilecht als Butler verkleideten Cateringpersonal in der Mitte der gedeckten Tafel abgestellt wurde. Alle jubelten. Cecile entfernte sich von ihrer Mutter zu einer leeren Sitzgelegenheit in der gegenüberliegenden Zimmerecke. Frederick, der Sohn, der das Thermometer geschenkt gekriegt hatte, kam auf sie zu und drückte ihr einen Whiskey Sour in die Hand. Er hatte blonde Rastazöpfe, trug kaputte Cargopants und einen viel zu kleinen Camouflageblazer, übersät von Buttons, auf denen Enten, Teekannen und Palmen abgebildet waren. Keine Kostümbildnerin hätte diese fehlgeleitete Vorstellung von Rebellion besser umsetzen können. Die beiden hatten sich zum letzten Mal im Kindergartenalter gesehen, er spreizte dementsprechend die Finger zu einem Peacezeichen und begrüßte Cecile mit der auf sein Outfit anspielenden Aussage: »Hey! Punkrock!«

Als Cecile nach fünfzehn Sekunden noch immer nicht reagierte, fügte er in einem gekonnten Mischmasch einiger deutscher Dialekte hinzu: »Wat haste so jetrieben die letzten fifteen years?«

Und Cecile, ermutigt zu einer schweißtreibenden Odyssee durch die dekadenten Abgründe ihrer Existenz: »Ernsthaftes Kokainproblem.«

»Tja.«

»Und du?«

»Das kann ich dir nur beantworten, wenn ich dir nichts beweisen muss, sondern weiterhin an meinem Bild von Insektenforschung oder Murnau weiterbauen kann. Ich hab ein paar Immobilien angehäuft, und du schuldest mir noch 18 000 Euro.«

»Ernsthaft?«

»Nein, das war ein Witz. Weißt du überhaupt, wer Murnau war?«

Cecile schüttelte den Kopf.

»Willst du ein Stück Wildschwein?«

Cecile schüttelte zum zweiten Mal den Kopf, Frederick ging schulterzuckend zur Terrassentür hinaus. Mit einem gewissen Abstand hörte Cecile den Gesprächen der Gäste zu, hauptsächlich Lästereien über die Inneneinrichtung, zwischendurch Analysen dessen, was man sich in den vergangenen Wochen an Kunst so reingezogen hatte (»Das soll alles aussehen wie in diesem frühen Film von Dingens mit Jennifer Grey und diesem Knilch, dessen Namen ich immer verdränge, wie heißt der denn?« – »Patrick Swayze.« – »Patrick Swayze, genau. Und dann wird noch ein Hochsitz dahin gebaut und so ein KZ-Lautsprecher am Mast, wo Adorno rauskommt. Hinten soll noch so ein Beautysalonmodul hin. Und überhaupt, das Gebüsch, dann kommt der Ingwer, da ist so ein kleiner balkonartiger Erker, der aufs Meer zeigt, weil das ist direkt am Meer, und da soll, glaube ich, der Ingwer stehen.« – »Was fürn Ingwer?« – »Der Ingwer ist diese Honigbienenkönigin, nach Beuys gebaut, also das sieht eigentlich aus wie ein zwei Meter fünfzig großer Ingwer.« – »Aha, okay.« – »Das ist das Kunstwerk schlechthin. Weil es wirklich überhaupt nichts bedeutet. Und Ingwer heißt es nur, weil die Techniker das immer Ingwer genannt haben. Und in der Zeitung stand, da komme ein Ding aus dem Bühnenhimmel runter auf die Bühne, von dem man wirklich nicht sagen könne, dass man es schon mal gesehen oder was es eventuell zu bedeuten habe, es sei ausschließlich fremd und unbekannt. Nur die Techniker, die wussten natürlich sofort: Ein Ingwer!« – »Ja. Aber wie sieht das dann aus? Wie so ein gelber Kaktus?« – »Nee, das – das sieht halt so aus wie ein Ingwer, haben die hier keinen an der Bar? Soll ich mal einen holen kurz?« – »Nein, aber Ingwer hat doch so Äste, oder?« – »Ja, das hat das auch.«) – whatever, und währenddessen blickte Cecile verstohlen zu Gloria rüber, die auf einem der mit handgewebten Perserstoffen überzogenen Sofas neben der Terrassentür saß und nacheinander von diversen Männern angebaggert wurde. In Gloria sahen diese wohlsituierten Typen mittleren Alters eine wunderschöne und spannende Alternative zur jeweiligen Ehefrau, in Cecile einen klassischen Fick. Gloria hatte ihr Leben lang nach Bürgerlichkeit gelechzt. Cecile hatte sich in mehreren kostspieligen Internaten selbst und deshalb mit dem intellektuellen Ansatz erziehen müssen, dass Bürgerlichkeit sämtliche Lebenstriebe unterdrückt, bis sie sich in einen unbewussten Todeswunsch flüchten – sie war dementsprechend zu aufgeklärt, um suizidal zu sein, sie war auch nicht depressiv, sie steckte nur einfach in einem unkündbaren Verwandtschaftsverhältnis, das schlechterdings nicht zu ertragen war.

In puncto Sicherheit, die sie an ihrer sogenannten Mutter gezwungen war zu beobachten, war sie Gloria, einem Menschen, dessen Leben Cecile sich einbildete innerhalb von zehn Sekunden demontieren zu können, unterlegen. Vollständig. Dies begann sie Gloria relativ hoch anzurechnen in dem Moment, als der Gastgeberpatriarch eine kurze Rede hielt, das Wildschwein zum Verzehr freigab und sich dann mit dieser emotionalen Unausgegorenheit verpisste, die Cecile so verabscheute. Seine Frau war gar nicht erst aufgetaucht. Bis jetzt. Alles halt so gemütlich und verhalten. Das Schwein war zerdingst worden. Zwischendurch tanzte mal jemand zu Madonna. Ein Mann wurde ohnmächtig und fiel beinahe in die angebissene Fototorte, halb so schlimm, und Cecile hörte plötzlich eine schneidende Frauenstimme mehrmals hintereinander nach Lumpi rufen, bis sie eine rothaarige Mittfünfzigerin im weißen Nachthemd zuerst die Balustrade entlang und dann die gewundene Treppe hinunter zur Partygesellschaft wanken sah. Cecile kannte diese Frau nicht, kombinierte jedoch, dass es sich um Cordula mit der Pudelmütze handeln musste, und behielt damit recht. Cordula wirkte wie aus einem psychiatrischen Keller ausgebrochen. Geld allein jedenfalls macht nicht unglücklich, irgendwas anderes musste ihren schlechten Zustand zu verantworten haben. Vermögen und zu gutes Aussehen – teuflische Kombination. Sie rief weiterhin nach Lumpi, nach und nach drehten sich die Gäste zu ihr um. Einem ehemaligen Tischtennisweltmeister, der inzwischen mit surrealen Nassnadelradierungen verschiedener Sportgeräte sehr viel Geld verdient, fiel die geschenkverpackte Erstausgabe von Harper Lees Roman *Wer die Nachtigall stört* aus der Hand. Als Cordula am Treppenabsatz ankam und sich dort in eine der jungen Judy Garland entliehene Pose begab, verstummte der komplette Raum. Nicht, weil sie betrunken und gerade erst aufgestanden zu sein schien, sondern weil sich in ihrer Präsenz das grenzenlose Desinteresse an der ganzen Gesellschaft hier widerspiegelte. Sie sah niemanden an, sondern nur auf die Tür, durch die innerhalb weniger Sekunden ihr Hund mit einem riesigen verdreckten Gummistinktier im Maul hereintrottete. Er lief in ihre Richtung, blieb jedoch schreckerstarrt stehen, als sein Blick auf das Wildschwein am Holzkohlespieß und dessen professionell eingeritzte, inzwischen zerfledderte Haut fiel. Gesträubtes Fell, weit aufgerissene Augen und sofortige Umkehr, Lumpi rannte mit eingezogenem Schwanz wieder raus. Die Partygesellschaft lachte erleichtert, das war ja auch irre witzig und alles, und die Leute sagten Dinge wie »Haha, so was hat der Hund noch nie gesehen!« oder »Eventuell hätte man ihn vorher desensibilisieren müssen für den Anblick einer Spansau« oder »Der Arme, da hat der doch tatsächlich Angst vorm Schwein!«, woraufhin Cecile aus ihrer abgeschiedenen Sesselsituation nur die gewagte These zu erwidern wusste, sehr laut: »Der Hund hatte keine Angst vor dem Wildschwein, der hatte Angst, dass er gleich auch gefressen wird von euch Wichsern!«

Cordula, die bisher keinen der Gäste eines konkreten Blickes gewürdigt hatte, begann Cecile anzustarren. Die Intensität ihres Staunens ging auf die anderen über, ohne dass die ihr Interesse an dem unattraktiven Girl und deren Äußerung hätten nachvollziehen können. Und Cecile rutschte bedenklich tief in die Lederpolster, Cordula starrte weiter, und Gloria kaute am anderen Ende des Raumes an einer entzündeten Nagelhaut, und niemand wusste so genau, was los war. Außer, dass da gerade eine vereinte Kraft geteilten Geistes losbrach, die einem Film von Scorsese hätte entrissen sein können.

»Diese abgeschmackte Behauptung, das da vorne sei deine Tochter –«, schrie Cordula dann unvermittelt Gloria zu und zeigte auf Cecile, die sich, quasi zur Salzsäule erstarrt, oder wie nennt man das, am Ohr kratzte – »wo zur Hölle bist du gelandet, Gloria? Brauchen wir hier wieder mal ein paar Volkshochschulauffrischungen? Don Giovanni in der Kirche? Irgendwas absolut Andersartiges und Fremdes, das du als abstoßend empfinden kannst, um langsam zu checken, dass das da alles Quatsch ist?«

Gloria neutralisierte die Situation mit einem souveränen Lächeln, sodass alle Anwesenden Cordulas Bezugnahme für eine narkotikabedingte Ausfallerscheinung und reinen Zufall halten konnten. Die Gäste atmeten mal wieder erleichtert auf, blieben aber gespannt. Cecile wurde unruhig. Cordula fing an, sich rückwärts die Treppe nach oben zu kämpfen, und fuhr fort, dass es ihr egal sei, was die ganzen Idioten machten, was Deutschland mache, von oben sei es doch wirklich rasiert und jede Scheißhecke sei der absolute Ausdruck von Hass. »Ihr baut eure Äcker aus Hass, eure Häuser, eure Gärten! Ihr wollt irgendwas beweisen, das ist meins und das geht gar nicht und kotz. Gloria, wirf nur einen einzigen Blick auf die schützenden Brustpanzer deiner angeblichen ›Tochter‹, auf die den Tod dir sendende Göttlichkeit dieser Lüge! Guck dir das Autoaggressionspotenzial an, die Haarfarbe, den Abgrund in ihrem Antlitz. Kannst du mich oder sie dann immer noch für verrückt oder für Scheißaussteigerinnen halten? Das sind wir nicht, du bist es. Sich in einer Revolution verbunden zu fühlen, das könnte uns eventuell alle in unserer Feigheit vereinen. Aber irgendwas muss brennen. Und da frage ich euch alle, was ihr brennen sehen wollt. Ich selber befinde mich da eigentlich in der Dunkelkammer, und dann kommen Strahlungen – und ich bin kein Esoteriker –, die dann meine Person verändern … verunstalten … und noch dazu: Ich liebe es. Ich liebe es, verdammt!«

Auf der vorletzten Stufe legte sich Cordula kolossal auf die Fresse und machte keine Anstalten, wieder aufzustehen. Die Leute waren zu gehemmt oder uncouragiert, jedenfalls widmete sich ihr fünf Minuten lang niemand, bis ihr Mann in seinem Scheißpoloshirt von draußen reingerannt kam und ihr mit gleichzeitiger an die Gäste gerichteter Entschuldigungsgeste aufhalf. Er schaffte sie weg.

Und die Party ging weiter, besser als zuvor, weil jetzt der Auslöser eines intensiven Erlebnisses (Cordula) zum Objekt wilder Diskussionen gemacht werden konnte. Gloria war irgendwie weg, Cecile wollte ihr hinterherrennen, stattdessen dachte sie »Hammer« und versuchte Voraussetzungen zum Verständnis dessen zu schaffen, was gerade passiert war. Ein Galerist stellte sich neben sie, den sie zwanzig Minuten zuvor einen an ihre Mutter gerichteten, eindeutig sexuell konnotierten Aussagesatz hatte sagen hören. Er unterhielt sich mit ihr über Sternzeichen und die Vergangenheit seiner jüdischen Familie. Er sei aus geschäftlichen Gründen hier, erläuterte diese aber nicht näher. Cecile erzählte unter anderem, dass ihr Vater vor lauter Alkoholismus seinen Job in einer Schweißerei verloren und ihre Mutter sich umgebracht habe, dass sie deshalb mit vierzehn von zu Hause abgehauen und an einen berühmten Künstler aus Los Angeles geraten sei, der sie geschwängert und ihr damit die Möglichkeit gegeben hätte, Fotos der Abtreibung in einer angesehenen Galerie in Südamerika auszustellen, unter seinem Namen und sehr erfolgreich, aber alles kotze sie an und sie wolle gerne zurück auf die Straße und da halt LSD nehmen oder so. Sie sei eingeladen worden, weil man sie mit dem Neuentwurf des Familienwappens beauftragt habe. Der Typ glaubte ihr und zeigte sich enorm beeindruckt. Dann lud er sie auf eine Line Kokain ein. »Columbia in Switzerland« nannte er das. Es war inzwischen stockfinster draußen. Auf dem Rückweg vom Gästeklo kamen sie an der offen stehenden Tür zu einem großen, dunklen Zimmer vorbei, in dem Frederick im Schneidersitz vor seinem Plasmabildschirm hockte. Er hatte den Ton des Fernsehers abgedreht und inzwischen eine Eskimomütze auf dem Kopf. Gebannt sah er sich die Bilder einer Bauernhofdokumentation im Kinderkanal an. Als er Cecile bemerkte, lächelte er und machte sie todernst auf die bemerkenswerten Grüntöne der Wiesenlandschaften aufmerksam. Dann sagte er: »Ich habe schon seit meiner frühsten Kindheit geahnt, dass du mir ein bisschen zu ähnlich siehst.«

Cecile drehte sich um und stürzte sich in die Arme des Galeristen.

Es geht an dieser Stelle nicht um eine möglichst authentische Schilderung dieser großen, krassen, gelangweilten Welt der Finsternis. Aber eins sei gesagt: Es war nicht wichtig, gesund auszusehen. Denn während diese ganzen aus jeder Pore strahlenden Girls und Typen jetzt an ihren Fließbändern standen und aus einer in den meterdicken Beton eingelassenen Luke irgendwelchen Nonnen neidisch dabei zusahen, wie die ein freies Leben führen, hatte Cecile eine komplette Fensterfront vor sich. Und Abwechslung und all diese gutriechenden Idioten in ihrer unmittelbaren Nähe. Sie dachte an psychedelische Musik aus den Sechzigern und währenddessen: Du bist kokainabhängig, Sweetheart.

Du bist es. Es ist egal, wie alt du bist, es ist egal, wie alt ich bin, aber lass dir das von mir gesagt sein.

Und wenige Minuten später machte sie eine ähnliche Erfahrung. Was weißt du denn bitte? Was weißt du denn von dem Klopfen in meinen Adern, wenn ich das Meer sehe? Von der Verachtung gegen, ach, all jene Menschen mit ihren kraftlosen und langsamen Bewegungen, die ohnmächtig wurden, um sich auf der Erde zu winden zwischen von Stella-McCartney- und Gucci-Schuhen abgetretenem Matsch, alle vor 1990 geboren, in konsequenter Verschwitztheit, inmitten ausgelaufener Longdrinks: Sie waren wie Algen oder Seesterne am Grund eines Aquariums, deren Bewegungen das Wasser, wie nennt man das?, abschwächt natürlich! Ey Leute! Und dieser Mann lächelte sie an, sie sah ihm in die Augen, Cecile schwieg, denn sie fürchtete ihn – oh, wie sie ihn fürchtete in der Offenbarung dessen, was er durchlebt hatte, was sie selbst durchleben würde, wie recht er haben würde mit dem wenige Minuten später folgenden Satz: »Ich würde meiner Frau zum Geburtstag gerne ne It-Bag schenken, was sagst du dazu?«

»Bist du verrückt, hast du ein Rad ab, ne It-Bag? Dafür wärst du in den Siebzigern gesteinigt worden!! Ne It-Bag?«

»Ja, ne It-Bag!!«

»Ich fass es nicht!! Hast du mir nicht gerade von deiner damaligen Klassenkameradin Gitte Hoppe erzählt, die angeblich so was sagte wie, Geld ist eigentlich gar nicht so schlecht oder so? Das war doch superpeinlich. Die hatte nämlich die Rules noch nicht begriffen!!!!!«

Und als es hell wurde, lagen Cecile und der Galerist auf einer parkähnlichen Anordnung verschiedener Grünflächen hinter dem Biotop, mit imaginiertem Blick auf die Ozeanküste Tansanias, und fummelten ernsthaft aneinander rum. In 500 Meter Entfernung hatten die Motorhaubenteenager gerade LSD genommen. Jetzt versuchten sie sich nackt in eine der Schafherden zu integrieren und schrien gelegentlich: »Wir sind alle Schafe! Wir sind alle Sterne! Wir sind alle so krass connected!«

Der Galerist war sehr wild darauf, von Cecile als erwachsener, erfahrener und in erster Linie an ihrer eigenen Befriedigung interessierter Gentleman wahrgenommen zu werden. Das machte alles noch schlimmer. Sie tat so, als sei sie abgeklärt genug, um ihn super zu finden, und ließ sich nach dem schrecklichsten aller Sätze (»Bleib einfach liegen und halt still.«) auf dem Bauch im Gras liegend ficken. Als er fertig war, lachte sie, er lachte auch, ihre von der Erde verdreckten Klamotten verschafften ihr ein stechendes Gefühl von Unehrenhaftigkeit. Er brachte sie in einem gemieteten Landrover in die Nähe des Hotels, in dem Gloria bereits schlief, und nahm während einer unausgegorenen Verabschiedungsgeste den Anruf seiner Frau entgegen, die sich gerade das kobaltblaue Kleid übergezogen und in Würde hingenommen hatte, dass ihr Mann nicht nach Hause gekommen war.

7 Als Cecile das Hotelzimmer betrat, ging es ihr naheliegenderweise scheiße. Ihr Problem bestand nicht darin, penetriert bzw. benutzt worden zu sein – sondern in Komplexen, klassischerweise hervorgerufen durch eine jemand Fremdem gegenüber ausgespielte übertriebene Offenheit. Dieser Fick hatte an eine Vergewaltigung gegrenzt, der sie aus Verlegenheit zugestimmt hatte, demnach also Asche auf ihr eigenes Haupt, verdammt. Sie legte sich angezogen zu Gloria ins Bett und nahm die Hand ihrer Mutter auf eine Weise, die am nächsten Morgen so interpretiert werden konnte, als hätte sie zufällig im Schlaf danach gegriffen.

Der Flug nach Hamburg dauerte jedenfalls anderthalb Stunden. Bei der Gepäckausgabe fragte Gloria Cecile, ob sie zurück ins Internat oder sich das neue Haus angucken wolle. Cecile fiel auf, dass sie ihre Eltern seit achtzehn Monaten nicht besucht hatte. Sie waren inzwischen umgezogen. Sie selbst hatte Herbstferien und in der ihrer Schule nahe gelegenen mittelgroßen Stadt eine Gruppe von emotionale Bindekräfte aufweisenden Individuen abrufbereit am Start (d. h. soziale Strukturen, gescheiterte Liebesbeziehungen und ein holzvertäfeltes Doppelzimmer). Sie hatte nicht mal ansatzweise in Betracht gezogen, zu ihren Eltern zu fahren. Sie war komplett aus dem Konzept geworfen und hätte gestottert, hätte sie geantwortet. Sie antwortete nicht, sondern lief schweigend neben Gloria die Flughafenhallen entlang bis zu einem Ausgang, an dem beide stehen blieben. Er führte zum Taxistand. Die Rolltreppen zum Bahnhof, von dem aus ein Regionalexpress zurück ins Internat fahren würde, befanden sich einige Meter weiter hinten.

»Wie gesagt, du kannst gerne mitfahren«, sagte Gloria, und sie wirkte, als meinte sie es ernst. Cecile brach fast zusammen vor mit Koksdepression gekoppelter schmerzhafter Entscheidungsunfähigkeit, und wäre sie fähig gewesen, vor ihrer Mutter zu weinen, hätte sie definitiv damit angefangen, als sie den extrem lässig rüberkommenden Satz: »Ach, total nett, aber ich hab da im Internat so ein paar Verabredungen«, hervorpresste.

Gloria umarmte sie, sehr herzlich, und blieb so lange an der Tür stehen, bis Cecile und ihre Tasche an den Rolltreppen angekommen und außer Sichtweite waren.

Cecile zitterte so sehr, dass sie es nicht hinkriegte, ein Zugticket am Automaten zu lösen. Sie stieg ohne Ticket in irgendeinen Wagen, den sie für richtig hielt. Ihr Kopf tat weh, sie hatte Magenschmerzen und Schwindelanfälle. Unabhängig davon hatte sie ernsthafte Panik, und sie wusste nicht wovor. Thomas, der Galerist, und seine Frau saßen mit dem Rücken zu ihr auf zwei Plätzen in ihrer Nähe, er tippte angestrengt was in sein Handy, und sie telefonierte mit jemandem, dem sie die Fahrt mit dem Regionalexpress als »wahnsinnig lohnenswerte Erfahrung« beschrieb. Cecile lief auf die beiden zu und an ihnen vorbei mit dem gut getimten Statement, dass sich für die Besitzer des größten Gemäldes von Jackson Pollock ein goldener Jaguar gehöre und kein 13-Euro-50-Ticket bis nach Hochkamp. Es war als mehrschichtige Beleidigung gemeint und wurde auch als solche aufgefasst.

Sie setzte sich am Ende des Waggons zu einer iranischen Großfamilie, die geschlossen Spaghetti Bolognese aus Tupperdosen aß, und entschied sich, in Altona auszusteigen.

Als sie in der Bahnhofshalle angekommen war und ihre Mutter anrufen wollte, stellte Cecile fest, dass sie ihr Handy im Flugzeug vergessen hatte. Sie ging in einen Telekomshop und holte sich dort für dreißig Euro ein Prepaidtelefon mit Simkarte. Sie konnte keinen Satz zu Ende sprechen wegen Atemnot oder Ohnmachtsgefühlen. Als sie das Scheißteil dann ausgehändigt bekam von dem sie völlig abgestoßen anglotzenden Verkäufer im »Zum Glück bist du da und nicht hier«-T-Shirt, fiel ihr auf, dass sie die Nummer ihrer Mutter nicht auswendig kannte. Sie latschte von einer Spielbank zu mehreren Kneipen und bis ins Ibishotel, in dem sie nach langen Diskussionen mit dem Rezeptionisten ins Internet und in ihrem Mailarchiv nach der Nummer suchen konnte, inmitten einer Riege Alkoholikerlobbystammgäste, die sich lautstark über Ceciles Louis-Vuitton-Reisetasche beschwerten. Sie konnten nicht wissen, dass die Tasche ein als Verarsche gemeinter Fake war, der das Markenlogo durch eine identisch wirkende Anordnung verschiedener Geld scheißender Elefanten ersetzte. Dass man das von weitem nicht sah, war der Clou an der Sache, und Cecile lenkte sich mit der Analyse einiger ausrasierter Augenbrauen von der Empfindung tiefer Scham ab.

Sie stieg in ein Taxi. Sie rief ihre Mutter an, um ihr zu sagen, dass sie nach Hause kommen wolle. Sie fragte, ob das okay sei, und natürlich war das okay, sehr okay sogar, doch sie solle dem Taxifahrer ihr Handy geben, damit Gloria ihm erklären könne, wie er fahren muss, das »neue Haus« sei nämlich sehr schwer zu finden und habe keine wirkliche Adresse. Der Taxifahrer fuhr an der falschen Seite der Elbe entlang in die entgegengesetzte Richtung und ließ eine Hasstirade auf Cecile los, weil diese nicht die Schuld dafür auf sich nehmen wollte, dass die beiden eine dreiviertel Stunde lang auf eine Fähre warten und für selbige auch noch zehn Euro bezahlen mussten, von denen man sich zudem locker hätte zwei Schachteln Kippen kaufen können, eine für ihn und eine für sie. Schließlich teilten sich die beiden bei geöffnetem Schiebedach eine Mentholzigarette, und der Fahrer erzählte von der neuen Wasserschildkröte seines Sohnes. Die war inzwischen ein halbes Jahr alt und biss einen immer aus Versehen in den Finger, wenn man ihr was zu essen in den Mund schieben wollte. Das letzte Mal hatte er sich so erschrocken, dass er versehentlich die Hand in die Luft gerissen hatte, an der aber immer noch die Schildkröte hing, und die wurde dann meterweit durchs Wohnzimmer geschleudert. Glücklicherweise hatte sie überlebt. Cecile seufzte erleichtert. Abgesehen von der Schildkröte besaß die Familie einen unter Hüftgelenksdysplasie leidenden Chihuahuamischling, der bald eingeschläfert werden sollte. Dem Taxifahrer stiegen Tränen in die Augen, Cecile auch. Die beiden mussten lachten, heulten dann aber unabhängig voneinander weiter, den kompletten Rest der Fahrt.

Nach drei Stunden kamen sie an. Vor einem überdimensionalen Eisentor, verschnörkelt wie in Märchenfilmen, das die Autobahn von einem Waldgrundstück trennte. Das Taxi hielt und Gloria öffnete mit einer Fernbedienung das Tor, aus ihrem dahinter geparkten Audi heraus. Sie stieg aus, drückte dem Fahrer, ohne ihn eines Blickes zu würdigen, zweihundert Euro in die Hand und half Cecile dabei, ihre Taschen in den Kofferraum des Audis zu verfrachten. Gloria lächelte nicht. Das Tor ging automatisch wieder zu, in einem die Härte und Endgültigkeit von zivilisatorischer Abgeschiedenheit unterstreichenden Tempo. Cecile befand sich auf dem Grundstück ihrer Eltern und wusste, dass das alles eine nicht anders zu benennende Scheißentscheidung gewesen war. Der Audi, von Gloria als subtile Anspielung auf eine irgendwo abgestellte Oldtimersammlung in einem Nebensatz als »Geländewagen« bezeichnet, fuhr eine zum Grundstück gehörende Zufahrtsstraße hinauf – es waren mehrere gewundene Kilometer, von Wald umgeben. Der Weg führte durch zwei weitere Eisentore, die aufwendig auf- und wieder abgeschlossen werden mussten. Gloria parkte den Wagen auf dem aus Schotter und Rasen und Marmorstatuen zusammengesetzten Rondell vor einem klassizistisch-barocken, extrem symmetrischen Palast, an Schönheit und Kitsch von Disney kaum zu übertreffen. Sie zog die Handbremse an und suchte irgendwas in ihrer Handtasche. Den Ausspruch als nebensächliche Information tarnend, sagte sie: »Frank hatte einen kurzen, angestrengten Moment, als er erfahren hat, dass du kommst«, und fand währenddessen einen Lippenpflegestift in ihrer Tasche, den sie jedoch nicht benutzte. Es dauerte mehrere Sekunden, bis Cecile die Härte dessen realisierte, dass ihr sogenannter Vater einen »angestrengten Moment« ob ihrer angekündigten Präsenz erwähnt hatte. Der Verlust des Glaubens an bedingungslose Familienzugehörigkeit entzog ihr jede Fähigkeit zu folgerichtigem Handeln, welches in diesem Fall darin bestanden hätte, das Auto und das Gelände augenblicklich zu verlassen, nie wieder zu betreten und die Bande der angeblichen Blutsverwandtschaft zu kündigen, für immer. Sie hätte zumindest weinen können oder fragen, ob sie adoptiert sei. Stattdessen lächelte sie debil.

»Das Wetter ist halt super, und er will nackt im Garten rumrennen oder so, nimm ihm das nicht übel. Der ist gerade eh ein bisschen komisch, er hat jetzt so ein Elektrobike und dazu so Regenschuhe und allen Schnickschnack, und zum Geburtstag hat ihm eine unserer Putzfrauen auch so ein Köfferchen zum Hintendraufstellen geschenkt, alles auch ganz stylish, also nicht mit so Radlerhosen und bunten T-Shirts, da hätte ich eh gesagt: ›Jetzt trennen wir uns sofort‹ – und jedenfalls gucke ich dann vorgestern an die Haustür, baumelt da der Haustürschlüssel, und Cecile, so was hast du in deinem Leben noch nicht gesehen – so ein hässliches braunes Beutelding mit Reißverschluss. Und ich sage: ›So eins hat noch nicht mal Oma Inge.‹ So ein Schlüsseletui. Braunes Leder mit einem dicken, weißen Streifen. Und ich sage: ›Frank, ich bitte dich.‹«

»War es denn so schlimm?«

»Cecile, wenn du das gesehen hättest, das hatte noch nicht mal mein Vater. Ich weiß gar nicht, wo er diese fundamentale Grässlichkeit aufgetrieben hat.«

»Und ich weiß gar nicht, was es ist.«

»Das ist, also, die Schlüssel hängen an einem Ring, und da drunter baumelt so ein braunes Mäppchen rum mit nem Reißverschluss, wo die Schlüssel dann reinkommen, aber so ein Altmännerding, so ein furchtbares Teil, dass du dich echt aufs Übelste erschreckst, wenn du auf die Haustür guckst. Okay. Auf jeden Fall hab ich gesagt: ›Frank, irritier mich nicht.‹ Er nahm das auch in Würde hin. Und dann hatte ich mich gerade von der Diskussion erholt, mache in einem der Badezimmer den Spiegelschrank auf, und dann steht da Old Spice Original drin. Und ich sage: ›Frank, ich habe mir mal irgendwann einen coolen Jeanstypen mit langen Beinen ausgesucht, das geht jetzt gar nicht.‹ Und dann hat er gesagt: ›Ja, das stand da halt irgendwie.‹ Und dann hab ich gesagt: ›Nein, Frank, Old Spice Original steht nicht irgendwo rum, das muss man suchen.‹ Ist aber auch egal. Er ist nicht sonderlich gut drauf gerade« – und Cecile antwortete freundlich und zurückhaltend, in einem schockinduzierten Zustand von Anpassungsfähigkeit: »Keine Sorge, ich schlafe, glaube ich, eh die ganze Zeit«, woraufhin Gloria, ohne eine Miene zu verziehen, anmerkte, dass sie ihm das auch schon gesagt habe, und damit stiegen beide aus dem Auto aus, um auf die mit Risaliten oder so ausgestattete Portalachse zuzulaufen. Cecile sah ihre Mutter an und stellte zum wiederholten Mal fest, wie unfassbar schön sie war. Ungeschminkt, in irgendeinem T-Shirt, monogame Haut, eine perfekte und unaufdringliche Anordnung von Gesichtszügen.

Ein Mann kam ihnen entgegen, typischer Fall von aristokratischer Restauration mit nicht zu weit aufgeknöpftem Hemd und Männertool in der Hand – dem Tricoflex-Gartenschlauch, mit welchem er zuvor der Geste wegen seine hektargroßen Sukkulentenfelder gesprengt hatte. Man sah ihm an, dass die Pflanzen aufgrund der Anpassungsfähigkeit ihrer flüssigkeitsreichen Zellmatrix auch blendend ohne ihn zurechtgekommen wären. Die drei begegneten sich am Eingangsportal.

Frank gab Gloria einen Kuss und Cecile die Hand. Cecile wusste nichts über die Familie ihres Vaters, abgesehen davon, dass er der Sohn eines Richters und dessen beim Kindernazifunk angestellter Frau war, die nach dem Krieg einer schweren Depression zum Opfer gefallen war, weil ihre kreativen, in die Propaganda gesteckten Energien fortan von Hausfrauentätigkeiten erstickt wurden. Er hatte zwei oder drei Brüder, die in selbstgebauten Waldhütten lebten oder nach Afrika ausgewandert waren, inzwischen eventuell auch tot, darüber wurde nicht gesprochen. Es gab ein einziges Kinderfoto von ihm inmitten seiner in die Kamera strahlenden Geschwister, auf dem er eine schwarze Babypuppe im Arm hält und sich das Weinen verkneift – jedoch keine von ihm jemals geäußerte Geschichte dazu. Inzwischen besaß er ein Sortiment für unterschiedlichste Lebenslagen geeigneter Anzüge. Cecile war übel.

»Die Farbe von dem Hemd steht dir sehr gut!«, sagte sie, was anderes fiel ihr schlechterdings nicht ein.

»Das ist keine Farbe«, antwortete ihr Vater.

»Natürlich ist das ne Farbe, was denn sonst?«

»Das ist Grau. Die dunkle Abstufung einer Mischung aus Schwarz und Weiß.«

Das Haus hatte hundertzwanzig Zimmer, der Eingangsbereich ging über in ein riesiges, von Säulen gesäumtes Wintergartenkonzept mit vollständig hochfahrbarer Fensterfront. Er war eingerichtet nach den plausibelsten Standards einer mit Raffinesse gekoppelten großbürgerlichen Schlichtheit, also keine prollige Grandezza, keine Angeberei, nur subtile, gut angeordnete Elemente verschiedener Epochen, die aufs Genauste den hohen Grad an Wissen,

Stilbewusstsein und Interesse am Nicht-Materiellen widerzuspiegeln hatten, den die Besitzer trotz ihres selbst erarbeiteten Reichtums aufrechtzuerhalten wussten – es war perfekt, es arbeitete sich »sympathisch« und »bescheiden« an allen existenten Codes zeitgenössischer Inneneinrichtungsmagazine ab, es war tot.

Hier wurde nicht nur aufwendig geputzt, hier wurde so dermaßen aufwendig und strategisch geputzt, von einigen täglich einreitenden slowakischen Girls, dass nichts zu penibel wirkte.

Gloria forderte Cecile auf, ihre Tasche nicht über den Holzboden zu rollen. Außerdem bat sie sie darum, im Haus nicht zu rauchen. Im linken Seitenflügel befand sich die Küche mit einem für dreißig Personen geeigneten Esstisch, irgendeiner authentischen italienischen Restaurantsituation nachempfunden, mit Soundanlage und leise rumdümpelnder Westcoastmusik aus den Siebzigern. Die oberen drei Stockwerke waren das Privatrefugium ihrer Eltern. Cecile wurde straight in den gegenüberliegenden, für Gäste vorgesehenen Seitenflügel geführt. Zwei Stockwerke die mit Teppich ausgelegten, breiten Stufen hinauf. An Türen vorbei, von denen einige offen standen und die zu weiteren Fluren führten, von denen noch mehr Zimmer abgingen, die alle leer zu sein schienen. Sie kamen ins Obergeschoss, und Gloria öffnete die Tür zu einem Raum, englische Stofftapeten und eine dazu passende Tagesdecke auf dem Queen-Size-Bett, heruntergelassene Rollläden, ein davon abgehendes Badezimmer mit Miniaturausgaben aller erdenklichen Haarshampoos. Es war nichts anderes als eine Hotelsuite. Cecile stellte ihre Tasche ab, setzte sich aufs Bett und fragte: »Wozu braucht ihr beide so viel Platz?«

Und Gloria antwortete, unglaubwürdiger denn je: »Man gewöhnt sich sehr, sehr schnell daran. Schlaf gut.«

Dann verließ sie das Zimmer und machte die Tür hinter sich zu.

Es war ein Uhr mittags. Cecile zwang sich zum Einschlafen. Sie schlief extrem fest und träumte in Schwarzweiß von mehreren Alligatoren, die den Rüssel eines Elefanten abrissen und zerfleischten. Als sie aufwachte, ließ sie die Augen geschlossen. Sie wollte sich kratzen und führte die Hand an ihre Stirn, spürte jedoch keine Berührung. Sie öffnete die Augen und sah ihren Arm als nicht zu ihr gehöriges Stück Fleisch auf dem Bett liegen. Gleichzeitig spürte sie ihn angewinkelt in der Nähe ihres Kopfes. Sie konnte ihn bewegen und steuern, sie fühlte ihn, er hatte jedoch nichts zu tun mit ihrer Physiognomie. Sie kniff die Augen zusammen, konzentrierte sich auf die korrekte Position verschiedener Muskelstränge und spürte langsam, wie ihr Empfinden und das ihm zugeordnete Körperteil wieder zu einer Einheit wurden.

Sie dachte an die drei Eisentore und an die Autobahn. An die Alarmanlagen und daran, dass es keine Möglichkeit gab, hier unbemerkt wegzukommen. Sie rauchte drei Kippen hintereinander. Als sie die Rollläden hochziehen wollte, zuckte sie zusammen vor Schreck über den damit einhergehenden Sound, der viel zu laut war in dieser der Lage der Villa geschuldeten Totenstille, sie öffnete das Fenster in der Hoffnung, unbemerkt lüften zu können, stattdessen blickte sie direkt in das Gesicht ihres Vaters, der gerade in Gartenmöbeln unter ihrem Fenster Platz nahm und sie aus hundert Metern Entfernung durchdringend anstarrte, in der für ihn sehr typischen Gleichzeitigkeit von Distanz, Akkuratheit, Verschärfung von Schreckensherrschaft und Traurigkeit. In seinem Gesicht konnte sie keinen Ansatz einer Ähnlichkeit zu sich selbst feststellen. Cecile nickte ihm hastig zu, sprang dann vom Fenster weg und schämte sich für die Durchschaubarkeit ihrer Unsicherheit. Draußen wurde es langsam dunkel. Sie bekam eine SMS ihrer Mutter, in der stand, dass es innerhalb der nächsten halben Stunde Essen gebe. Es folgte eine zweite SMS mit der detaillierten Wegbeschreibung zum Esszimmer. Cecile gab das Signal. Die Geschworenen rannten herbei. Den Eltern wurden geladene Knarren vorgehalten, man schoss auf den Vater, der über dem von Metalltigern gestemmten Gartentisch zusammenbrach und in eine unbestimmte Richtung wegzurobben versuchte. Eine zweite Kugel traf ihn in den Hinterkopf, und er fiel in sich zusammen, während seine Frau 300 Meter Luftlinie entfernt von zwei goldgeätzten Wikingerdolchen durchbohrt in die Knie sank. Die beiden vergaben Cecile weder ihre ungerechte Verachtung noch die immer größer gewordene Schamlosigkeit, gestanden sich gleichzeitig jedoch ein, dass sie sie nie zu ihrer Tochter hätten machen können.

8 Zwanzig Minuten später saß die Family am gedeckten Abendbrottisch. Cecile mit dem Rücken zu dem an der Wand angebrachten zwei mal vier Meter großen Gemälde eines schwarzen Rechtecks. Es gab Aubergine und Salat. Ceciles Vater, der aus Gründen eines momentan grassierenden Lebensmittelvirus die Aubergine verweigerte, hatte ihr einige Jahre zuvor die Besonderheit dieses Kunstwerks erklärt: die nicht mit dem Quadrat der Leinwand übereinstimmende Entscheidung, das schwarze, zu porträtierende Quadrat nicht parallel zur Begrenzung des als Untergrund funktionierenden anderen Quadrats, also der Leinwand, anzulegen. Die Ecke rechts oben war schief, deshalb hatte der Scheiß einen momentanen Verkaufswert im fünfstelligen Bereich und hing da jetzt so rum. Frank und Gloria redeten über ihren Hausmeister Jacques und dessen neue Camouflagehose. Jacques kümmerte sich um den Garten und um die Hunde oder fuhr manchmal in Baumärkte und hatte auch die Alarmanlage installiert. Er war von den beiden von einer dreimonatigen Rechercheereise in Buenos Aires mitgebracht worden, wo er als Teil einer freien zeitgenössischen Tanzcompagnie rumgeloost hatte. Frank hatte ihn bei einer Automobilmesse kennengelernt und gefragt, ob er nicht Lust habe, sein Leben zu ändern. Jacques hatte sich daraufhin in Gloria verknallt und war deshalb, ohne zu zögern und überhaupt Deutsch zu können, in den zu einem Bungalow um-

gebauten ehemaligen Stall auf dem Grundstück gezogen. Ab und zu lagen merkwürdige, von ihm installierte Objekte und Skulpturen im Garten rum – ein aus Stein nachgebauter Kuhmagenquerschnitt zum Beispiel, von Gloria und Frank gönnerhaft toleriert. Cecile, in der müden Solidarität zu von ihren Eltern verachteten Individuen, wollte diesen Kunstgewerbequatsch gerne interessanter finden als das Quadratgemälde hinter sich, aber das war schlechterdings nicht möglich. Jacques, dieser talentfreie Bauernsohn mit seinen groben, verzweifelt-freundlichen Zügen, nahm gerade alleine auf seiner Terrasse ein Fertiggericht zu sich. Cecile konnte durchs Fenster in weiter Ferne seinen Rücken sehen, während Gloria und Frank beschlossen, ihn seine neue Camouflagehose nicht außerhalb des Grundstückes tragen zu lassen. Es gehe auf gar keinen Fall klar, dass er beim Hundespaziergang in der Öffentlichkeit mit militärischer Tarnkleidung gesehen würde. Danach unterhielten sich die beiden darüber, warum diese arme österreichische Hürdenlaufmaus bei den Olympischen Spielen Schrott mit Nachnamen hieß. Cecile konnte dazu nichts beitragen. Sie musste unweigerlich daran denken, wie sie sich im Alter von zwölf Jahren mit einem Hammer den rechten Oberarm zertrümmert hatte. Im viktorianischen Seitenflügel eines der fünftausend Eliteinternate, in denen sie abgestellt worden war. Tagsüber den Anschein eines Interesses an Sportveranstaltungen, Filmen, Geländespielen, Skitouren, Segeln, Theater und Exkursionen aufrechterhalten und nachts dann autoaggressive Hardcoreschübe. Sie hatte bereits damals ein vages Gefühl für die Gewaltigkeit dieser keiner sozialen Norm entsprechenden Verhaltensmuster entwickelt. Mehr als diese Abweichung schockierte sie aber die kalkulierte Unangreifbarkeit, mit der sie die Scheiße durchgezogen, also im Unterhemd vorm Badezimmerspiegel authentische Misshandlungsspuren auf ihren Arm gehämmert und sich am nächsten Morgen zwanzig Minuten vor Unterrichtsbeginn in die Sporthalle geschlichen hatte, um die blau bis tiefschwarz angelaufene Haut, also dieses ganze gequetschte Körpergewebe, in das massenweise Blut eingetreten war, so fest mit einem Tau zu umwickeln, dass sich zentimeterdicke, tiefe Striemen abzuzeichnen begannen. Es ging ihr nicht um den Schmerz. Diese komplexe Sinneswahrnehmung verringerte sich sowieso durch den intensiven Glauben an ultimative Erfüllung durch sichtbar gewordenes Leid oder so was, Schmerz war egal und der uninteressanteste Aspekt, leider. Es ging ihr eher um den Kotzreiz im Gesicht ihres Sportlehrers. Er betrat die Halle, während sie leichtgläubigen Siebtklässlern, die sich in einem Kreis um ihre Verletzungen versammelt hatten, von einem Treppensturz erzählte. Als der Blick des Lehrers auf ihren Arm fiel, schlug er reflexhaft die Hände über dem Kopf zusammen und wurde beinahe ohnmächtig. Die Genugtuung durchfuhr Cecile mit einer Intensität, die sie bis dahin nicht gekannt hatte. Die Wahrnehmung ihrer Person spiegelte sich ungefiltert in der Körpersprache eines anderen wider. Rückblickend erkannte sie, dass sie in ihren Sportlehrer verknallt gewesen war. Warum auch nicht, er war ein apart durch die Gegend hüpfender Typ in Turnschuhen und hatte Ideale. Als Ceciles Mitschülerin Fiona Bruchsal wegen ihrer unter- bzw. überhaupt nicht entwickelten Brüste von den anderen monatelang »kleinster lebender Organismus« genannt worden war und plötzlich nicht mehr zur Schule kam, weil jeden Morgen ein vom Klassensprecher gebastelter Galgen an ihrem Sitzplatz hing, ließ Herr Schultheiss-Koch alle Schüler der siebten Stufe so lange nachsitzen, bis jeder von ihnen einen zweiseitigen Entschuldigungsbrief verfasst hatte, der seiner Auffassung von ehrlicher Reue entsprach. Den Kindern, die überhaupt nicht in die Hetzerei involviert gewesen waren und sich deshalb über die Aufgabe beschwerten, erklärte er lang und breit die Mechanismen des Zweiten Weltkriegs und dass stille Mitläufer einer der wichtigsten Gründe für den Tod von zehn Millionen Menschen gewesen seien. Zwei Tage später kam Fiona wieder in die Schule, eine Woche später konnte sich niemand mehr an ihren ehemaligen Status als Mobbingopfer erinnern, und ein Jahr später hatte sie endlich Titten und als Erste eine feste Beziehung, wenn auch heimlich und mit einem einundzwanzigjährigen Heavy-Metal-Typen, der Haare bis zum Arsch hatte und dem sie allen Ernstes beim Cheerleading begegnet war. Das favorisierte Urlaubsziel dieses Lehrers war Tuvalu, weil sein Lieblingsfilm so hieß. Zu Ceciles Verletzung verhielt er sich vorerst trotzdem nicht, stattdessen zog er kommentarlos die vorgesehene Doppelstunde Bodenturnen durch. Sie realisierte intuitiv, dass sie einer der Menschen war, denen man ungern half. Ohne mit der Wimper zu zucken, führte sie jede eingeforderte Handstandübung aus, was Herrn Schultheiss-Koch zutiefst überforderte. Beim Umziehen in der Garderobe ließ sie sich so lange Zeit, dass ihm keine andere Möglichkeit blieb, als sie noch vor der Pause aufzusuchen. Er fing Cecile beim Rausgehen ab, in dem Windfang des Hallenkomplexes, der in einen kleinen Wald führte, und war sichtlich erleichtert, dass sie sich inzwischen einen langärmligen Fleecepullover übergezogen hatte, dunkelbraun mit Löchern für die Daumen, so richtig kacke, aber süß, egal, Cecile mit ihren eins zweiundfünfzig jedenfalls lächelnd vor diesem Typen, souverän, wenn auch einem Zusammenbruch nahe, weil sie ihr selbstverletzendes Verhalten plötzlich als einen schweren, kriminellen Akt zu empfinden begann. Sie fühlte sich, als hätte sie jemanden totgeschlagen, und das stimmte ja irgendwie auch, ein kleiner Teil von ihr war unwiederbringlich gestorben. Wenn auch nur ihre Unschuld oder ihre Integrität oder ihre Aufrichtigkeit oder ihre sogenannte Verbindung zur Außenwelt.

Herr Schultheiss-Koch sagte ihr mit betroffener Miene, man müsse sich mal unterhalten, und führte sie ins Lehrerzimmer, um sie dort für zwanzig Minuten alleine zu lassen. Cecile unterhielt sich blendend mit ihrer am Kopiergerät verzweifelnden Deutschlehrerin über ein bevorstehendes Atomwaffenreferat, bis Herr Schultheiss-Koch zurückgerannt kam. Er schickte Cecile ins Büro einer als Vertrauenslehrerin bezeichneten Frau im schwarzen Wallawallakleid und verpisste sich erst mal. Zwei Jahre später würde er plötzlich einen silbernen Ring tragen, auf die Frage, ob er geheiratet habe, von seinem Ehemann erzählen und zur Belohnung für diesen grenzenlos zusammengenommenen Mut feststellen, dass er die erste Teenagergeneration unterrichtete, die Homosexualität zu langweilig fand, um jemanden deshalb fertigzumachen. Egal.

Als die Vertrauenslehrerin fragte, was da mit ihrem Arm passiert sei, antwortete Cecile jedenfalls mit auf den Boden gerichtetem Blick: »Ich bin die Treppe runtergefallen.«

Sie sprach diesen Satz leise und mit bewusst gebrochener Stimme aus.

Sie hatte genug Vorabendserien geguckt, um zu wissen, dass er nicht geglaubt und ihr Vater von nun an für gewalttätig gehalten würde.

Das war der eigentliche Plan gewesen, ohne dass sie ihn vorher hätte benennen können. Zwei Tage später stand das Jugendamt vor den Toren des damaligen Hauses ihrer Eltern, in Form einer mittdreißigjährigen uneingestandenen Lesbe, die von Kindesbeinen an als »etwas langsam« gegolten hatte und Sissi-Fan war. Bei keinem der Beteiligten führte dieser Kontrollbesuch zu etwas anderem als grenzenloser Verwirrung, aber das war okay. Cecile fand ihre Hämatome fantastisch, fotografierte ihren Arm mehrmals mit der digitalen Spiegelreflexkamera ihrer Zimmergenossin und wurde von einer tiefen Leere erfasst, als er langsam wieder harmlos auszusehen begann. An ihrem dreizehnten Geburtstag beschloss sie dann, logischerweise, schnellstmöglich erwachsen zu werden, woraufhin innerhalb weniger Wochen bedeutsame seelische Umstellungen erfolgten. Sie meldete sich als volljährige »pussygalore« in einem Sexchat an und verabredete sich mit mehreren Typen hintereinander am Busbahnhof der nächstgelegenen Kleinstadt. Dahinter lag ein verkommenes Waldgebiet, einer der wenigen Orte in dieser norddeutschen Provinzidylle, an denen man gelegentlich noch auf einen Cracksüchtigen stieß. Ihre Schulkameradinnen hingen während der dreistündigen Freizeit in Eisdielen oder bei H&M rum, Cecile von 15 bis 18 Uhr an einer Bushaltestelle, mit Gummitieren aus der Schulkantine, um dort mehrere Männer mittleren Alters am vereinbarten Treffpunkt lange zu beobachten und sich nicht zu erkennen zu geben. Auf den vierten, dem mit Abstand abstoßendsten von allen, über vierzig, eine Art

Hawaiihemd am Leib, tölpelig-verlegen mit verschlafenen kurzsichtigen Augen und einer von seltsamen Beulen überzogenen Halbglatze, ging sie zu. Er war widerlich, und abgesehen davon, dass ihr die anderen in ihrer Halbattraktivität und dadurch bedingten Confidence Angst gemacht hatten, turnte dieser Schmutz sie an, vielleicht auch die Ahnung, da keinen sie konkret realisierenden Menschen vor sich zu haben, der sie durchschauen oder beleidigen könnte, eher eine Art Tier, dem selbst ein Kindergartenkind sexuell überlegen gewesen wäre. Der Typ kam vor lauter Aufregung gar nicht zur Erwähnung der Feststellung, dass sie definitiv nicht achtzehn sein könne, sondern lief tiefrot an und stotterte, dass er eine Decke mitgebracht habe. Cecile nickte anerkennend. Sie gingen stillschweigend und in einem Abstand von zwei Metern in das erwähnte waldähnliche Ding rein, er breitete die Wolldecke aus, riss sich mit dem Rücken zu ihr die Kleider vom Leib und brauchte zwanzig Minuten, um einen hochzukriegen. Erst auf dem Rückweg zur Haltestelle baute sich seine Verlegenheit ab, und er erzählte ihr, dass er Taxifahrer war und meistens nachts arbeitete. Tagsüber schlief er und sah fern, am liebsten diese Dokumentationen über Tierpfleger, wo dann zum Beispiel gezeigt wird, wie ein Faultier ganze zwei Minuten lang eine grüne Bohne isst und der Tierpfleger den Grund dafür erklärt. Als er sie fragte, was sie so mache, log Cecile genüsslich, dass sie eigentlich aus Berlin komme und dort eine Ausbildung zur Zahntechnikerin absolviere, irgendwie kam ihr das plausibel vor. Der Typ antwortete, dass er ein einziges Mal in Berlin gewesen sei, weil er sich so für das alte Ägypten interessierte und unbedingt die Nofretete hätte angucken wollen, in diesem Pergamonmuseum. »Aber das war nicht unbedingt das, was ich mir vorgestellt habe. Ich hatte mehr an so was, keine Ahnung, Zersplittertes gedacht, und die sah aus wie ausm Laden, nagelneu.« – »Das ist ja furchtbar.« – »Ja. Vielleicht war die auch gar nicht echt.« – »Wie meinst du das?« – »Weiß nicht, kann ja sein, dass die einen verarschen und das aus irgendeiner verbogenen Coladose rekonstruiert haben oder so.«

Nach ihrer Entjungferung hörte Cecile stundenlang nicht auf zu bluten. Die größte Qual bestand darin, auf die Frage ihrer Zimmergenossin, was das da für ein durch ihre Jeans sickernder roter Fleck sei, irgendwas von einer Currywurstschale zu erzählen, in die sie sich versehentlich reingesetzt hätte. Eine Woche lang konnte Cecile nicht mal das Video kopulierender Schnecken im Biologieunterricht ertragen, ohne von einer schwerstunangenehmen Gänsehaut erfasst zu werden. Trotzdem, sie überstand den ganzen Quatsch natürlich, ihm war nämlich eine bewusst getroffene Entscheidung vorausgegangen. Sie fing an zu rauchen, alleine, hinter dem Spielgeräteschuppen der Grundschüler. Sie wollte diverse Initiationsriten abgearbeitet haben, bevor ihr irgendein frühreifer Meinungsführer aus einer höheren Stufe die erste Zigarette anbieten würde, in circa sechs Monaten, auf der zehntägigen Studienfahrt des Norwegischkurses zur Ostsee. Sie fing an, Punk zu hören, Feinrippunterhemden zu zerschneiden und sie dann mit Anarchie- und »Kampf dem Kapitalismus«-Bekundungen zu bemalen, rasierte sich ein Stück ihrer Haare aus und arbeitete kontinuierlich auf einen Schulrauswurf hin. Im Bewusstsein, zu sensibel zu sein, um irgendeine notwendige Erfahrung von Gleichaltrigen abhängig machen zu können, von diesen um sie herumrennenden, hedonistischen, bereits mit elf zu verwesen beginnenden Kids, denen sie misstrauen musste, weil man seiner eigenen Generation nur misstrauen kann, wurde ihre geistig verwirrte Klarheit zum Hauptquartier einer Verschwörung. Man würde sie irgendwann, wie nennt man das, mobben wahrscheinlich, sie wusste das, sie war von vornherein alleine gewesen, doch um keinen Preis wollte sie ihr Handeln den gewöhnlichen Standards unterwerfen, wie ein Teenagerleben auszusehen hatte. Es ging gleichermaßen um ihre Dunkelheit und ihre Begeisterungsfähigkeit. Um eine mächtige, von der Rippengegend ausgehende Kraft, die die Schulterblätter so schmerzhaft zusammenzog, als würden einem Flügel wachsen. Man kann sich dann unauffällig und interesselos durch eine Masse bleigrauer Freizeitangebote kämpfen, seine Eltern ermorden oder Musik hören. Letzteres ist irgendwie okay, solange man währenddessen zufällig mit psychedelischem Garagerock konfrontiert wird. Ganz wichtig in dem Zusammenhang: der Song »Suzy Creamcheese« von der Band Teddy and His Patches, 1966 gegründet in der drittgrößten Stadt Kaliforniens von einem sogenannten Jugendlichen. Der hieß logischerweise Teddy, hatte logischerweise als Kind ein Auge verloren und lief deshalb logischerweise mit einer Augenklappe rum. Dieser Typ und drei Freunde begannen parallel zu vielen anderen Menschen an der amerikanischen Westküste, R&B-beeinflussten Garagerock auf der Basis britischer Bands wie der Yardbirds und der Animals und so gar Donovan zu spielen. Die Songs funktionieren in ihrer strukturierten Wildheit nahezu entgegengesetzt zu ihren Vorbildern, »Suzy Creamcheese« beginnt beispielsweise mit so einer Art unheimlichem Rumgeklimpere auf einer Orgel, welches in die gesprochene Warnung übergeht, dass die Stimme deines eigenen Unterbewusstseins von nun an mit dir kommunizieren wird. Das macht schon mal großen Spaß. Danach die Frage: »Suzy, what' s got into you?«, auf die eine monotone Raserei folgt, einer Mischung aus Teenie- und Punkherzen entströmend, in der man sich als exzentrischer Mensch egal welchen Alters sehr zu Hause fühlt. Am Ende verlangsamt sich der Song in einem leicht dementen Festival-Stil, der an die »frühen Doors« (O Gott, habe ich das wirklich gerade geschrieben?) erinnert, jedenfalls zu einem Meer von Effekten, irgendwie mystisch, völlig naiv, sehr weise und auf einer simplen Ebene all die in den vorangegangenen drei Minuten abgearbeiteten Abgründe auffangend, von denen die Bandmitglieder in ihrem zarten Alter faktisch gar nichts wissen konnten – aber genau aus diesem Grund waren sie ja überhaupt in der Lage, sie zu vertonen, verdammt. Diese simple, nachgeahmte, schlecht umgesetzte, nur auf direkt zugängliche Unterhaltung angelegte Entscheidung diverser zu dieser Zeit existierender Bands, einfach mal Musik zu machen und innerhalb derselben Woche bei einer High-School-Party in der Turnhalle und als Vorband der Doors (siehe oben) aufzutreten, spiegelte irgendwas wider, das Cecile sehr beeindruckte. Was könnte das wohl gewesen sein? Wenn man sich die ganze Kacke ansieht, mit der sie sich heutzutage auseinanderzusetzen hatte? Fast genau zur Zeit des Erscheinens von »Suzy Creamcheese« nannten sich fünf Jungs an der Ostküste »The Groupies«, im Gegensatz zu Teddy und seinen von ihren Vätern gemanagten Bandkollegen waren das wirkliche Verbrecher, gutaussehend, arrogant, musikalisch irgendwie unverschämt und bereits mit sechzehn in der Lage, durch lässige Nachahmungen Mick Jagger in den Dreck zu ziehen. Trotz des Ausbleibens eines wirklichen Hits galten sie kurzzeitig als eine der wichtigsten Bands New Yorks, das müssen unfassbare Liveperformances gewesen sein. Irgendwann hatten diese inzwischen siebzehnjährigen Typen einen wichtigen Auftritt in Philadelphia, tauschten die Tickets am Flughafen jedoch um und flogen stattdessen nach Los Angeles, um da völlig durchzudrehen. Diese Entscheidung gilt als das folgerichtige Ende ihrer Karriere durch Disziplinlosigkeit und wird bereits in ihrem einzigen veröffentlichten Song »Primitive« prophezeit oder wie auch immer man das nennen will. Und mehr muss man zu dieser schwerstsouveränen Single auch gar nicht hinzufügen, außer, dass deren Schöpfer für den Rest ihres Lebens Ceciles heimliche große Liebe sein würden, und natürlich auch die Lyrics:

What I don't know can never hurt me / I live a life that's working for me / What I respect you just can't see / What you expect I'll never be / The things I do you'd never try / What I get free you got to buy / I'm proud of my life / But don't ask me why / Cause if I told you, I'd probably, Primitive that's how I'll live / Primitive I'll take what you give / Cause I love and I live primitive.

Außerdem mochte sie schon immer die Starfires aus Cleveland und Spirogyra, die allerdings sehr viel hippiehafter und erst Anfang der Siebziger durch den unabhängigen Ausdruck ihrer Ansichten rumgehüpft sind. Zu allem Überfluss war Cecile dann irgendwann auch noch magersüchtig geworden, wie jedes Mädchen, dass schlau genug war, um verletzbar wirken zu wollen. Aber all das ist Vergangenheit, und die gehört ihr nicht. Es ist an dieser Stelle fast unnötig zu erwähnen, dass Cecile zu den weniger durchgeballerten Charakteren in diesem Roman gehört, aber sehr sympathisch ist. Und ja, scheiße, apropos Roman.

Gloria fragte: »Willst du nichts essen?«, und Cecile musste unweigerlich an all die Romane denken, deren Protagonisten am Esstisch ständig aus irgendwelchen Tagträumen hochschreckten. Sie fühlte sich schon wieder sehr allein gelassen. Gloria fügte hinzu: »Frank isst die Aubergine nicht, sondern nur den Salat, und ich esse die Aubergine aber trotzdem, also, es hängt von dir ab.«

Cecile antwortete: »Ich kenn dich besser als Frank«, und häufte sich einen Berg dieses zu einer schlammartigen Konsistenz gedünsteten Gemüses auf den Teller, es war alles wirklich furchtbar. Was blieb einem an dieser Stelle anderes übrig, als eine der Glaskaraffen an der Tischkante zu zerschmettern und sich mit den Scherben die Pulsadern aufzuschneiden, des Effekts wegen? Richtig, man tut so, als sei man nicht sprachlos, sondern arrogant, und wiederholt den irgendwann mal von Kurt Cobain zitierten Satz: »Es ist weder nötig zu hoffen, um etwas zu unternehmen, noch, erfolgreich zu sein, um durchzuhalten.«

Gloria und Frank guckten sich erstaunt an.

»Ist das von diesem komischen Prinz Wilhelm von Oranje?«, fragte Frank. Cecile zuckte mit den Schultern.

»Keine Ahnung, von wem das ist, wer ist denn Prinz Wilhelm von Oranje, ist das irgendein Thronfolger?«

»Nein, das ist, ähm, dieser Typ ausm 80-jährigen Krieg, der für die Reformierten eingetreten ist.«

Gloria gähnte: »Ja, klingt sehr nachm 80-jährigen Krieg.«

Sie stand auf und fing an den Tisch abzuräumen, obwohl Frank und Cecile noch aßen. »Streng genommen war dieser Wilhelm ein Idiot«, sagte sie, während sie ein paar Schüsseln in die Spülmaschine stellte. »Oder kein Idiot, sondern einfach ein komplexbeladener Mann, dem nicht so viel einfiel und dessen Lebenszweck darin bestand, genau das zu verbergen. Was ihm aber überhaupt nicht gelungen ist.«

»Er war definitiv kein Idiot«, sagte Frank.

»Nein, das war er nicht, du hast recht. Ein Idiot zu sein, das hätte er einfach nicht hingekriegt. Alles, was an ihm scheiße war, resultierte ausschließlich aus seinen Unsicherheitsgefühlen.«

Gloria schlug etwas zu gewaltsam die Spülmaschine zu. Sie warf sich eine Jacke über, sagte »Gute Nacht, es soll übrigens gewittern, später« und rief nach ihren beiden Hunden, um mit ihnen durch eine vom Esszimmer abgehende Glastür nach draußen zu gehen. Ihr Vater aß stillschweigend weiter. Cecile saß noch einige Minuten ungeduldig auf ihrem Stuhl rum und verabschiedete sich dann ebenfalls. Als sie gerade an dem Durchgang zur Eingangshalle angekommen war, rief Frank ihr hinterher, ob sie nicht Lust hätte, sich das ausgegrabene Stück eines vor achtzig Jahren auf dem Grundstück abgestürzten Air-Force-Flugzeuges anzusehen. Sie tat so, als hätte sie ihn nicht gehört, und ging durch zwei dunkle, mit Bücherwänden zugestellte Flure auf das Treppenhaus zu, das zu ihrem Zimmer führte. Auf der zweiten Stufe der Treppe stand inzwischen ein Aschenbecher mit drei Zigaretten, neben dem ein Zettel lag. In der unstrukturierten Kinderhandschrift ihrer Mutter entzifferte Cecile die Aufforderung: »Tu Frank bitte einen Gefallen und schmeiß die Kippen nicht ins Gras«. Sie stellte den Aschenbecher auf die Fensterbank, das Geräusch von auf Marmor geknalltem Messing hallte durch den ganzen Flur. Sie lehnte sich an die Wand, zündete sich die Zigarette an, die sie sich vor dem Abendessen hinters Ohr geklemmt hatte, und starrte auf ein hinter einem wahllos platzierten Billardtisch angebrachtes Wandregal. Erst als die Zigarette gefährlich nah an ihrer Haut brannte und sie sie aus Reflex auf den Teppich fallen ließ, realisierte sie, dass sie kein einziges Mal an ihr gezogen hatte. Cecile drückte die Zigarette aus, schmiss die Kippen aus dem Aschenbecher hinterher und kehrte sie mit dem Fuß zu einer kleinen Aschepyramide zusammen. Dann ging sie auf das Wandregal zu. Auf Zehenspitzen zog sie einen kleinen Karton hervor, der hinter übereinandergestapelten Reiseführern versteckt war und aus dessen oberer Öffnung ein bronzener Elefantenrüssel ragte. Sie holte den kleinen Elefanten aus der Styropormasse, er war so lang wie ihr halber Unterarm und die detaillierteste Skulptur, die sie je gesehen hatte. Der Rüssel horizontal ausgestreckt, was dem Elefanten irgendwie eine dominante Haltung verlieh. Eins seiner Vorderbeine war angewinkelt, an jedem Fuß hatte er sechs Zehen, und im Glanz der kubisch flächenzentrierten Metallstruktur spiegelte sein Gesicht die traurige Würde wider, mit der er hinnahm, von den Menschen besiegt worden und jetzt als lebloses Kunstwerk 500 000 Dollar wert zu sein. Cecile rannte nach oben, kehrte mit ihrer Reisetasche zurück, setzte sich neben den Elefanten auf die Treppe und beschloss, mit in ihren Armen vergrabenem Kopf, auf das Gewitter zu warten. Es dauerte nicht lange, höchstens eine Stunde, es war dann irgendwie trotzdem schon mitten in der Nacht, bis plötzlich feuchtwarme Luftschichten am Start waren, es begann zu hageln, und eine geschlossene Decke kilometerdicker, finsterer Wolken türmte sich vor der nächtlichen Version dessen auf, was Cecile früher Horizont und inzwischen nur noch Begrenzung genannt hätte. Von dem Fenster im Flur konnte sie die komplette Holsteinische Schweiz, oder was immer das war, überblicken, in die von einem gewaltigen Donner begleitet mehrere verästelte Lichtbögen gleichzeitig einschlugen, diese Blitze, die immer näher kamen und in deren Licht der Garten kein Garten mehr war, sondern eine aus Schlamm und Trümmern zusammengesetzte Erhabenheit. Sie hörte die Hunde bellen, zuerst gedämpft, dann in ihrer unmittelbaren Nähe, und spürte den explosionsartigen Durchbruch einer Schallmauer, auf den Linienstrahlungen folgten, diese flirrende Luft als Vorläufer einer mittelschweren Katastrophe, und wenige Sekunden später die ersten Ansätze von Flammen, in einigen hundert Metern Entfernung, genau dort, wo Jacques' Bungalow stand. Jacques rannte in einem triefenden T-Shirt auf die Villa zu, eine Alarmanlage sprang an, danach eine zweite, Ceciles Handy klingelte, sie ging nicht ran. Es klingelte zwei weitere Male, sie stellte es lautlos. Als sie die Stimmen ihrer Eltern aus der Eingangshalle vernahm, übertönt von Jacques' hysterischem Schluchzen, öffnete sie die Fenster, warf ihre Tasche raus und sprang hinterher. Sie landete auf den Knien in den Resten einer ehemaligen Zierhecke, kämpfte sich hoch und rannte, so schnell sie konnte, auf das erste der Tore zu. Innerhalb von Sekunden war sie komplett durchnässt, und der Regen lief ihr so penetrant das Gesicht runter, dass sie sich blind an den Gittern des Tors hochziehen musste. Irgendwann fand ihr Fuß an einer Verstrebung Halt, und von dort aus schmiss sie sich auf die andere Seite, auf der sie wieder im Matsch landete. Sie kämpfte sich weiter vor, zum nächsten Tor, das etwas höher und dadurch noch schwerer zu überwinden war. Den äußersten, das Grundstück von der Autobahn trennenden Zaun erreichte sie nicht über die gewundene Zufahrtsstraße, sondern rannte den steilen Waldhang hinab, genau auf eine Lücke zu, in der einer der Eisenstäbe ausgelassen worden und die dadurch breit genug war, um sich durchquetschen zu können. Dann stand sie an der Autobahn, mit dem Elefanten im Arm, und heulte. Aus irgendeiner Ferne konnte sie die Feuerwehrwagen hören. Ohne sich noch mal umzudrehen, lief Cecile in die entgegengesetzte Richtung.

9 Kais Mutter hatte immer verbrannt werden wollen, bereits im Alter von vier Jahren war ihm das von ihr eingeschärft worden und danach immer wieder, im Rahmen melancholischer Anfälle von Todessehnsucht und Panik vor Ungeziefer. Trotzdem organisierten Binky Schweigers beste Freundinnen fünf Wochen nach dem Unfall eine klassische Beerdigungszeremonie. Sie hatten durchwachsene Jobs in PR-Zusammenhängen und von Hippiefrisuren umrahmte Gesichter. Sie interessierten sich für Kokain und eigensinnige Klassensolidaritäten. Ihre Kinder waren im Grundschulalter und hätten jedem beliebigen Menschen auf die Aussage »Scheiße, ich hab Kopfschmerzen« den Ratschlag gegeben, nicht so viel ins Berghain zu gehen. Kai war von seinem Vater aus dem Krankenhaus abgeholt worden, in dessen gebraucht gekauftem Renault Twingo. Detlev hatte sich nie was aus Autos gemacht, eventuell, weil ihn Klischees ankotzten und ihm selbst nur ein Lamborghini fehlte, um von vornherein als Fleisch gewordenes Arschlochvorurteil eingeschätzt zu werden. Vor der Trauerfeier holte Detlev Kais restliche Klamotten aus dessen ehemaliger Wohnung. Kai konnte nicht mal den Hausflur betreten, ohne ohnmächtig zu werden. Seine Kleider füllten nur die Hälfte seiner Reisetasche aus, sein Spielzeug und die Bücher ließ er zurück, bis auf eine zerfledderte Ausgabe von H.P. Lovecrafts *Berge des Wahnsinns*, weil das bei ihm immer so ein Mark-Twain-Ding reaktivierte

von wegen amerikanische Unabhängigkeitserklärung. Das Streben nach Glück: Als Außenseiter erfolgreich irgendwelche widrigen Wasserwege stromabwärts entlangtreiben, besser ging's nicht. In die Todesanzeige war ein originell gemeintes Verbot für schwarze Kleidung eingearbeitet worden, weshalb die Gäste alle Neonoutfits anhatten. Einige Mädchen aus Kais ehemaliger Schulklasse, die ihn damals entweder nicht beachtet oder im Sportunterricht beschimpft hatten, guckten ihn auf eine gänzlich neue Weise so an, als hätte er gerade eine Castingshow gewonnen. Die Familie seiner Mutter hatte sich geschlossen in die hinteren Bänken der Kapelle gequetscht, hässliche und zumeist zahnlose Leute aus einem Schützenverein im Sauerland, Tante Irmela zum Beispiel mit kreisrundem Haarausfall, oder seine Cousine, über die er nichts anderes wusste, als dass sie mal mit einem Nazi verlobt gewesen war und seitdem unter mehreren Herzfehlern litt. Kai sah die Teppichböden in den Reihenhauswohnungen vor sich und Edeltannen in Backyards auf zentimetergenau getrimmter Rasenmatsche. Er hielt seine Familie für durch das Bühnenbild ihrer eigenen Existenzen wackelnde Touristen, denen es um nichts anderes zu gehen schien als Kaffeekränzchen. Seine Großmutter erzählte ihm vom neuen Flippers-Album und wirkte, als würden ihr die bunten Satinblusen der Anwesenden mehr zu schaffen machen als der eigentliche Anlass, gegen dessen Traditionen sie sich auflehnten.

»Also bei uns geht man immer noch in Schwarz zu Beerdigungen«, sagte sie, und obwohl das nicht der einzige von ihr in Kais Richtung geäußerte Satz zu diesem Thema gewesen sein konnte, würde sich Kai in zwanzig Jahren an keinen anderen erinnern können.

In seinen Vater hatten sich zwangsläufig einige Girls verliebt, unter anderem Lucie Meyer, die einen bodenlangen Pelzmantel trug und aus ungerechtfertigten Gründen in der ersten Reihe saß. Als Detlev sie darauf ansprach, ob sie gerade versuche zu heulen, in dieser zu grell ausgeleuchteten Kapelle, brach sie in ein Kichern aus, das sie für den Rest der Zeremonie nicht mehr zu unterdrücken schaffte. Kai hörte die Reden, zwang sich zu einer Art über allem stehenden Lächeln und beobachtete einen Mann in der hintersten Reihe dabei, wie er gleichermaßen bitterlich und still in sich hineinweinte. Er wirkte wie ein ausrangierter Rockmusiker und als wäre seine Trauer keine Mitleidsperformance, sondern schmerzhaft. Zwei Stunden später würde Kai einen Briefumschlag von ihm in die Hand gedrückt bekommen, gefüllt mit 3000 Euro und der auf einen Post-it-Zettel geschriebenen Erklärung »Von jemandem, der Deine Mutter mal sehr geliebt hat«. Zuvor wurde jedoch der Song »Angel Wings« der Band Flying Skulls gespielt, aus schlechten Boxen und sieben Mal hintereinander, weil sich niemand um eine abwechslungsreichere musikalische Untermalung gekümmert hatte. Kai war willenlos zwischen den Sarg und ein schlecht aufgelöstes Foto seiner Mutter platziert worden, fragte sich, was er mit seinen Händen machen sollte, und starrte auf den Boden. Als er wieder aufblickte, war die Kapelle plötzlich leer, nur er stand noch da, handlungsunfähig und erschöpft. Er wollte den anderen hinterher nach draußen gehen, doch irgendein in Italien aufgewachsener Cousin kam ihm entgegen, freudestrahlend, um Kai in schlechtem Englisch mit einer Mischung aus Beileidsbekundungen und der Schilderung seiner Suche nach türkischem Essen zu begrüßen. Er war über zwanzig, augenscheinlich Folklorekiffer und vermittelte tatsächlich den Eindruck, als sei die Beerdigung seiner Tante nichts anderes als ein guter Grund, mal wieder einen deutschen Döner zu essen. Er nötigte Kai dazu, sich noch mal neben den Sarg zu stellen, damit er ihn mit seiner Mittelformatkamera fotografieren konnte. Kai ließ den Scheiß über sich ergehen, hätte aber eigentlich gerne geheult. Danach wurden ihm die Bilder vorgeführt, in dem kleinen Vorschaufenster des Fotoapparats, begleitet von unablässigem Schwärmen über den Weitwinkelmodus der neuen Canon HD. Kai starrte an der Kamera vorbei auf den Boden, weil er seinen eigenen Anblick nicht ertragen konnte. Als sein Cousin sich hinkniete, um die Kamera zurück in seinen Rucksack zu packen, rannte Kai raus. Von der Treppe zur Kapelle sah er seinen Vater mit dem Rücken zu ihm telefonieren. Er rauchte und ließ Worte fallen, die Kai noch nie zuvor gehört hatte: »Apokalypse«, »Postbayreuthisch«, »Dissonanzen, die sich einig sind«. Die anderen Gäste waren bereits hundert Meter der Beisetzungsstätte entgegengeschlurft, und etwas abseits dieser halb vernebelten Friedhofslandschaft erkannte Kai die Umrisse eines Mannes in Billo-Daunenjacke, der ihm bekannt vorkam. Er wirkte niedergeschlagen und als käme er sich zu uncool vor, um bei den anderen mitlaufen zu dürfen. Es war Marco, ein schwuler Kindergärtner, der vor langer Zeit mit Kais Mutter in einem Hort für Hauptschüler gearbeitet hatte. Marco war schwer übergewichtig, hatte einen Irokesenschnitt und war gekommen, um sich zu verabschieden. Da stand er nun mit verschränkten Händen, sein Gewicht alle fünf Sekunden vom einen Fuß auf den anderen verlagernd. Kai musste heulen, weil die Angst dieses Typen, unterhalb irgendwelcher Hierarchielevel eingeschätzt zu werden, der Katalysator für die Verdichtung seiner Erkenntnis war, dass die Welt scheiße, ungerecht und nur ein verdammter Zufall sein konnte.

Das hinterhergeschobene Get-together in einem von Binky favorisierten Steaklokal erlebte er irgendwie verzerrt. Kais bester Freund, der nach einem Frankreichurlaub zum alkoholabhängigen Heavy-Metal-Freak mutiert war und sich deshalb kaum noch gemeldet hatte, umarmte ihn kurz und entschuldigte sich für sein rotes »death at a funeral«-T-Shirt. »Es ist etwas unangemessen«, sagte er, »aber ich hab halt sonst keine Klamotten, die nicht schwarz sind, irgendwie.«

Kai antwortete, das sei okay. Dann stürzte seine Großmutter so dramatisch über zwei Treppenstufen, dass er sie kurzzeitig für ebenfalls tot hielt. Man fraß grottenschlechte Torte. Es war das härteste Szenario, das Kai sich unter der Verabschiedung eines geliebten Menschen vorstellen konnte. Hätte er Sprengsätze unter seinem Pullover getragen, hätte er sie, ohne zu zögern, gezündet. Es wäre ein angemessenerer Tod gewesen als der seiner Mutter.

10 Der Asphalt glänzte vor sich hin, im Nieselregen, und Samantha lag wach, auf der ausziehbaren Verbreiterung eines Doppelstockbettes für Kleinkinder. Sie starrte durch das Wohnwagenfenster in den Scheiß raus, den sie dort zu erwarten hatte. Es war immer noch alles scheiße, und es würde auch scheiße weitergehen. Der Regen hatte die Erdritze zwischen den Steinplatten aufgeweicht, der Platz war überzogen von braunen Rinnsalen. Sie sah Menschen eine Luft atmen, auf die sie selbst inzwischen keinen Zugriff mehr hatte. Die Apokalypse war das Einzige, was ihr real erschien. Außerdem hatte sie heute Herpes. Ihre Mutter riss die Tür auf und stellte sich vor ihr Bett, in dieser Position hätte sie ohne weiteres den für sie sehr typischen Satz »Das Softeis ist sowieso verseucht« sagen können.

Stattdessen schrie sie: »Kannst du mal bitte hinne machen jetzt?«

»Mama, das ist schon wieder dieser ›Ich geh überall hin, wo ich nichts verloren habe, und stecke genau da meine Nase rein‹-Scheiß.«

»Was?«

»Lass mich in Ruhe, ich kann eh nicht ins Badezimmer.«

»Warum denn nicht?«

»Weil, der Rocco putzt sich da gerade seine Scheißzähne, und wenn ich anklopfe und selber sage: ›Mach hinne‹, sagt er ›Nein‹, und ich frage ihn dann, warum du mir gesagt hast, dass ich sofort aufstehen muss, und dann sagt er wieder: ›Weiß ich doch nicht, Mann, hau ab!‹«

»Und kannst du dich dagegen denn nicht wehren?«

»Nein, weil dann geht's weiter mit irgendeinem Scheiß von wegen ›Beeil dich doch jetzt mal‹, und er nennt mich ›Fotze‹ und sagt, ich soll mich erst mal anziehen gehen, und wenn ich mich weigere oder irgendeinen Grund nenne, warum das jetzt nicht geht, sagt er: ›Quatsch mich nich voll, Alter‹, und ich sage: ›Ich muss duschen‹. – ›Ja, dann mach doch.‹ – ›Wenn de hier drinne bist, oder was?‹, frag ich dann. Und weißt du, was das Arschloch dann grundsätzlich antwortet: ›Mir doch egal, ich geh hier jetzt nicht raus, ich muss Zähne putzen.‹«

»Und jetzt?«

»Jetzt gehst du entweder wieder weg oder bleibst zehn Minuten sitzen, damit ich wiederkommen und sagen kann: ›Ey, warum machst du mich denn schon wach, ich hab doch gesagt, ich kann noch fünf Minuten schlafen!‹«

Die Mutter überlegte kurz, setzte sich dann auf Samanthas Schreibtischstuhl und antwortete: »Ja, weil du sonst nicht in die Pötte kommst, Samantha!«

»Ich hab dir keine Frage gestellt –«

»Aber –«

»Was? Wenn du seine Lieblingssalami kaufst, will er Cornflakes, und wenn du Spaghetti Bolognese machst, stellt er sich in die Küche und rührt sich ne Packung Fertigkuchenteig an, der Junge ist krank.«

»Der ist nicht krank. Guck mal kurz, ist das da oben ne Spinne?«

»Das ist mein Vorhangstab. Oder meinst du das andere Ding?«

»Nein, den Fleck da neben dem Lampenschatten.«

»Das ist ein – keine Ahnung, ich glaube, es nennt sich Staubstritzel.«

Die Haltung ihrer Mutter lockerte sich allmählich, trotzdem verkörperte sie noch immer diese bestimmte Art ihrem Umfeld mit Ignoranz begegnender Frauen, die nie gelernt hat, dass man mit der Heraufbeschwörung von Dramen irgendwann keine Aufmerksamkeit mehr, sondern nur noch genervte Blicke erntet. Eilkrit hatte eine Nummer mit weißen Tauben, die jeden Nachmittag auf Miniaturriesenrädern, Karussells oder Schaukeln gesetzt wurden. Letztlich war es Zufall, ob das wie Dressur rüberkam oder völlig aus dem Ruder lief, die Tiere machten nämlich das, was sie wollten, saßen dementsprechend meistens auf in der Zirkuskuppel angebrachten Scheinwerfern und schissen auf Köpfe. Jede von ihrem Ehemann verfasste E-Mail musste der Geste wegen von ihr Korrektur gelesen werden, obwohl sie Legasthenikerin war. Das bedeutete, dass Briefe an Förderer oder Projektleiter mit zwanzig Rechtschreibfehlern und in fünfzehn verschiedenen Schrift- und Farbvarianten verschickt wurden. Die letzte Mail an den Bürgermeister von Cuxhaven hatte mit folgender einem Axtmörder zuzuschreibenden Formulierung geendet: »Wenn Sie uns Ihre Adresse geben, wird der Zirkusdirektor zu Ihnen nach Hause kommen und erklärt Ihnen dort unser Programm von A bis B.«

Eilkrit sah gut aus, und in keinem anderen Familienmitglied verband sich die energische Rhetorik so rabiat mit Empfindsamkeit. Sie ging durch den Wagen ihrer Tochter, als hätte sie ihn gerade zum ersten Mal betreten, strich mit dem Finger über die Oberflächen einiger Einbaumöbel und setzte sich dann zu Samantha aufs Bett, ohne ihren Blick von den hinterlassenen Streifen im Staub abzuwenden.

»Hast du schon den Komposthaufen gesehen?«, fragte sie. Samanthas Vater hatte einen riesigen Komposthaufen neben den Ställen angelegt, auf dem sich nun Tierscheiße und biologisch abbaubarer Abfall türmten. Der war inzwischen drei Meter hoch und stank bestialisch.

»Ja, ihr seid alle verrückt«, antwortete Samantha.

»Ich hab ihm schon gesagt, dass das nicht geht und dass er sich irgendwas einfallen lassen muss, um den Scheiß wieder da wegzukriegen. Ich glaube, er hat im Fernsehen was über Würmer gesehen, die Müll fressen und sich damit reproduzieren oder so, frag mich nicht, wie das geht.«

»Aber das stinkt total, Mama, echt. Es ist widerlich. Vor allem ist das kein kleiner Kasten, das ist ein riesiger Müllberg, wie will so ein dummer Wurm so eine fette Ladung Dreck verdingsen, wie heißt das denn, verdauen.«

Eilkrit zuckte mit den Schultern, sagte »Keine Ahnung« und dann, sehr abfällig: »Willst du gar nicht wissen, wie es deinem Bruder geht?«

»Der Arsch.«

»Ich mein nicht Rocco, sondern den anderen.«

»Entschuldigung. Wie geht's dem?«

»Na ja, Nasen-OP ist das Härteste, das Allerhärteste von der ganzen Welt. Ich glaube, er hat noch nie so was Schlimmes erlebt in seinem Leben. Er sagte, er hätte schon so ein Scheißgefühl gehabt, als er da auf diese Liege kam und die ihm so Zeug gegeben haben für die Narkose. Da dachte er schon: Nee, irgendwie hat er Schiss. Und dann dachte er: Ach, was sollen die schon machen, ich komm da rein und schlafe und komm da wieder raus und alles ist okay. Aber

Samantha, die Schienen, die die da reingepackt haben in seine Nase, die gehen echt bis hier oben hin«, Eilkrit visualisierte das Ganze, indem sie sich an die Hinterseite ihres Schädels klopfte, »– und verursachen solche Höllenschmerzen, weil die an der Schleimhaut angenäht werden. Die Schleimhaut ist so empfindlich, es ist relativ eindeutig, dass er diese Fäden und Schienen auch spürt, und die Nase ist bei jeder Berührung wie ein Scheißentzündungsherd. Und überall so Tamponaden drin im Kopf. Totaler Unterdruck, und du kannst nur durch den Mund atmen. Dann kam der Arzt jedenfalls gestern mit so ner Metallzange und zog und zog und zog, bis Pascal irgendwo hinten in seinem Kopf das Gefühl hatte, da würde irgendwas rausgezogen, so hat er es jedenfalls beschrieben.«

»Das ist krank.«

»Ja. Die waren so groß wie Surfboards, das war unglaublich.«

»Toller Vergleich.«

»Ich mein's todernst.«

»Weißt du noch, wie er sich die Hauptschlagader aufgebohrt hat?«

»Was?«

»Da muss er fünfzehn gewesen sein oder so, ich war jedenfalls klein, gerade in der ersten Klasse. Pascal kam plötzlich über den Platz gelaufen und war total rot vor Anstrengung oder so. Die ganze Zeit drückte er seinen rechten Daumen auf eine Stelle am linken Unterarm. Und so fuhr der dann alleine und ohne eine Miene zu verziehen ins Krankenhaus. Weil er halt beim Zeltabbau mit der Bohrmaschine irgendwie abgerutscht ist und die Hauptschlagader getroffen hat. Und er sah die ganze Zeit kein einziges

Mal so aus, als hätte er Schmerzen oder Angst. Das fand ich so hart, Mama. Aber er hatte zumindest irgendein Scheißglück, das ihn vorm Schlimmsten bewahrt hat, und zwar immer. Im Gegensatz zu –«

»Dir? Im Gegensatz zu dir, wolltest du das jetzt sagen? Mein liebes Kind, du hattest Glück.«

»Ich hatte keins, und das weißt du.«

Ihre Mutter atmete tief durch.

»Ich weiß nur, dass ich gestern kurz mit Papa im Zelt saß und wir uns daran erinnert haben, wie du damals auf Teneriffa deine erste Erdbeere gegessen hast. Und plötzlich hab ich gemerkt, dass du genau so geworden bist, wie ich mir dich immer gewünscht habe damals. Ich hab fast geheult, ehrlich.«

Eilkrit klopfte ihrer Tochter auf die Schulter und verließ mit dramatisch auf den Boden gerichtetem Blick den Wagen. Samantha beschloss, weder zu duschen noch ihre Haare zu kämmen, und aß eine Handvoll Smarties zum Frühstück. Über ihrem Schreibtisch hingen seit kurzem einige von ihr gebastelte Versalien, die sich zum Satz »No beauty without the Wound« zusammenfügten. Sie warf sich eine Sweatshirtjacke über und ging über den verregneten Platz auf den Eingang des Zeltes zu, aus dem gedämpfter Techno klang. An den hochglanzlackierten Wagen der anderen vorbei, durch diesen nebligen Vormittag eines Jahres, in dem ziemlich viel passiert war. Der Zuschauerbereich und die Tribünen im Zelt waren erst halb aufgebaut, und der Geruch vom Anfang einer neuen Spielzeit hing in der Luft, der ihr als Kind immer irgendetwas versprochen hatte. Eine Mischung aus Popcorn, Pferden, Sägespänen und den undefinierbaren Eigenausdünstungen der jeweiligen Stadt, in der sie gerade das Zelt aufgebaut hatten. Auf den Kästen, die die Manege von den vorderen Logen abgrenzten, saßen fünfzig bis sechzig Kinder unter zwölf, die einem Vortrag von Samanthas Vater lauschten, in dem es um die Bedeutung des Zirkus für die Mitglieder seiner Familie ging. Samantha hasste es, wenn er diese Pathoskeule auspackte, die Kinder standen allerdings drauf und hörten mit offenen Mündern zu. Am Ende der Rede wurde normalerweise die im Zentrum der Zeltdecke hängende Discokugel angeschmissen, Samanthas ältere Schwester hatte gestern allerdings gesoffen, war am Verfolger eingeschlafen und konnte deshalb nicht schnell genug reagieren. Alle warteten, es passierte nichts, also lief Samantha an den Logen vorbei zu einer gegenüber den Kindern aufgestellten Bierzeltbank. Es dauerte nicht lange, bis die Kinder wahrnahmen, was mit Samantha nicht stimmte, und sich ein naiv-animalisches Raunen durch die Runde zog. Ihr fehlte ein Unterarm, und zwar erst seit kurzem. Sie hasste Kinder. In ihren Gesichtern spiegelte sich kaum gefilterter Abscheu wieder. Sie waren alt und gut erzogen genug, um das verbergen zu wollen, schafften es allerdings nicht, weil man in diesem Alter für solche Anstrengungen noch zu aufrichtig war. Sie alle würden zwei Wochen ihrer Sommerferien in disziplinspezifische Gruppen eingeteilt eine authentische Zirkusshow einüben, sie am Ende ihren Verwandten und Freunden vorführen und dann auf DVD gebrannt mit nach Hause nehmen. Das war erstens die einzige der Familie verbliebene Möglichkeit, das Zelt vollzukriegen, zweitens eine gute Einnahmequelle, weil dieser ganze »Kinder überschreiten ihre Grenzen«-Bullshit für die meisten Middle-Upperclass-Eltern als lohnenswerte Erfahrung galt. Unglücklicherweise hatte das zur Folge, dass jeder zweifache Salto, jede Besonderheit beim Schlucken von Feuer und die in Kauf genommene Lebensgefahr bei der über Jahre hinweg einstudierten Vertikalseilnummer von Samanthas Cousine, während derer sie mitreißend und voller Grazie zwanzig Meter über dem Boden zu »Eye of the Tiger« durch die Luft gewirbelt wurde, fast nichts anderes mehr als zu vermittelnde Erfahrungswerte waren. Ein Großteil der Kinder schaffte kaum einen Purzelbaum. Beinahe keins von ihnen wusste seine Ellbogen anständig durchzudrücken. Trotzdem waren sie alle irgendwie süß, weil unschuldig, aufgrund der noch nie erfahrenen Misere, sich bewusst gegen das Böse entscheiden zu müssen. Der Zugriff auf die Idee dieses Bösen, der ihnen durch Samanthas Anblick gewährt wurde, war beängstigend und auf derselben Ebene interessant wie ein Verkehrsunfall. Gleichzeitig war Samantha die hübscheste der Schwestern, sie war nicht sexy, überhaupt nicht, man kann sich unter ihr keinesfalls das Klischee der Quotenbehinderten vorstellen, die gleichzeitig massakriert und dann auch noch immer sexy sein müssen. Ihr fehlte ein Unterarm, und dieser Mangel schien sich auf eine vertrackte Art und Weise auch auf die verbliebenen Gliedmaßen ausgebreitet zu haben. Ihre großen Schwestern hatten gute Züge, perfekte Figuren und einige dunkle Haarsträhnen mit Gel zu über den Wangenknochen angelegten Blumenranken gestaltet. Aber Samanthas Schönheit beruhte auf diesem irrationalen Grace-Kelly-Moment totaler Einnahmefähigkeit. Ihre Erhabenheit war in keinem noch so jämmerlichen Ambiente aus der Welt zu schaffen.

Zwei Stunden später hatte es aufgehört zu regnen, die Kinder sprangen auf ausgebreiteten Plastikteppichen herum und aßen dabei gegrillte Würstchen. Die meisten von ihnen übten einarmige Radschläge oder stellten sich an einer langen Schlange an, um von Rocco ein zwischen zwei Bäumen gespanntes Drahtseil entlanggeführt zu werden. Sie banden sich Polyestertücher um die Stirn und sahen alle sehr beknackt aus. Nach und nach wurden sie von ihren Eltern eingesammelt und weggefahren, keine Ahnung wohin, wahrscheinlich zur Stadtranderholung. Während Samantha das beobachtete, abgeschottet hinter einer Ansammlung dicker Kastanienbäume, durchfuhr sie eine tiefe Traurigkeit. Der Platz, auf dem das Zelt stand, war ein unebenes Rondell inmitten des Stadtparks, an dessen hinterem Ende sich ein denkmalgeschützter hoher Turm befand. Er sah aus wie die kleinere und gradere Version des Pisa-Wahrzeichens. Monatlich sprangen da mindestens ein bis zwei Menschen runter. Der Zirkus stand hier jedes Jahr in den ersten beiden Augustwochen. Letztes Mal hatte Samantha ein Mädchen springen sehen, vierzehn Jahre alt, mittags um zwölf, das keinen objektiv als Problem zu bewertenden Grund für ihren Selbstmord hätte angeben können. Es war fantastisch in der Schule und eins der Supergirls gewesen, an die sich die unteren Stufen noch dreißig Jahre später als Sexsymbol erinnern würden. In dem Abschiedsbrief des Mädchens stand Gerüchten zufolge, dass sie realisiert habe, nichts für diese Welt mehr tun zu können, und ihr deshalb nichts anderes übrigbleibe, als dem ganzen Scheiß ein Ende zu setzen. Sie sei ihr Leben lang von einem unbezwingbaren Willen getrieben worden, der nichts mit ihrem »Selbst« zu tun gehabt hätte, sondern ein metaphysisches Werk des Teufels gewesen sei. Dieser Teufel wiederum hatte nie was anderes gewollt, als uns alle in ein unaufhörliches Netz des Begehrens zu verstricken, so lange, bis irgendwann auch der kleinste Rest unseres angeborenen Verstandes dahingehend entkräftet war, dass er nie existiert hatte.

Wie sich rausstellte, hatte das Mädchen ein bisschen zu exzessiv Schopenhauer gelesen. Das wusste Samantha jedoch nicht, sie hielt dieses Verhalten für den bewundernswerten Impuls eines mutigen Menschen, sich selbst als unverändertes Wesen beibehalten zu wollen.

An das andere Ende des Platzes grenzte die Papageienvoliere eines Tierparks, in dem Samantha noch nie gewesen war. Ihr war nicht klar, ob es mit irgendeinem nagenden Weltschmerz oder mit Wissensdurst zu tun hatte, jedenfalls haute sie schließlich ihr Sparschwein kaputt und kaufte sich ein ermäßigtes Ticket ohne Aquariumzugang. Normalerweise brauchte sie kein Geld, Klamotten bekam sie von ihren Schwestern oder zu Weihnachten, Süßigkeiten wurden massenweise von Elternteilen eingekauft, Drogenerfahrungen hatte und wollte sie keine. Der Tierpark war menschenleer, es wirkte fast, als sähen die eingesperrten Viecher nicht ein, für eine einzige verkrüppelte Person irgendwelche rassespezifischen Verhaltensweisen an den Start bringen zu müssen, die meisten der Tiere schliefen oder hatten sich in nicht einsehbaren Einbuchtungen verkrochen. Samantha blieb lange am Tigergehege stehen. Sie hatte nie verstanden, warum sich die Menschheit von Raubkatzen so fasziniert zeigte, ihr Onkel war bei einem bayrischen Showzirkus als Dompteur angestellt, und vor allem die Tiger waren Samantha immer nur arrogant und dumpf vorgekommen. Sie musste bei ihrem Anblick jedoch an ihre Lieblingsschwester denken, die aus dem ganzen Schaustellerquatsch ausgebrochen war und sich, anstatt irgendeinen Achterbahnunterhalter oder Puppenspieler zu heiraten, als Befreiungsakt an einer klassischen Schauspielschule in Wien beworben hatte. Jeden Tag hatte sie Samantha angerufen, weil sie es dort fast noch mehr gehasst hatte als zu Hause, diese Gestenhaftigkeit einer nur des Trockenschwimmens wegen existenten Performance. Sarah-Jane galt als untalentierter, als man sie eingeschätzt hatte, nicht weil sie es war, sondern weil sie mit den Strukturen nichts anfangen konnte. Sie wurde von ihren Mitstudenten aufs Gröbste allein gelassen und nahm innerhalb von vier Wochen zehn Kilo zu. Eines Tages erzählte sie Samantha am Telefon, dass sie die Aufgabe bekommen habe, die Rolle der Penthesilea als frei wählbares Tier zu erarbeiten. Sie war also unmotiviert in den Zoo gegangen und hatte sich die ganzen blöden Tiere angeguckt und sich dann für einen Tiger entschieden, so schwer ihr dieser ganze Method-Acting-Quatsch in einem derartig demütigenden Kontext auch fiel. Als sie den Scheiß dann vorführte, bekam sie zum ersten Mal Applaus. Die Leute drehten durch ob ihres Auftrittes und hielten ihn für enorm gelungen.

»Und was ist jetzt so schlimm daran?«, hatte Samantha Sarah-Jane gefragt, also am Telefon.

»Was daran schlimm war? Dass die Wichser mich die ganze Zeit für ne Amsel gehalten haben, verdammte Scheiße!«

Samantha hatte gelacht, Sarah-Jane hatte geweint, das Ganze irgendwann abgebrochen und mit einem Versicherungsbeauftragten aus Oberösterreich Zwillinge bekommen.

Neben dem Tigerkäfig waren, aus schwer zu durchschauenden Gründen, die Pandabären untergebracht. Samantha beobachtete die Tiere mit der nötigen Ehrfurcht. Sie gähnten, reckten sich und gingen ein bisschen hin und her, doch beinahe die ganze Zeit über waren sie damit beschäftigt, ihren geliebten Bambus zu fressen. Sie saßen aufrecht und hielten die Bambusrohre in ihren Vorderpfoten, entfernten die Blätter und verzehrten die Seitentriebe, indem sie die Rohre zwischen einem offenbar beweglichen Daumen und den übrigen Fingern hindurchführten. Das stellte Samantha vor ein Rätsel. Die Menschen hatten den Daumen, dieses wichtige Element, von ihren Vorfahren unter den Primaten übernommen und sogar verstärkt, während die meisten Säugetiere es der Spezialisierung ihrer Gliedmaßen opferten. Fleischfresser rannten, stießen und kratzten. Ein Panda hätte Samantha eventuell psychologisch manipulieren können, aber nicht Schreibmaschine schreiben oder Klavier spielen. Sein Daumen war, anatomisch gesehen, überhaupt kein Finger. Er war aus einem Knochen gebildet, der als radiales Sesambein bezeichnet wird und normalerweise ein Bestandteil des Handgelenks ist. Sie beschloss, dass es sich dabei um eine komplexe, durch eine umfassende Neugestaltung der Muskulatur entstandene Struktur handeln musste, und ging dann zurück nach Hause, um zu spät beim Mittagessen aufzutauchen. Im Küchenwagen hatte sich Samanthas fünfzehnköpfige Familie auf die Ecksitzbank gequetscht. Eiche rustikal, alles und jeder. Ihr aus dem Krankenhaus zurückgekehrter Bruder hatte eine Schienenkonstruktion auf der Nase. Ihre kleinen Nichten trugen Reifröcke in Neonfarben und turnten an der Willkommensdeko herum. Pascal erzählte unter großem Gelächter, wie er im Krankenhaus aufgrund des anästhesiebedingten Matsches in seinem Hirn die Ärztin aufgefordert hatte, sich in sein Bett zu legen und von ihm schieben zu lassen. Als er Samantha sah, stand er auf und kämpfte sich aus der Mitte der Bank zu ihr vor, um ihr seinen Platz anzubieten. Bevor sie ihren Arm verloren hatte, hätte dieser Typ ihr kein anderes zuvorkommendes Angebot gemacht als das, seinen Arsch zu lecken, sie lehnte deshalb ab, nahm sich eine Kohlroulade und aß sie an die Küchenzeile gelehnt innerhalb sehr kurzer Zeit auf.

»Was mich die ganze Zeit interessiert hat, Pascal«, fragte sie ihren Bruder dann irgendwann mit vollem Mund, »eigentlich geht man doch davon aus, dass man im Rahmen eines Reflexes die Hände nimmt und sich mit denen abstützt, wenn man so komisch fällt, oder?«

Pascal antwortete: »Ja, zu besoffen dafür. Weißte, unglücklich gefallen, so seitlich das ist dann ja eh – und, aber, ähm – verlangsamte Reaktion.«

»Ach ja? Ich hab dann da ja so – wart ihr da nicht sogar dabei?, wie ich so total betrunken noch die Porzellanfigur aufgefangen habe, im Sturz sozusagen?«

»Nee.«

»So bin *ich* ja dann, wenn ich betrunken bin. So ne Porzellanwurst ist da plötzlich so oben von dem Regal von Tante Ute runtergesegelt, und ich hab dann die so in einer blitzschnellen Reaktion aufgefangen. Kurz vorm Boden.«

»Nicht zu glauben.« – »Was für ne Porzellanwurst?« – »Seit wann trinkst du überhaupt Alkohol?« – »Mama!« – »Du bist hier die, die immer was von wodkadurchtränkten Tampons in irgendwelchen Arschlöchern erzählt.« – »Das hatte ich aus der Zeitung zitiert!« – »Warum haben die dir eigentlich nicht so ne Stupsnase verpasst, wenn sie da schon alles aufmeißeln mussten?« – »Fändest du das etwa toll?« – »Wenn Pascal jetzt so ein kleines Näschen gebastelt bekommen hätte, das nach oben zeigt?« Alle außer Pascal nickten.

Irgendwann ging es plötzlich um Thunfischcarpaccio von Aldi, niemand wusste warum, als Samantha im Halbdunkel des Sonnenuntergangs einen Schatten unterhalb des Wagenfensters wahrnahm. Als sie fragte, was das da draußen sei, rechnete ein Großteil der Familie grundlos mit einem Axtmörder. Der Raum verstummte, sodass man durch die halb geöffnete Tür hektisch davonrennende Schritte hören konnte. In deren Sound lag tatsächlich was Bedrohliches. Samanthas Vater, der bisher geschwiegen hatte, sprang auf und zur Tür hinaus auf die vergitterte Terrassenkonstruktion. Nach geschätzten drei Sekunden kam er mit herabhängendem Kopf wieder zurück. Irgendjemand fragte, wer da gewesen sei, doch der Vater zuckte nur mit den Schultern, nahm seine Jacke von der Garderobe und gab mit einer stummen Geste zu verstehen, dass er jetzt die Tiere füttern müsse. Die Jungs rissen das Fenster auf und lehnten sich raus, Samantha wurde unausweichlich mit Roccos halbem Arsch konfrontiert. »Ach so, Scheiße –«, sagte Rocco enttäuscht und ließ sich zurück an den Tisch fallen. »Wer ist es? – Wer war da?« – »So ein Mädchen.« – »Ja, toll, was für eins?« – »Guck selber.«

Sie kämpfte sich zwischen Tischkante und mehreren aneinandergequetschten Oberschenkeln zum Fenster durch. In fünfzig Metern Entfernung stand ein höchstens achtjähriges Mädchen in zu kurz gewordenen Hosen und einem Sweatshirt, von dem ein Sesamstraßenaufdruck abblätterte. Es hatte offensichtlich wegrennen wollen, war aber vor lauter Angst, ertappt zu werden und bald einer gewaltigen Strafe ausgesetzt zu sein, wie gelähmt stehen geblieben. Die Haare waren fettig, ihre Körperhaltung unter aller Sau und die derart klischeehafte Offensichtlichkeit ihrer Verwahrlosung vermutlich der Grund, weshalb sie niemand niedlich genug fand, um rauszugehen und zu fragen, was passiert sei. Obwohl man daran gewöhnt war, in Zusammenhängen zu leben, die für Fremde jederzeit zugänglich waren, sorgte dieses Kind für kollektives Unbehagen. Niemand sagte etwas, bis Pascal die Scheinfrage stellte, ob man das Mädchen hier schon mal gesehen habe. Ja, irgendwie schon, darauf einigten sich alle, und irgendjemand sagte: »Hatten wir das nicht neulich schon mal?«, und alle lachten. Als sich Samantha noch mal nach dem Mädchen umdrehte, war es verschwunden. Ihre Mutter servierte eine Art halbaufgetaute Buttercremetorte zum Nachtisch, und Toypudel Tequila erlitt einen asthmatischen Anfall, doch das waren Vorgänge, zu denen sich alle routiniert zu verhalten wussten.

Vier Tage später begegnete Samantha dem Mädchen zum zweiten Mal, um sieben Uhr morgens bei einem Hundespaziergang durch den Stadtpark. Sunrise und Tequila hockten winselnd vor einer großen Fichte, in deren Krone sich zwei Eichhörnchen geflüchtet hatten. Samantha setzte sich ins Gras, um eine zu rauchen, als sie auf der gegenüberliegenden Seite des Ententeichs die Umrisse einer kleinen Gestalt wahrnahm. Das Mädchen schien sich unbeobachtet zu fühlen, trug noch immer dieselben Klamotten und spazierte mit als Schutz vor der Kälte um ihren Körper geschlungenen Armen den Fußweg entlang bis zu einer Abbiegung, von der aus Samantha sie nicht mehr sehen konnte.

Am Nachmittag feierte ihr Neffe seinen sechsten Geburtstag, zu dem er einige Jungs eingeladen hatte, die für diese Woche seine Freunde waren. Als Samantha irgendwann aus Langeweile im Zelt nachsah, was da so stattfand bei den präpubertären Typen, war es leer. Pascal hatte sich der Umsetzung des ersten ihm in den Sinn gekommenen Gesellschaftsspiels gewidmet, es hieß Schwänzchenfangen. Beim Schwänzchenfangen musste normalerweise wild durch die Gegend gerannt werden mit in den Hosenbund gestecktem Krepppapier, und derjenige, der es schaffte, den meisten seiner Mitspieler ihr Krepppapierschwänzchen zu entreißen, war am Ende der Sieger. Pascal hatte fieberhaft nach entsprechendem Papier gesucht, aber leider nur Glaswolle gefunden. Jeder Mensch wusste, dass im Umgang mit Glaswolle aufgrund deren Juckreiz auslösenden Dampfdiffusionswiderstandes äußerste Vorsicht geboten, sprich direkter Hautkontakt unbedingt vermieden werden musste, nur Pascal nicht, die Kinder waren also alle fröhlich rumgerannt und hatten sich fantastisch amüsiert, bis sie sich plötzlich eins nach dem anderen unaufhörlich am Arsch zu kratzen begannen, einige laut schreiend, andere energisch mit hochrot angelaufenen Köpfen und zusammengekniffenen Lippen wie im Kampf gegen etwas, das sich eventuell besiegen ließe. Samantha traf die Hälfte der Geburtstagsparty in dem vom Stubenwagen abgehenden, sechs Quadratmeter großen Waschwagen an, in dem Pascal versuchte, vier nackte Kinder auf einmal in die Badewanne zu stecken, den Tränen nah. Der Rest der Jungs, ebenfalls nackt, rannte über den Platz und schrie »Aua«. Samantha musste lachen, aber gelegentlich schaute die eine oder andere Mutter vorbei, um zu gucken, ob auch alles vernünftig zuging in diesem Zigeunerkontext. All das führte zur Vermutung, Pascal könne ein Päderast sein, und noch am selben Tag wurde die Hälfte der sechzig teilnehmenden Kinder unter lautstarken Anschuldigungen telefonisch vom Zirkusprojekt abgemeldet.

Pascal heulte, seine Eltern lachten, der Rest der Familie auch, trotzdem empfanden alle die Unmöglichkeit, aus ihrer Position heraus auf dieses abwegige Gerücht reagieren zu können, als endgültige Besiegelung ihres gesellschaftlichen Abstieges. Samantha befreite sich aus dieser unausgesprochenen Kackstimmung mit dem Vorschlag, freiwillig die Tierzelte auszumisten, woraufhin Lamberto, ein als einziger nicht zur Familie gehörender italienischer Antipodenartist, Mitte zwanzig, aufsprang und ihr nach draußen folgte. Er sprach glücklicherweise so wenig Deutsch, dass sie sich nicht mit ihm unterhalten musste. Während er das Heu ausmistete, ging Samantha mit den Ziegen zwei Runden um den Platz und zündete sich eine Zigarette an. Was hätte in dieser Stunde kontemplativer Stille Folgerichtigeres geschehen können als eine dritte Begegnung mit dem Mädchen. Es stand zwischen dem etwas abseits geparkten Technikwagen und dem Komposthaufen, in einem Meter Abstand zu vier pubertären Jungs mit Migrationshintergrund, die sich eine leere Coladose zukickten und rauchten. Das Mädchen war mal wieder schwer verängstigt, wurde aber ignoriert und ab und zu von Gelächter begleitet mit der Coladose beworfen, woraufhin sie nicht wegrannte oder gar wütend wurde, sondern nur eine noch devotere Körperhaltung einnahm und mit gesenktem Blick zittrig zu kichern begann. Ein eher denkwürdiges Bild. Samantha war zu unruhig, um etwas unternehmen zu können. Als zwei der

Ziegen jedoch aufeinander losgingen und einen Riesenlärm verursachten, blieb ihr nichts anderes übrig, als mit durchgedrücktem Kreuz auf die Jungen zuzugehen. Die sagten ungefähr eine Minute lang überhaupt nichts, weil sie nicht einordnen konnten, welcher Aspekt dieser Erscheinung am unglaublichsten war: die vier Ziegen, der fehlende Arm oder die im Widerspruch zu alldem stehende Erhabenheit des Mädchens, dem er einmal gehört hatte. Samantha unterbrach die Stille mit der an die Jungs gerichteten Frage, ob sie statt des kleinen Mädchens nicht jemanden in ihrem eigenen Alter ärgern könnten. Die Jungs antworteten nicht, sondern fingen hysterisch an zu lachen, klatschen sich etwas zu demonstrativ ab wie zur allgemeinen Beglückwünschung, gemeinsam und gutgelaunt in eine derart abstruse Situation geraten zu sein. Von einem von ihnen wurde Samantha als »voll der Zyklop« bezeichnet, weil ihm vermutlich nie jemand beigebracht hatte, dass Zyklopen keine Gliedmaßen, sondern ein Auge fehlt. Trotzdem artete das Ganze weder in einen Shitstorm noch in eine Schlägerei aus, stattdessen verzogen sich die Jungs in einem zähen, mit inzwischen nur noch gespieltem Lachen durchzogenen Abmarsch in den Park zurück, um dort dann einen Mülleimer anzuzünden oder so. Samantha sah ihnen hinterher, sehr lange und wie in Trance, bis sie realisierte, dass das kleine Mädchen inzwischen auf den Knien am Boden lag und leise in sich hineinschluchzte. Sie rannte zu ihr, wollte wissen, was passiert und warum sie nicht zu Hause sei und ob ihre Eltern sich nicht Sorgen machten und den ganzen Scheiß, aber das Mädchen antwortete nicht. Samantha versuchte ihr aufzuhelfen, um sie zu irgendeiner Sitzgelegenheit geleiten zu können, das war zumindest ihre Intention. Aber in dem

Moment, in dem ihre Hand die Schultern des Mädchens berührte, zog es sie plötzlich so energisch wie unvermittelt zu sich auf den Boden. Das Schluchzen wurde zu einem am Rande des Wahnsinns anzusiedelnden Heulen, das Mädchen versuchte irgendeinen Satz zu formulieren, konnte dafür aber scheinbar nicht gut genug sprechen. Sie schrie und heulte einfach nur und vergrub ihre kleinen Fingernägel in Samanthas Rücken. Es dauerte nicht lang, und Samanthas fürsorglicher Reflex schlug in Panik um, die Intensität, mit der sich das Mädchen an sie presste, fühlte sich an, als machte es sie zu einem Verbindungsstück zwischen Leben und Tod. So dünn und zu klein geraten das Mädchen auch war, brachte es eine derart existenzielle Kraft auf, dass Samantha sich nicht aus ihrer Umarmung lösen konnte. Sie hörte ihre eigene Stimme nach Hilfe schreien. Sie schloss die Augen, unzusammenhängende Bilder tauchten auf von Tieren und Menschen und Autobahnen und Motorradunfällen auf Capri, in die Flugzeuge involviert waren, und dann in stechender Klarheit das Gesicht von Kai, diesem Jungen, wie er neben ihr in nicht mehr ansprechbarem Zustand im Bett lag, sie sah einen Scheißstein und wie er in Zeitlupe in die Windschutzscheibe eines Alfa Romeo einschlug, sie sah, wie die Augen der Katze den Ausdruck von Erfüllung annahmen, kurz vor dem Moment, in dem sie ihre Zähne in das Fleisch ihres Handballens rammen würde.

Plötzlich dachte sie, zumindest sinngemäß: Wow, was wollen die alle mit detaillierten literarischen Schilderungen von sich durch Butterbrotpapier nässendem Frischkäse, mich interessieren Weltkriege, verdammte Scheiße. Und sie dachte an Kai. Sie konnte nicht aufhören, an Kai zu denken

Dann blickte sie in Lambertos Gesicht. In seinen Augen spiegelte sich dieser schmerzhafte Schrecken angesichts der verspotteten und geschmähten Seele eines Menschen wider, der noch zu klein war, um als »Tier« oder »Freak« degradiert zu werden. Er starrte Samantha an und atmete erleichtert aus, als er eine Reaktion auf sich selbst wahrnahm, die über apathisches Kopfnicken hinausging. Er strich ihr über die Haare und ging dann auf das inzwischen kerzengerade, gegen einen imaginären Sturm aufgebäumte Mädchen zu. Es schrie noch immer, verstummte jedoch, als Lamberto es an den Schultern packte, und riss sich etwas zu energisch aus seinem Griff, rannte mit in den Ärmeln vergrabenen Händen in der ihr eigenen, unkoordinierten Gangart, bei der sie den linken Fuß hinterherzuschleifen schien, weg. Lamberto schrie ihr irgendein beschwichtigend gemeintes Gefasel hinterher, das zum Ende hin in italienische Beschimpfungen ausartete. Dann setzte er sich neben Samantha auf die arschkalten Metallstufen zum Technikwagen. Die beiden guckten sich schweigend den Komposthaufen an, auf den Lamberto gerade eigentlich das Heu hatte schmeißen wollen. Als sie zurück in den Wagen kamen, erzählten sie in unausgesprochenem Einvernehmen nichts von der Begegnung mit dem Mädchen. Sie aßen aufgewärmte Reste und gingen als Erste ins Bett. Lamberto brachte Samantha zu ihrem Wagen und umarmte sie zum ersten Mal, seit er sie kannte. Samanthas Nichten schliefen bereits im oberen Teil des Stockbettes, die eine schnarchte, und die andere knirschte mit den Zähnen. Samantha schaltete den kleinen Handfernseher auf ihrem Schreibtisch an und zappte von einer Dokumentation über Wirbelstürme zu irgendeinem Privatsender, auf dem gerade die Hollywoodverfilmung von *Romeo und Julia* lief. Sie zog sich die Scheiße zwei Minuten regungslos rein und griff dann zu ihrem Handy, um Lamberto anzurufen.

»Hallo?«, fragte er.

»Hast du nen Fernseher?«, fragte Samantha.

»Was?«

»Ob du nen Fernseher hast. Da läuft gerade *Romeo und Julia.*«

Lamberto antwortete nicht.

»Egal. Hast du das mal gelesen wenigstens? Also das Stück?«

Wieder keine Antwort. Sie redete einfach weiter.

»Ich schon. Und ich sage dir, Shakespeare hat nie was anderes als romantisch verklärten Bullshit geschrieben. Romeo und Julia sind Idioten, Versager, um nicht zu sagen: Bilderbuchwaschlappen. Wenn man jemanden liebt, verdammte Scheiße, tut man alles, um am Leben zu bleiben.«

Nach dreißig Sekunden Stille legte Samantha auf. Dann verfiel sie in eine Art anstrengenden Dämmerzustand, dessen zerstörerischer Kraft sie für die nächsten zwei Monate nicht mehr entkommen würde.

11 Dann also irgendwann durch ein marodes Treppenhaus, unaufgeräumte Zimmerfluchten, schwarzes Leder zu hellen Dielen und eine in bürgerlicher Manier erdachte Kombination von Moderne und Klassik. An den Wänden verschiedene Aspekte einer Haltung, die imponieren sollte. Es roch nach angebranntem Curryscheiß. Kai hatte seine Reisetasche im zum Kinderzimmer umfunktionierten Büro abgestellt, zwischen dem Schreibtisch und einer Luftmatratze, über der die gerahmte Fotografie eines Fuchskadavers hing. Inzwischen saß er am Küchentisch und sah seinem Vater dabei zu, wie er Nudeln aus dem Kochwasser um eine Gabel wickelte. Er wollte sie an die Kühlschranktür klatschen, holte aber zu weit aus. Die Nudeln landeten am einklappbaren Abtropfgitter der Kaffeemaschine und würden dort, zum Umriss eines Tigerbabys formiert, für die nächsten fünf Jahre kleben bleiben. »Tja, mein Sohn, das war dein Anteil«, sagte Detlev. Kai brauchte dreißig Sekunden, um den Witz zu verstehen. Dann lachte er und hörte lange nicht mehr auf.

Sein Vater wohnte hier mit seinem Girlfriend. Es hätte ohne weiteres Comtessa heißen können, hieß aber Susanne und machte als attraktive Wasserschutzpolizistin in Quatschformaten wie »Notruf Hafenkante« sehr viel Kohle. Susanne war vierzig und die längste Beziehung, die Detlev je gehabt hatte. Abends vorm Fernseher fragte sie Kai manchmal, ob sie aussehe wie Charlotte Rampling in *The*

Night Porter. Wenn er nickte, rieb sie sich entweder in diebischer Freude die Hände oder küsste ihn auf die Wange. Die Tatsache, dass sie selbst im Hochsommer schwarze Yamamototrenchcoats trug, als Ausdruck von aus der italienischen Vogue übernommener Strenge und Contenance, stand im Widerspruch zu ihrem vulgären Humor und den Urlaubsstorys, die sie manchmal erzählte. Sie hatte zusammen mit ihrer Mutter, die Kais Vater zufolge wie Dieter Bohlen aussah, bei einem sechswöchigen Afghanistantrip den bewaffneten Überfall auf ihr Hotel miterlebt und mal drei Monate nicht geduscht, weil das in der mauretanischen Wüste schlechterdings nicht möglich gewesen war. Manchmal bezeichnete sie einen abgebrochenen Fingernagel als größte je da gewesene Katastrophe, um zwanzig Sekunden später den Ablauf des Völkermords in Ruanda zu analysieren. Susanne war lustig, redete ununterbrochen und wusste, was Todesangst ist. Kai mochte sie, obwohl sie ihn an seinem ersten Abend in der neuen Wohnung mit einem Anflug von Hinterfotzigkeit konfrontiert hatte. Er lag auf seiner Luftmatratze unter dem Fuchskadaver, und Detlev kniete neben ihm, um ihm der Geste wegen irgendeine unbeholfene Form von Gutenachtkuss zu geben. Plötzlich tauchte Susanne im Türrahmen auf, ein Chiffon-Negligé am Leib, um dort zwei Sekunden später einen Ohnmachtsanfall zu faken. Kai checkte im Gegensatz zu seinem Vater sofort, dass sie schauspielerte, weil ihr Zusammenbruch zu sexy für eine Kreislaufschwäche war. Sie kam mit halb gespreizten Beinen auf, trug keine Unterhose, ließ sich von Detlev ins Schlafzimmer tragen und danach bei geöffneter Tür sehr laut ficken. Sie hatte Angst um ihre Hierarchieposition. Sie fühlte sich von väterlichen Urinstinkten bedroht, die Detlev gar nicht hatte. Das war ihr nicht vorzuwerfen, ihre Mutter hatte im Kinderheim gearbeitet und Männer gehasst, so legitimierte sie ihren moralischen Ausfall jedenfalls zwei Tage später unter Tränen und von aufrichtig schlechtem Gewissen geplagt. Kai fand Menschen über dreißig, die ihre Kindheit für ihr Handeln verantwortlich machten, zwar doof, sagte aber nichts. Er hatte das große Bedürfnis, Susanne ihre Angst zu nehmen, aber noch keine Kommunikationsskills vorzuweisen, die ihm das ermöglicht hätten.

Dafür machte er Tag für Tag Fortschritte in der Analyse der ihn umgebenden Welt. Er interessierte sich für ausnahmslos alles. Weil er realisierte, dass er keine zweite Katastrophe überleben würde. Und deshalb jede Lebensregung jedes beliebigen Wesens bis zum Exzess durchzuanalysieren versuchte, um eine daraus hervorgehende Katastrophe früh genug erkennen und abwenden zu können. Dieser Vorgang war ausschlaggebend dafür, dass er anfing zu denken. Man denkt, weil man weiß, wie schnell etwas kaputtgehen kann, und nicht unbedingt, weil man ein ernsthaftes emotionsfreies Interesse an Mesopotamien hat. Er rechnete jedenfalls mit dem Allerschlimmsten. Jederzeit. Er ging nicht davon aus, dass am nächsten Tag der Himmel runterfallen würde, aber eine Garantie dafür hatte er nicht. Kai fuhr nicht mehr Fahrstuhl und schlief nicht, weil er jede Nacht aufs Neue davon überzeugt war, dass sich Einbrecher mit blutbeschmierten Folterinstrumenten in der Wohnung aufhielten. Sobald er alleine in einem Raum war, konnte er Geräuschen nicht mehr ihre tatsächliche Lautstärke oder die Richtung zuordnen, aus der sie gekommen waren. Er drehte sich im Bett auf die andere Seite und vernahm das Rascheln der Decke so verstärkt und räumlich verzerrt, dass er es für eine heranrollende Lawine hielt oder den Versuch, die Wohnungstür aufzubrechen. Kai hätte nicht bezweifelt, dass er von seinem Vater geliebt wurde, aber er wusste, dass im Herzen von in präpubertären Lovelandphasen steckengebliebener Männer Väterlichkeit nicht mit normaler Leidenschaft gedeihen konnte – von der Gewalt sich gegenseitig zugesprochener Fürsorge wurde man hier halt nur sehr selten erfasst, egal ob einem manchmal jemand die Hand hielt oder nicht. Eine Woche lang führten die drei eine friedliche, an Lethargie grenzende Koexistenz. Susanne band sich eine Art Girlande um die Stirn und baute den kilometerlangen leeren Flur zu einem begehbaren, durch Plastikvorhänge in verschiedene Kategorien unterteilten Kleiderschrank um. Kai fraß von ihr aus Burma mitgebrachte Süßigkeiten und schmiss die Verpackungen in eine Vase neben dem Sofa, weil er zu faul war, zum Mülleimer zu gehen. Sein Vater guckte sechs Staffeln einer amerikanischen Qualitätsserie. Nach jeder Folge führte er zwei bis drei Telefonate oder erklärte Kai, warum das Jugendamt ihm zeitweise verboten hatte, ihn zu treffen. Als Kai fünf gewesen war, hatte er ihn alleine bei sich zu Hause gelassen, um in die Disko zu gehen, woraufhin seine Mutter offenbar durchgedreht und mit ihrem Auto durch die Fensterfront von Detlevs damaligem Bungalow gefahren war.

Manchmal hing Kai im Englischen Garten rum und beobachtete die Surfer im Eisbach. Beim Gedanken daran, wieder zur Schule zu müssen, erwog er zu sterben. Obwohl Susanne Text üben musste für die Rolle einer persischen Mutter im Vorabend-Dreiteiler *Der Oktopus*, zog sie sich den schwarzen Trenchcoat über ihr Nachthemd und brachte ihn an seinem ersten Schultag zur Straßenbahnhaltestelle. Sie gähnte und rauchte abwechselnd und schrie ihm, kurz bevor sich die Türen der Straßenbahn schlossen, hinterher, dass er alle gleichaltrigen Spinner von vornherein darum bitten solle, ihn nicht zum Mobbingopfer zu machen. Als die Türen zugingen und die Bahn sich in Bewegung setzte, schmiss sie ihre Kippe weg, rannte noch ein kleines Stück am Fenster mit und fügte einen Satz hinzu, dessen Inhalt Kai lippenlesend als irgendwas mit »überdurchschnittliche Blödheit« und »Ehrlichkeit währt am längsten« zu interpretieren glaubte.

Eine halbe Stunde später stand er dann vor seiner neuen, an Linoleumpulten angeordneten Klasse. Er versuchte, gegen die Nervosität stärker durch das rechte Nasenloch zu atmen als durch das linke, und wurde von einer patenten Lehrerin, die an Samson aus der Sesamstraße erinnerte, als »der Neue aus Berlin« vorgestellt. Auf ihre Frage, ob er was über sich erzählen wollte, formulierte er ein lässig gemeintes Statement bezüglich seiner Hoffnung, gut mit allen klarzukommen. Dieser ganze Wohlfühlquatsch, von wegen man strahle da so eine innere Schönheit aus, sobald es einem gutgehe, stellte sich erneut als Bullshit raus, Kai ging es beschissener denn je, und dieser leicht heruntergehungerte Zustand, gekoppelt mit irgendetwas Überlebtem in seinem Blick, schien für die anderen ein Grund zu sein, seine runterhängenden Schultern nicht als Schwäche, sondern als angebracht einstufen zu können. Er sah sich seine zukünftigen Mitschüler der Reihe nach an. Ein rothaariges großes Mädchen namens Eileen, das er als volleyballversessene Anorektikerin einschätzte und das drei Tage später ein Referat über den Hungerstreik des Dalai-Lamas halten würde. Neben ihr saß ihre beste Freundin mit bei einer Schuluntersuchung diagnostizierten zwei Kilo Übergewicht. Derentwegen und weil man bei all den in Therapien steckenden Klassenkameraden schwer ohne eigene Psychostörung auskam, versuchte sie nun ebenfalls magersüchtig zu werden, kriegte das aber kaum geregelt, weil sie zu gerne Zwiebelmett aß. Kai sah, wessen Eltern neureich waren. Welcher der Jungen reihenweise Tennispokale gewann und zwei Wochen vor Ferienbeginn vom Unterricht freigestellt wurde, um einen älteren Bruder bei dessen Gastfamilie in Texas besuchen zu können. Er sah, dass Simone und Dunja, Lacostepullover zu Chinohosen am Leib, in ihrer hermetisch verschlossenen Zweierfreundschaft als potenzielle Amokläuferinnen einzuordnen waren und im Gesicht des Typen hinter ihnen, wie der gestern im Schulbus damit angegeben hatte, seiner neugeborenen Stiefschwester den Mittelfinger in die Fotze gerammt zu haben.

Am hintersten Pult saß Lennart Grammel mit dreckigen Fingernägeln und einem Tick, bei dem er alle drei Sekunden die Nase in Richtung Ohr verzog. Er hatte ein Glasauge, und weil die Klasse nicht besonders einfallsreich zu sein schien, wurde er auch so genannt. Glasauge war aus zerrütteten Verhältnissen in die 7a geraten, hatte sich als verhaltensgestört und intelligent rausgestellt und diverse Eigenschaften an sich, die die anderen als Berechtigung dafür betrachteten, halbverdaute Pausenbrote in seinen Ranzen spucken zu dürfen. Man erzählte sich, sein Vater habe eine thailändische Frau aus dem Katalog gekauft und dass er Lennart jede Nacht in einem Kellerloch einsperre. Niemand hätte dieses Gerücht belegen können, aber man traute sich als normativen Klischees entsprechender Dreizehnjähriger nicht an eine konkrete Auseinandersetzung mit dieser Extremform von Andersartigkeit heran. Deshalb musste sie im denkbar tiefsten Abgrund angesiedelt werden: einem Kellerloch.

Kai kam das bescheuert vor, aber er riss sich zusammen. Die Leute waren okay zu ihm, und über mehrere Tage hinweg schaffte er es, mit der Aufforderung klarzukommen, in dieser willkürlichen Zusammensetzung verschiedener Gleichaltriger alle später verlangten Erfahrungswerte einholen zu müssen. Ein glücklicher Umstand sorgte für eine Unterbrechung dieser psychosozialen Anstrengungen, und zwar am Freitag, bei seiner ersten Doppelstunde Chemie. Kai setzte sich neben irgendein Mädchen mit Plastikhaarreif, das gerade ihr Federmäppchen, eine Yogurette-Packung und zwei pinke Zopfgummis zu einem Dreieck auf dem Tisch anordnete. Dann fotografierte sie es mit ihrem Handy und lud das Bild auf Facebook hoch. Kai hatte keine Ahnung, warum. Als Letzter betrat Lennart den Raum. Sein Blick schweifte durch die Klasse, er suchte nach einem Sitzplatz, aber alle Stühle waren belegt. Niemand rührte sich. Fünf Minuten später hatte er einen Tisch aus dem Nachbarzimmer angeschleppt. Nun versuchte er verzweifelt, ihn irgendwo unterzubringen, doch der Chemieraum war zu klein. Herr Einecke-Klövekorn erklärte Kai sinngemäß, dass er nun, wo kein Tisch mehr in die Klasse passe, am besten verschwinden solle.

»Was heißt das? Es passt kein Tisch mehr in die Klasse?«, fragte Kai.

»Was das heißt, willst du wissen?«, antwortete Herr Einecke-Klövekorn relativ trocken. »Dass hier irgendein unfähiger Sekretariatsangestellter die siebte Klasse überbelegt hat und du dir leider eine andere Schule suchen musst!«

Herr Einecke-Klövekorn behielt mit diesem Satz recht. Kai war dazu gezwungen, nach nur einer Woche auf eine katholische Privatschule zu wechseln, in der er keinen anderen Ehrgeiz aufzubringen gedachte, als von allem, was ihn nicht umbringen würde, härter gemacht zu werden. Am zweiten Tag bat man ihn jedoch mitten im Unterricht ins Direktorat, wo er einen Anruf seines Vaters entgegennahm. »Kai, hör mir jetzt gut zu«, sagte sein Vater, und Kai begann an seinen Fingernägeln zu kauen.

»Katholizismus ist künstlerische Kommunikation, Größenwahn, eine Art Oper, letztlich die einzige wirklich geile Religion – der Wille zum Überfluss und Entertainment, guck dir die Klamotten an, die inszenierten rituellen Aufmärsche, die Opferhandlungen und die ganzen perversen Nebenschauplätze, guck dir an, wie Hedi Slimane letztes Jahr Marilyn Manson und Lindsay Lohan für die neue Saint-Laurent-Kampagne gecastet hat, das hätte er ohne das Bewusstsein, dass Jesus bereits für ihn gestorben ist, definitiv nicht hingekriegt. Dieses Bewusstsein kann unter bestimmten Umständen das Auffangen aller menschlichen Widersprüche bedeuten, und trotzdem, mein Sohn: ich will nicht, dass du auf diese Schule gehst.«

»Warum denn nicht?«

»Weil –«

Sein Vater geriet ins Stocken, seine Lügen stanken ja grundsätzlich zum Himmel, Verschweigen bekam er aber gerade noch so hin, weshalb er in einem aufgesetzt autoritären Ton plötzlich keifte:

»Ich bin dir nicht im Geringsten Rechenschaft schuldig, und du kommst auf der Stelle nach Hause!«

Es fehlte nicht viel, und er hätte ein »zack, zack!« drangehängt.

Kai zuckte mit den Schultern und fuhr nach Hause. Sein Vater begrüßte ihn nicht, schmiss ungefaltete Klamotten in seinen Louis-Vuitton-Weekender und forderte ihn auf, dasselbe zu tun. Es schien irgendwas vorgefallen zu sein, einer von Susannes Kleiderständern im Flur war umgefallen, und ihr Zimmer war leer, obwohl sie dort um diese Uhrzeit normalerweise in einer 800-seitigen Dissertation zum Ende des Kapitalismus gelesen hätte. (Das stimmt tatsächlich, sie war in ihrer Jugend lange die stellvertretende Vorsitzende der marxistischen Gesellschaft in London gewesen.)

Eine halbe Stunde später saßen Detlev und Kai in einem überfüllten IC ohne Bordrestaurant, dessen Klimaanlage ausgefallen war. Detlev hatte überall rote Flecken und reagierte auf Kais Fragen, wo sie hinfahren würden, entweder gereizt oder gar nicht. Kai hatte Durst, ihm war zu heiß, und er saß die Hälfte der Fahrt über auf dem Flur, weil Detlev keine Plätze reserviert hatte. Nach sechs Stunden stiegen sie am Zürcher Hauptbahnhof aus, es war bereits dunkel.

Zwei Umrisse kamen winkend auf sie zu, und Kai sah, wie Detlevs Anspannung in Erleichterung umschlug. Er begann zu checken, um was es hier ging: eine breithüftige Mittdreißigerin, die Silvana hieß und aussah wie eine bourgeoise Nagelstudiobesitzerin, blond, dünn, ein bisschen mit Kunst zu tun und offenbar auf mehreren Edelgestüten aufgewachsen. Sie fiel Detlev in die Arme, nahm Kai kurz zur Kenntnis, sagte aber nichts zu ihm und stellte dann den dicken, freundlichen Mann hinter sich als ihren Verlobten vor. Der Verlobte, er hieß Friedhelm, klopfte Kai auf die Schulter und fragte ihn auf der Taxifahrt nach seinen Hobbys. Kai hatte keine. Detlev und Silvana tauschten vulgäre Scherze aus, und als Kai gerade lügen wollte, dass er mal in der Badminton-AG gewesen sei, unterbrach ihn der Verlobte, zog ihn zu sich heran und flüsterte ihm ins Ohr: »Sei dir bitte im Klaren darüber, dass du hier gerade zu einem Alibi gemacht wirst.«

»Zu einem Alibi?«, fragte Kai.

»Ja. Zu einem Alibi. Für die Fickaffäre deines Vaters und meiner zukünftigen Frau. Getarnt als Charityurlaub für ein armes kleines Kind, das gerade seine Mutter verloren hat. Ich will, dass du das weißt, und ich will auch, dass du weißt, dass ich das weiß. Ich mag dich, du magst mich, wir werden die Scheiße in Würde hinnehmen.«

Kai schluckte.

»Silvana ist ziemlich abgefuckt. Dein Vater vermutlich nicht minder. Wobei man fast nicht mehr von abgefuckt sprechen kann, eher von schizoidem Grundzustand. Doch wir beide, du und ich, sind im Selbstwiderspruch lebende, schlaue Menschen, die aus derartigen Tragödien mehr ziehen als nur Erfahrungswerte.«

Kai schluckte noch mal und kratzte sich an der Stirn.

»Hast du dich schon mal mit Soulmusik aus den Siebzigern beschäftigt? Den ganzen Backgroundsängern, die in ihrer Freizeit Soloplatten aufgenommen haben? Zugegebenermaßen erinnern die meisten Songs zu Anfang sehr unangenehm an Whitney Houston, aber dann entwickeln sie sich zur selbstbewussten Einforderung dessen, was einfach niemand mehr hinkriegt: Soothe me. Weißt du, was das heißt auf Deutsch?«

Kai schüttelte den Kopf.

»Beruhige mich.«

Der Verlobte lächelte und streckte Kai seine Handfläche entgegen, um sich von ihm abklatschen zu lassen.

Erst als sie im Fahrstuhl des Townhouse standen, auf dem sich ihr Penthouse befand, wandte Silvana sich Kai zu.

»Siehst du das hier, Kai? Den Knopf, den ich gerade gedrückt habe?«

Sie sprach mit ihm wie mit einem Vierjährigen, den Finger auf das »DG« der Fahrstuhlknopfanzeige gerichtet. Kai nickte skeptisch. »Und was glaubst du, wo wir jetzt hinfahren?«, fragte sie. Ihre Stimme war irre rau, ihre Haut braun, ihr Style wohl als sportlich zu bezeichnen.

»Ähm, ins Dachgeschoss?«, antwortete Kai.

Silvana seufzte und sagte: »Schade, mein Patensohn ist genauso alt wie du und hätte jetzt ›Dolce und Gabbana‹ geantwortet.«

Die Wohnung war leer und von einer Marmorterrasse umgeben. Tierfelle auf Parkett zu durchsichtigen Philip-Stark-Stühlen. Der zu Hause gebliebene schlecht erzogene Dobermann hatte auf einen für 30 000 Euro in Tibet gefärbten Teppich gepisst, der nun zur einzigen mit dieser Art von Textilien vertrauten Reinigung nach England transportiert werden musste. Kai schlief mit seinem Vater in einer Art Gästesuite und fragte ihn, wie lange sie bleiben würden. »Keine Ahnung«, sagte Detlev. Die folgenden zwei Tage verbrachten sie zu viert in Restaurants, vor dem Fernseher und in Kunstausstellungen. Kai stand vor monumentalen Kuben aus zu einer Schichttorte gestaltetem

Sägemehl und konnte nicht verstehen, warum Silvana sie als »verletzlich schön« bezeichnete. Ihm war so langweilig, dass er, ohne Bescheid zu sagen, in eine Videospielhalle ging und dort drei Stunden Zombies killte. Es war schon dunkel, als er zurück zum Townhouse kam. Niemand wirkte, als hätte man sich Sorgen gemacht. Während des kompletten Abendessens hatte Kai den unmittelbaren Impuls, mit gedrückten A- und B-Tasten eines Joysticks Silvana abzuknallen. Er hielt die kollektive Angst vor schlechtem Einfluss durch Ballerspiele plötzlich zum ersten Mal in seinem Leben für angemessen und saß am nächsten Tag in einem Retrojaguar, mal wieder ohne zu wissen, warum. Der Verlobte, der irgendwas mit Hedgefonds machte und deshalb nicht mitkommen konnte, verabschiedete Kai mit dem Satz, dass die Schweiz für traurige junge Menschen genau das Richtige sei. Sein Vater trug nichts zu der Situation bei als die penetrante Ausstrahlung des Umstandes, seinen Schwanz nicht unter Kontrolle zu haben. Silvana schien das geil zu finden, und Kai wurde ignoriert. Er guckte während der Fahrt aus dem Fenster und versuchte sich in der Landschaft zu verlieren, die er irgendwie mochte, er war noch nie irgendwo gewesen, wo es auf diese Weise anders ausgesehen hatte. Der Roadtrip führte die drei zu einem in die Architekturgeschichte eingegangenen Kurhotel, gelegen mitten in der dunkelsten und steilsten Ansammlung von Felsvorsprüngen. Es wurde als »selbstbewusstes Ensemble von Schlichtheit und Funktionalität« bezeichnet und war letztlich nur der Inbegriff einer in archaischen Bergwelten angesiedelten kalten Bauweise. Da stand man halt momentan auch sehr drauf, auf dieses undurchschaubare Nichts, in dem jeder Ausdruck von Wärme als Kitsch gedeutet wurde. Unterhalb des Hotels gab es eine direkt in die Klippen gehämmerte Thermenlandschaft, in die Kai sich wegen seines generalisierten Angstzustands nicht reintraute. Silvana und Detlev hatten in ihrem Doppelzimmer die Taschen ausgepackt und klopften nun an Kais Zimmertür, vermutlich in Bademänteln. Kai saß stocksteif neben seiner Reisetasche auf dem Bett und sagte nichts.

»Willst du nicht mitkommen?«, fragte Detlev durch die Tür. Kai schämte sich vor Silvana für seine Angst und bekam kein Wort heraus. Die beiden gingen ohne ihn schwimmen, und er verbrachte den Tag in seinem Zimmer, guckte sich durchs Fenster die steilen Felswände an und rettete sich in das detailgenaue Ausarbeiten von Plänen, den Zirkus wiederzutreffen. Er wusste nicht mal den Namen der Familie, geschweige denn, in was für einem wie weit entfernten Kaff sie sich gerade aufhielt, aber in seiner Vorstellung kam es ihm vor, als müsste er nur noch ein bis zwei Tage warten und das Elend hätte ein Ende, weil er irgendwo in der von Nazihäusern gesäumten Serpentinenstraße plötzlich das Zelt wiedererkennen würde.

Erst zum Abendessen verließ er sein Zimmer. Silvana warf Detlev zwischen zynischen Analysen der weiteren Gäste ein paar Blicke zu, die darauf anspielten, dass Kai die Hälfte seines Bestecks keiner natürlichen Bestimmung zuordnen konnte. Als Kai aufs Klo gehen wollte, folgte Detlev ihm, fasste ihn kurz vor den Toilettenräumen an der Schulter und drehte ihn zu sich um.

Er stammelte unverständliches Zeug herum, das Ganze schien ihn auf eine Art Zerreißprobe zu stellen.

»Was willst du? Soll ich was anderes anziehen morgen?«, fragte Kai. »Ich hab nichts Besseres.«

Detlev guckte lange auf den Boden.

»Ach Scheiße, Quatsch, sie hat nen Knall, du siehst fantastisch aus.«

»Ich will nach Hause«, sagte Kai. »Richtig nach Hause. Ich meine nicht München oder die Wohnung oder das alles. Ich will nach Hause. Ich will einfach nur nach Hause.«

Detlev tätschelte ihm den Kopf und geleitete ihn dann zurück zum Tisch, wo gerade irgendein an Champagner vorbeigetragenes Himbeersorbet serviert wurde. Die drei fuhren anderthalb Wochen lang durch die Gegend, gerieten in weirde Situationen, wurden an der Pizzabude von einem Fotografen mit Hasenscharte auf Schmerzensgeld verklagt, der, ohne zu fragen, Silvanas Schultertattoo fotografiert und dem Detlev daraufhin ins Ohr gepfiffen hatte. Der Fotograf warf sich auf den Boden und schrie mehrmals hintereinander, dass er jetzt einen Tinnitus habe. Sie fuhren nach Locarno. Silvana erzählte, wie ihr Verlobter mal vierzig Grad Fieber gehabt hatte und sie aus Langeweile ihren Exfreund anrief, um auf dessen im Lago Maggiore angebundener Yacht zwei Wochen lang Sex zu haben. Man ging schwimmen und unterhielt sich über Hautunreinheiten. Der durchaus absurde Trip muss nicht bis ins letzte Detail rekonstruiert werden. Wir können an dieser Stelle aufhören, so zu tun, als hätte die Menschheit einige ausschließlich an Zerstörung interessierte Arschlöcher hervorgebracht. Konkret wird es erst jetzt, und zwar als Silvana auf dem Rückweg von der italienischen Grenze nach Zürich beschloss, kurz auf dem Anwesen ihrer Familie vorbeizufahren, die im Tessin auf einem Grundstück lebte, dessen Wert sich innerhalb der letzten acht Jahre halbiert hatte, weil es mittlerweile zwischen einem Tierkrematorium und der Jugendpsychiatrie stand. »Mein Vater ist nach Kuba ausgewandert, trägt ein Monokel und isst dreimal wöchentlich Gehirn«, sagte Silvana. Über ihre Mutter erzählte sie, dass sie eine Art konfessionslose Märtyrerin gewesen sei. »Auf ihrem Grabstein steht irgendein protestantischer Blödsinn, obwohl da ›Selbstkasteiung in eigener Sache‹ hätte stehen müssen. Sie war Schauspielerin. Statt sich auf der Bühne auszuziehen und vergewaltigen zu lassen, hat sie allerdings irgendwann reich geheiratet. Bestätigung empfand sie leider immer nur, wenn sie irgendwelche durchlebten Höllenqualen Revue passieren lassen und demonstrativ darüber heulen konnte.«

»Und wer wohnt da jetzt?«, fragte Detlev.

»Mein Bruder mit seiner Frau. Und ein bisschen Nutzvieh, Schafe, Kühe, unter der Aufsicht demetergeprüfter Biobauern. Ist doch schön, dann sieht der Junge mal echte Tiere.«

Kai guckte Silvana aus diversen Gründen angewidert an.

»Stimmt doch. Nicht immer nur Kunstschickeria, Baggerballetts, da, wo du herkommst, sprechen alle über minimalistisch-praktische Inneneinrichtung, obwohl sie Ikea verachten, aber Kühe und so was? Fehlanzeige.«

»Hast du gerade Fehlanzeige gesagt?«

»Habe ich gerade Fehlanzeige gesagt?«

»Silvana?«

»Nein, das habe ich nicht gesagt. Ich bin jetzt jedenfalls vier Stunden Auto gefahren, Jogginghose, Haare fettig, ungeduscht, Hunger, keine Kippen mehr, wir quälen uns da rauf und hoffen inständig, niemandem zu begegnen, der uns irgendwie gefährlich werden könnte. Meine Schwägerin hat einen Vollschaden, ihr Sohn nicht minder, ein anfangzwanzigjähriger Autist, der ständig irgendwo auf dem Rücken liegt, um seine Umgebung aufzusaugen. Manchmal improvisiert er auch was Zeitgenössisches auf der Orgel. Und mein Bruder, nun ja, fünfzig geworden, anal veranlagter Vollhonk und eigentlich eine arme Sau. Er nimmt sich zu wichtig und hat Jahre seines Lebens entweder belanglosen Schrott von sich oder Lokalblättern sogenannte Stilinterviews zum Thema Silberbesteck gegeben. Inzwischen interessieren ihn Weltkriege.«

»Sachen gibt's.«

»Wollt ihr was wirklich Krasses hören? Was fundamental Schockierendes? Etwas so Hartes, dass ihr von nun an jeden meiner diktatorischen Züge für den gesunden Nebeneffekt meiner Sozialisation halten werdet?«

Silvana geriet in eine geheimnisvolle, fast heimtückische Attitüde, die ihr gut stand, zum ersten Mal empfand Kai einen Anflug von Bewunderung für sie, weil ihr das Dilemma ihrer Herkunft so ungefiltert ins Gesicht geschrieben stand, dass alles, was man ihr zum Vorwurf machen konnte, nur noch etwas sehr Nachvollziehbarem geschuldet war, ihrem Stolz nämlich, dem Vergnügen an Rebellion. Nachdem sie auf einer Art Sandweg an von Landschaftsarchitekten konzipierter Urwaldvegetation entlanggefahren waren und sich nun in hundert Metern Entfernung vor einem denkmalgeschützten Holzhaus befanden, wies Silvana Detlev an, das Auto zu parken. Hier, vor ihrem Elternhaus, blickte sie ihm seufzend ins Gesicht und erzählte mehr oder weniger detailliert davon, wie ihr zweiter Bruder im Spätsommer 1996 zwei seiner Kinder und seine Frau mit einer Selbstladeflinte erschossen hatte.

»Ich bin nicht der Mensch, der bei so was moralisch betrübt im Hintergrund steht. Und ich frage auch nicht mit zittriger Stimme, was denn mit den Kindern ist. Oder so«, fügte sie hinzu. »Aber eins von ihnen hat überlebt. Als würde es sein Erbe forttragen müssen, ein Mädchen, irgendeine das Weltgeschehen beeinflussende Grundkraft ist die vielleicht jetzt, keine Ahnung. Findet ihr so was interessant? Jagt euch das irgendeine Form von wohligem Schauer über den Rücken? Es ist sick, was hier abgeht. Menschen sind soziale Wesen und auf Geschichten über sich und ihre Beziehungen angewiesen, wir ahmen nach, wir brauchen die abgebildete Fantasie eines anderen, um nach ihrem Muster handeln zu können. Wir brauchen Bilder, die unsere Bedürfnisse konkretisieren. Keine Ahnung, was dieser Arsch da im Fernsehen gesehen und plötzlich als einzige angemessene Bekämpfung seiner Depression interpretiert hat. Holy Shit, lasst uns aussteigen.«

Die drei stiegen aus und gingen auf das Haus zu, als sei es eine Kathedrale, die Tür öffnete sich, und Silvanas Schwägerin stürmte heraus, zwanzig Jahre älter zwar, aber in der fast identischen Anordnung überteuerter Stilbrüche, elegantes Tweed zu Vintageprints, die in Schwarzlicht psychedelisch zu leuchten beginnen würden. Sie wirkte etwas lädiert, weil eine dicke Strähne ihrer ansonsten gleichmäßig auf die Schultern herabhängenden Frisur nur halb so lang war wie die anderen. Als Silvana ihr bereits von weitem zurief, sie sehe irgendwie komisch aus, antwortete die Frau, sie habe sich wenige Stunden zuvor ein Kaugummi aus den Haaren schneiden müssen.

»Cordula, man muss dich einsperren, wie kommt ein Kaugummi in deine Haare?«

»Es ist mir aus dem Mund gefallen.«

Danach erklärte Cordula in perfekt vor sich hergetragener Adligenetikette, dass sie erstens gerade nonstop einen Sechziger-Jahre-Song höre, in dem »home« auf »telephone« gereimt wird, der heutige Tag deswegen zweitens kein besonders guter Moment für einen Besuch sei und sich die drei ihre Zeit doch mit einem kleinen Spaziergang durch das idyllische Umland vertreiben könnten.

Und so kam es, dass sich Kai nach einer sechsstündigen in Stoffschuhen absolvierten Bergtour an Kühen und ausgedingsten Gräsern vorbei im Außenbereich einer Raststätte wiederfand, mutterseelenallein, zwei Kilometer über dem Meeresspiegel. Silvana hatte aufs Klo gemusst, Detlev mit sich gezerrt und gesagt, sie seien in fünf Minuten wieder da. Das war zwei Stunden her gewesen, Kai war zuerst durch die Berglandschaft gerannt, um nach Handyempfang zu suchen, hatte zwanzig schlechtgelaunten Leuten eine genaue Beschreibung der beiden abgeliefert, auf die kontinuierlich mit Kopfschütteln reagiert worden war, und sich dann nach einem Heulanfall dazu entschlossen, mit der Seilbahn zurück zum Parkplatz zu fahren. Er kaufte sich ein Ticket und spürte zum ersten Mal in seinem Leben das, was er aus Büchern als »kalten Angstschweiß« kannte. Die Abfahrt dauerte fünf Minuten, doch er biss sich vor durchgehender Todespanik so fest auf die Zunge, dass sie blutete, als er ausstieg. Dann ging er eine lange Steintreppe hinab zur Landstraße, hinter der sich der Parkplatz befand. Bereits von weitem konnte er die beiden hinter dem Auto sehen, Silvana zog sich gerade ein AC/DC-Sweatshirt über und pinkelte danach grinsend in die Mitte des Platzes. Sein Vater nippte an einer Cola und sah ihr dabei zu. Kai war zu erschöpft, um wütend zu sein. Er ging auf die beiden zu, Silvana bemerkte ihn als Erste, und ihr Gesichtsausdruck wurde zu dem einer Vorabendserie entrissenen Fake von Besorgnis.

»O Gott, wir haben dich die ganze Zeit gesucht«, schrie sie. In Detlevs Miene fand eine Art überbordender Schock statt. Er hatte seinen Sohn vergessen, Silvana nicht, die hatte ihn da einfach stehenlassen, komische Form von Machtspiel war das. Kai antwortete nicht, sondern kotzte Silvana vor die Füße. Noch bevor sie reagieren konnte, setzte er sich auf die Rückbank des Wagens und knallte die Tür von innen zu. Silvana und Detlev guckten sich kurz an, beschlossen in stillem Einvernehmen, den Vorfall versanden zu lassen, und stiegen dann ebenfalls ins Auto, sie ans Steuer, er auf den Beifahrersitz, aus den Boxen kam der brachial laute Hit einer Funkband, dessen Synthieeffekte Silvana auf der Hinfahrt bereits zwei Stunden lang nachzuahmen versucht hatte. Sie startete den Wagen, fing an mitzusingen, und als sie im Schritttempo auf die Straße fuhr, traf das Auto auf eine rabiate Form von Widerstand und blieb von einem Knall begleitet stehen. Kai starrte Silvana an. Sie guckte sekundenlang apathisch durch die Windschutzscheibe und hielt das Lenkrad so fest umklammert, dass ihre Arme zitterten. Detlev drehte sich zu Kai um, schnallte sich dann ab und stürzte nach draußen. Vor dem Wagen lag ein halb zertrümmertes Motorrad ohne Fahrer. Während Kai feststellte, dass ihm das kaum etwas ausmachte, stieß Silvana einen verspäteten Schrei aus, blieb aber sitzen und hielt eine bedenklich lange Zeit die Luft an. Detlev rutschte unter der Motorhaube herum, man sah nur seinen Arsch. Erst als er sich wieder hochkämpfte, freudestrahlend, den Arm eines Mannes in Motorcyclekluft in der einen Hand, die andere zu einer

Siegesfaust geballt, atmete Silvana aus und eilte zu ihnen. Der Fahrer wirkte unversehrt, war zwei Meter groß und nahm uneingeschränkt bewegungsfähig seinen Helm ab. Zwei erwachsene Menschen umarmten ihn überschwänglich und fragten fünfmal hintereinander mit Tränen in den Augen, ob es ihm gutgehe. Sein Bike war schrottreif, die Plastikverkleidung lag in Tausende Einzelteile zersplittert auf der Landstraße. Detlev fragte, ob man die Polizei holen solle, und Silvana bot an, ihren Bruder anzurufen, der habe einen Lieferwagen und könne das Motorrad abtransportieren. Doch der Mann, er war höchstens zwanzig und hatte diesen glasklaren Bauerntrampellook, sagte die ganze Zeit nur »Passt schon, passt schon«.

Er stand zwar unter Schock, trotzdem schien ihm die Tatsache, dass sein Gehirn gerade beinahe von einer Stoßstange zerquetscht worden wäre, nicht viel auszumachen. Er bat die beiden darum, zehn Minuten zu warten, weil er in der Gegend wohnte und von zu Hause aus was zum Wegfegen holen könnte. Als er wegtrabte, rannte Silvana in die gegenüberliegende Ecke des Parkplatzes, hockte sich hin und vergrub ihren Kopf in den Händen. Sie heulte hysterisch. Detlev hielt kurz inne und riss im Rahmen einer Übersprungshandlung Kai aus dem Auto. Er packte ihn fest an den Schultern und schüttelte ihn.

»Es tut mir leid«, schrie er währenddessen mehrere Male.

»Schon verziehen«, sagte Kai, völlig unbeeindruckt.

Nach einiger Zeit kam der Motorradfahrer wieder, mit Müllbeuteln und zwei Besen. Zu viert sammelten sie die in einem Umkreis von zwanzig Metern verteilten Motorradteile ein. Als sie fertig waren, bot Detlev dem Jungen an, die Mülltüten zu entsorgen und ihn nach Hause zu fahren. Der wollte das jedoch auf keinen Fall und band die Tüten umständlich am verbliebenen, noch rollbaren Teil der Zweiradkonstruktion fest. Dann schob er es langsam in die Richtung, aus der er gekommen war. Nach zwanzig Metern fiel der Doppelkolbenmotor ab. Es war eines der niederschmetterndsten Bilder, die die drei Insassen des Autos je gesehen hatten, und löste eine allgemeine Sensibilisierung aus für die Scheiße, die ihnen selbst irgendwann zustoßen würde. Silvana schwieg die meiste Zeit der Rückfahrt, schreckte aber ab und zu von kurzen Seufzern geschüttelt auf. Detlev wechselte kein einziges Wort mit ihr und brabbelte mantraähnlich vor sich hin, er wolle nach Hause. Zu Hause im Townhouse war aber zwischenzeitlich der Kühlschrank kaputtgegangen, und deshalb lief flüssig gewordener Pansen aus der Tiefkühltruhe, was mehr stank als alles, was Kai je gerochen hatte. Das Licht ging nicht an. Silvana hatte es scheinbar weder hingekriegt, einen Dauerauftrag für die Gaswerke einzurichten, noch, anderweitig mit der »sich auf dem Schreibtisch anhäufenden Verantwortung« umzugehen. Sie suchte ein paar 90-Euro-Duftkerzen von Ralph Lauren zusammen und fing an zu putzen, Kai schlief fester denn je, sein Vater spielte abwechselnd Solitär auf seinem Laptop und telefonierte mit von ihm vertretenen Schweizer Künstlern, von denen sich einer, der hauptsächlich mit auf Alltagsgegenständen platzierten ausgestopften Tieren arbeitete, bereit erklärte, ihm für die Rückfahrt nach München seinen Porsche Carrera auszuleihen.

Als die drei am nächsten Morgen zusammen an einer S-Bahn-Haltestellte standen, inmitten Tausender besoffener Proleten, schwiegen sie noch immer. Bereits um zwölf Uhr war das komplette rudimentäre Organisationssystem der Stadt lahmgelegt, aus schlechten Boxen klangen Hardcorebeats, Menschen in bauchfreien Tops und Camouflageanzügen gaben sich unbeholfenen Bewegungsabläufen hin, es herrschte ein reaktionäres Rollback in die neunziger Jahre. In der S-Bahn wurde Silvana, die bisher nichts anderes gesagt hatte als »Pass auf, du trittst gleich in Kotze« und »Guckt mal, der Stuckaltbau mit Seeblick da drüben, den hab ich als Teenager mal besetzt«, von einem Typen gefragt, ob sie Ecstasy brauchte. Kai war schockiert und sein Vater in sein Handy vertieft. Silvana schüttelte lachend den Kopf, deutete auf Kai und sagte, dass ihr kleiner Bruder der Junkie sei. Kai wurde rot. »Wohin fahrt ihr denn?«, wollte der Dealer wissen, und Silvana antwortete, sie befänden sich auf dem Weg zum Anlegesteg des Motorboots ihres Verlobten, aber Kai habe dazu eh keinen Bock und würde vermutlich mitten im See von der Reling springen, um am Ufer ein bisschen mitdancen zu können. Dazu ein Lachen, mit dem sie unterstrich, dass Kai zu einfältigen Verhältnissen entstammte, um Interesse an Techno zu haben. Als Kai durchs Fenster auf Menschenmassen und metallene Gegenstände in Ohrläppchen blickte, wurde er unruhig. Er konnte Polizisten dabei zusehen, wie sie ein paar in die Limmat gesprungene oder hineingefallene Zivilisten ans Ufer beförderten. Kurz vor der Endstation schaute der Dealer auf seine gefakte Rolex. »Leute, es ist vierzehn Uhr. Versucht bitte mal kurz zu spüren, was hier passiert gerade, die Soundsysteme werden hochgefahren. Wir werden nicht umhinkommen, das als ›heiße Phase‹ zu bezeichnen. Überall neue Level von Extremität da draußen.«

Die Bahn hielt an, er verabschiedete sich und sprang die nach draußen führenden Stufen runter. »Was ist hier eigentlich los?«, fragte Kai Silvana. »O Gott, ich dachte schon, du fragst nie«, antwortete sie und zündete sich eine Kippe an.

»Der Scheiß nennt sich Streetparade. Hier hab ich vor circa sechs Jahren deinen Vater kennengelernt. Während er gerade halbnackt ein Mischgetränk aus verschreibungspflichtigem Hustensaft und zerkrümelten Bonbons trank und von Pyrotechnik und Riesenbabys mit Leuchtschwertern sprach. Der Messias kam auch vor. Ich schwör's dir.«

Detlev blieb nichts anderes übrig, als eine unverständliche Bestätigung zu murmeln. Von der Haltestelle aus sah Kai den Zürisee, eine ruhig vor sich hin existierende, große Fläche in Bananenform. Er schlug keine Wellen und schien der einzige nicht von Massenhysterie in Beschlag genommene Fleck in der Stadt zu sein. Die drei liefen Hand in Hand durch die Menschen. An einer Schlägerei zwischen drei Glatzköpfen und einer Vierzehnjährigen vorbei. Ein Mann über fünfzig nahm Kai, ohne zu fragen, seine Strohmütze vom Kopf und drückte ihm als Tausch eine Bonsai-Magnolie in die Hand. Zehn Minuten später stand Kai auf einer Art vollgekotztem Steg, zwischen zwei Erwachsenen, die gerade damit beschäftigt waren, ihre gescheiterte Affäre ausklingen zu lassen, in einer Stadt, die er nicht kannte, unter einer diabolischen Mittagssonne, die ihn töten wollte. Es dauerte nicht lange, bis sich Friedhelm und sein Boot näherten. Er steuerte das holzvertäfelte, einem Bondfilm von 1950 entrissene Gefährt im Stehen und winkte. Silvana freute sich, ihn zu sehen, und machte den obersten Knopf ihrer Jeans auf, sodass die bis zur Hälfte ihres Arsches runterrutschte, als sie vom Steg aus in Friedhelms Arme sprang. Detlev hob zuerst Kai ins Boot und kletterte dann selbst rein. »Schickes Teil«, sagte er zu Friedhelm, ohne ihn anzusehen. Friedhelm antwortete: »Silvana hätte eigentlich ganz gerne ein U-Boot gehabt, aber dafür hätte man den kompletten Scheißsee ausheben müssen.« Dann fuhr er in demonstrativer Rasanz auf die Mitte des Wassers. Die Erwachsenen unterhielten sich über »Ü40-Treffs der Multitox-Kunst-Generation«, tauschten Kippenberger-Zitate aus und fanden es allesamt stillos, dass sich eine gutverdienende Oligarchenwitwe aus Köln im Badezimmer den U-Bahn-Plan von Moskau hatte fliesen lassen. Ohnehin wurde ziemlich viel sehr stillos gefunden, wenn nicht sogar »vulgär« oder »einfach ekelhaft«.

Kai hatte ein Stück Melone in die Hand gedrückt bekommen und regungslos zugehört, bis sich Friedhelm plötzlich in einer Art chauvinistischem Hippiegestus seine casual wear vom Leib riss und ankündigte, ne Runde schwimmen zu gehen. Dann sprang er mit einem Köpper ins Wasser. Silvana und Detlev zogen sich ebenfalls aus und kletterten über die kleine Metallleiter an der anderen Seite des Bootes hinterher, Kai beobachtete das fassungslos, die drei schrien ihm aus dem Wasser heraus zu, er solle sich nicht so zieren und wie toll das alles sei und dass er es später bereuen würde. Er betonte mehrmals, dass er einfach keinen Bock habe, doch sie hörten nicht mal auf ihn überreden zu wollen, als sie sich bereits der Reihe nach über die Leiter zurück auf die Reling gekämpft und in gestreifte Missonihandtücher gewickelt hatten. Dort saßen sie dann zitternd und diskutierten sage und schreibe fünf Minuten darüber, was in aller Welt es zu bedeuten habe, dass Kai nicht ins Wasser wollte. Kais aggressive Tendenzen verdichteten sich. Und als ihn Silvana in diesem sadistisch angehauchten Tonfall totaler Fürsorglichkeit fragte, ob er überhaupt schwimmen könne, starrte er ihr plötzlich zum ersten Mal in die Augen, deren Farbe ziemlich stark durch Sonneneinstrahlung beeinflusst war. Er zog sich seine Schuhe aus, schmiss einen von ihnen knapp an Silvanas Kopf vorbei ins Wasser und sprang in Klamotten hinterher.

Dann schwamm er los. Er war zweimal am Seepferdchen gescheitert, doch diese an Überlebenskampf grenzende Stimmung setzte mal wieder jeden Vorteil antrainierter Ausdauer außer Kraft. Es ging um Panik, Hass, Wut und die Erkenntnis, wegzumüssen. Noch bevor die drei Erwachsenen es geschafft hatten, sich aus ihrer Bewegungsstarre zu lösen und den Motor des Bootes zu starten, war er ihnen 200 Meter voraus und hatte fast die Hälfte der Strecke zum Ufer zurückgelegt. Er biss sich auf die inzwischen verheilte Zunge, die erneut zu bluten begann, und dachte an nichts. Eine in der Ferne vorbeirasende Yacht verursachte derart starke Wellen, dass er die Orientierung verlor, Wasser in die Nase und keine Luft mehr bekam. Doch in erbittertem Starrsinn schaffte er es ans Ufer, in einem Tempo, das seine körperlichen Voraussetzungen bei weitem übertraf. Er streckte einen Arm aus dem Wasser und wurde von zwei Männern mit Glitzertattoos im Gesicht an Land gehoben. Die Ravekids an der Promenade hatten ihn bereits angefeuert, als sie ihn aus dem Boot springen sahen, und jetzt wurde er unter lautem Jubel auf die Schultern einer uneitlen Zweimetertranse im Jeanskleid gesetzt. Er wusste auch nicht so genau, was los war, aber er lachte. Er nahm wahr, dass ihm gerade von einer großen Gruppe zugedröhnter Partypeople mehrere hawaiianische Blumengirlanden um den Hals gehängt wurden. Er lachte noch mehr. Und als Friedhelms Motorboot nach einigen Komplikationen ebenfalls am Ufer ankam und Kai in die Gesichter dreier Insassen blickte, die alt wie Scheiße waren, realisierte er endlich, dass sie früher sterben würden als er selbst.

Er lief in ausgewrungenen Klamotten eine Straße entlang. Im Hintergrund der rötliche Dämmerhorizont und sich davor abzeichnende Kirschbäume.

»Weißt du, was mir eingefallen ist?«, fragte Kai. Detlev ließ die Augen einen Moment zu lang geschlossen und blieb mit abgewandtem Blick, fast wie zur Erteilung einer Erlaubnis dafür, dass Kai ihn jetzt erschießen könne, stehen.

Dann lief er weiter.

»Warum Dennis, der Typ, mit dem ich früher befreundet war im Kindergarten, plötzlich aufgehört hat vorbeizukommen damals.«

»War das der Kleine mit der Neurodermitis?«

»Nein, das war der, wo der Vater irgendwie im Gesundheitsministerium saß. Der mit der Zahnspange. Der wohnte über uns und sollte bei mir übernachten, weil seine Mutter zur Elternvorstandssitzung seiner Schule musste. Und dann hat sie ihn halt abgeliefert und irgendwie eine Flasche Wein mitgebracht, und deshalb ist die Mama dann, obwohl sie das ja eigentlich immer vermieden hat – «

»Sie konnte es nicht lassen, sich da drauf zu stürzen?«

»Ja, genau. Bisschen hart. Da waren wir fünf. Fünf und

sechs, also Dennis war sechs, und ich war fünf. Ich hab nur gemerkt, wie sie sich langsam veränderte, also wie in einem ganz klaren Verlauf sozusagen, den ich ja auch schon kannte. Vielleicht, weil ich versucht habe, das durch Dennis' Augen zu sehen, und mir die ganze Scheiße viel krasser vorkam als sonst. Ich wusste die ganze Zeit, dass irgendwas passieren würde, und hab angefangen mich zu schämen. Ich weiß nicht, wie ich das beschreiben soll. Alles, was ich war, ist irgendwie zusammengebrochen wegen diesem Gefühl, und ich wollte nur noch verschwinden. Eigentlich wollte ich tot sein, wirklich. Und dann saßen Dennis und ich in meinem Zimmer und haben Traumautos gemalt.«

»Traumautos?«

»Voll der Scheiß. So Autos mit Rädern, wo Leute drin leben können, und in die Motoren muss man alle zehn Jahre mal eine Möhre reinwerfen, damit sie fahren.«

»Warum eine Möhre?«

»Keine Ahnung. Wegen Umweltverschmutzung. Statt Benzin. Deshalb die Möhre. Das sollte halt alles perfekt sein. Die waren zehnstöckig, diese Autos, und wir haben sozusagen immer die Querschnitte davon gemalt, auf jeder Etage gab es kleine Wohnungen, Speisesäle, Fitnessräume und so was und Bibliotheken und Zigarettenautomaten. Die Küchen waren total überfüllt mit Brötchen, weil keiner der Bewohner jemals wieder das Auto verlassen müssen sollte, ganz oben auf dem Dach hatte ich meistens noch nen Garten mit Spielplatz und untendrunter so ne Art Schwimmhalle.«

»Und dann?«

»Ja, also, derjenige, der die meisten Betten in sein Auto reingemalt gekriegt hatte oder halt einfach die besten

Funktionen, also zum Beispiel noch einen Flipperautomaten oder einen Helikopterlandeplatz, war der Gewinner. Ich habe mir nicht wirklich Mühe gegeben und Dennis dann in meinem Zimmer eingesperrt. Ich hab gesagt, ich muss aufs Klo, und dann die Tür hinter mir zugezogen und von der anderen Seite ganz leise einen Stuhl unter die Klinke gestellt. Dann hab ich nach der Mama geguckt, die besoffen auf dem Sofa lag und gerade versucht hat ihren Pulli auszuziehen, also ihr Kopf steckte da noch drin, ihre Arme auch, und sie kriegte es einfach nicht hin und schluchzte deswegen voll unkontrolliert vor sich hin. Dann bin ich wieder zurück ins Zimmer gegangen, und wir haben halt diese Autos weitergemalt, und dann rief sie plötzlich nach uns, und weil ich so tat, als würde ich das nicht hören, kam sie irgendwann auf mein Zimmer zugestürmt und hämmerte gegen die Tür. Ich hab Dennis gesagt, dass er sitzen bleiben soll, und hab versucht zu lachen, aber ich hatte wirklich Angst. Ich weiß nicht genau wovor. Dann zwängte ich mich durch einen kleinen Türspalt zu ihr in den Flur. Sie hielt sich an mir fest, weil sie das Gleichgewicht verloren hatte. Und weil ich so Panik hatte, dass sie vielleicht doch noch ins Zimmer kommt, was sie aber eigentlich, glaub ich, gar nicht wollte, hab ich sie weggeschubst. Sie hat sich an mir festgehalten, und ich hab sie weggeschubst, und sie ist ein paar Meter nach hinten getorkelt und dann krass gestürzt, mit dem Kopf halt gegen die Türklinke, sodass ihre Nase geblutet hat. Sie lag da auf dem Boden. Und ich hab so gezittert. Dennis kam dann irgendwann doch noch raus, sah mich und machte mich so nach. Ich hatte wirklich Angst. Und Dennis steht da und sagt: ›Wieso zitterst du? Willste mal gucken, wie du aussiehst? So.‹ Und dann machte er dieses Zittern nach, wie in einem übertriebenen Comic, und ist dabei so rumgesprungen und hat Geräusche gemacht.«

»Mmh. Nachvollziehbar.«

»Keine Ahnung. Dann hat er gefragt: ›Ähm, warum ist deine Mutter hingefallen?‹ Weil er das irgendwie schon mal im Fernsehen gesehen hatte, also Alkoholiker und so, und wissen wollte, ob das daher kommt. Und dann geh ich allen Ernstes in dieser Übersprunghandlung von ›Normalitätaufrechterhalten‹ – «

»Wie bitte?«

»Was?«

»Hast du gerade ›Übersprunghandlung von Normalitätaufrechterhalten‹ gesagt?«

»Ja, wieso?«

Detlev grübelte kurz und gab seinem Sohn dann mit einem Abwinken zu verstehen, dass er weitersprechen solle.

»Jedenfalls geh ich dann zur Mama hin, die ohnmächtig aufm Boden liegt, und frag so: ›Ähm, Mama, warum bist du hingefallen, Dennis will wissen, warum du hingefallen bist.‹ Und Dennis war das total peinlich. Dass ich das gefragt habe. Er wurde irre rot, im ganzen Gesicht, und ist aus der Wohnung gerannt. Und dann hat er nie mehr mit mir gesprochen.«

»Das ist schlimm.«

»Ja.«

»Das ist total verheerend. Ich kann dir nur sagen, sie hatte auch Phasen, in denen sie ein toller, kluger Gesprächspartner war.«

»Die Mama?«

»Ja. Und ich hab auch viel gelitten damals. Zum Beispiel unter deinen Schwimmbadängsten.«

»Schwimmbadängste?«

»Weißt du das nicht mehr? Als ich dich früher ab und zu noch abgeholt habe. Na ja, und dann wolltest du irgendwann nicht mehr ins Schwimmbad, weil wir zum x-ten Mal erlebt hatten, dass, wenn wir aus dem Schwimmbad zurückkamen, da hatte sie die Zeit genutzt, und das war schrecklich. Und dann wolltest du einfach nicht mehr dahin, weil sonst die Mama wieder verändert gewesen wäre. Das war einer deiner ersten Sätze, die du gesagt hast. Die Mama ist verändert. Weißt du, was bipolar ist?«

»Nein.«

»Das ist eine Krankheit. Unkontrollierbare und extreme und verschiedene Auslenkungen der Stimmung. Also weit außerhalb des Normalniveaus. Ich glaube, deine Mutter war bipolar. So. Jetzt isses raus.«

Kai schluckte, allerdings eher, weil ihm das angemessen vorkam und nicht wegen frisch aufgerissener emotionaler Abgründe. Die Situation gehörte zu den gefühlsneutralsten der letzten Woche, und die Entscheidung zu dieser ungewohnten Ehrlichkeit empfand er als beruhigend.

»Und ich bin der Meinung«, fuhr Detlev fort, »dass der Alkohol und die Drogen nur zur Rationalisierung dieser Gespaltenheit dienten. Damit hatte sie irgendein Argument. Und sie konnte – also ich meine, wie sie da, als ich damals kam und sie aus der Klapsmühle geholt hab, da saß sie da im Stuhlkreis zwischen den ganzen Irren und war praktisch schon die Therapeutin. Das konnte sie.«

»Warum Klapsmühle?«

»Weil sie oft vollkommen fertig war und in der Öffentlichkeit rumgebrüllt hat. Da warst du noch ein Baby. Irgendwann war ich im Ausland, und da hat sie sich beinahe vom

Balkon gestürzt und auf die Straße runtergerufen: ›Palästina gibt es nicht.‹ Und da haben sie sie abgeholt, und die Nachbarin rief mich an. Ich kam relativ früh morgens, am nächsten Tag, mit dem Zug aus Italien. Um neun oder zehn und fuhr zu dem Krankenhaus, dessen Adresse mir die Nachbarin gegeben hatte. Und dort sagten sie bei der Pforte: Ja, ja, Ihre Frau, die ist da oben in der Abteilung. Und da war sie halt in so ner richtigen geschlossenen Anstaltsabteilung. Das Irre war, dass sie die Tür aufmachte. Zu dieser angeblich geschlossenen Abteilung. Und zwar vollkommen normal, lustig und cool. Und in ihrer alles überschattenden charmanten Supermanier gab sie mir innerhalb von drei Sekunden mit der als Anweisung gemeinten Frage ›Du sagst aber keinem was, oder?‹ so derart lässig zu verstehen, dass sie bereits alles in die Wege geleitet hatte, um nicht dort bleiben zu müssen, dass ich wieder wahnsinnig verliebt in sie war.«

»Und was war das genau? Da im Stuhlkreis? Sie war richtig in der Klapse?«

»Ja, sie war richtig in der Klapse, und da waren Kranke aller Sorten.«

»Was denn für Sorten zum Beispiel? Auch so richtige, ähm –«

»Na ja, da rannten natürlich auch so Debile rum und so richtig Verrückte auch. Und auch Alkoholiker und Junkies und so ganz fertige Alte mit rausgerissenen Haaren und Jogginganzügen. Und deine Mutter, die hatte dem kompletten Betreuerteam innerhalb kürzester Zeit deutlich gemacht, dass sie da nicht hingehörte. Und das war wirklich das Bipolare.«

»Und dann bist du in diesen Raum reingekommen. Und was ist dann passiert?«

»Ja, wie gesagt, das Komische war, ich vor dieser Anstaltsabteilung, und dann hat sie die Tür aufgemacht. Von der Anstalt. Da komm ich immer noch nicht drauf klar.«

»Sie hat die Tür aufgemacht? Von der Anstalt?«

»Sie hatte sich da sofort assimiliert, sofort mit den Pflegern angefreundet, sie konnte ja auch total charmant sein und alles. Und ist dann ja auch pfiffig gewesen und hell und intelligent, ich meine, deine Mutter war wirklich eine der intelligentesten Frauen, die ich je kennengelernt hab. Es sei denn, sie war irgendwie daneben. Und dann brach sie trübe zusammen und war nur noch total stier und doof und gewalttätig. Aber ansonsten, wenn sie klar im Kopf war, irre schlau. Glaub bloß nicht, dass du die Intelligenz von mir hast.«

Daraufhin musste Kai lachen, weil ihm nie zuvor jemand gesagt hatte, dass man ihn intelligent fand. Er ging noch einige Meter schweigend weiter und dann in die Hocke, um seinen Schnürsenkel zuzubinden. Unweigerlich tauchte das Bild von der Autobahn auf mit diesem idiotischen Folkloreersthelfer, der sich die Sportschuhe vernünftig zu- und danach, anstatt seine Mutter zu retten, alles etwas zu richtig gemacht hatte. Ihm fiel auf, dass er große Sympathien für seinen Vater hatte. Alles, was der tat, war irgendwie halbseiden und basierte auf nichts anderem als abgebrannten Überzeugungen. Kai mochte das. Zumal der Rest der Menschen eher so rumlief wie Telefonistinnen verbrecherischer Entwicklungshilfeorganisationen.

Er sagte: »Und wo war ich da? Als sie in der Klapsmühle war?«

»Wo du da warst?«

Er sah seinem Vater an, dass er keinen Schimmer hatte. Anstatt zu antworten, blieb Detlev mal wieder stehen. Er deutete auf eine seltsam derangierte Mischung aus Designergarage und Gartenlaube. Die Fassade des Hauses war schwarz und vor dem mit Betonklötzen abgegrenzten Vorgarten, in dem massenweise Unkraut wuchs, stand ein von dicken Staubschichten bedeckter Porsche Carrera. Das Auto war vermutlich irgendwann mal schwarz gewesen, jetzt aber in schlechtem Zustand mit an Einschusslöcher erinnernde Unebenheiten. Detlev seufzte, mal wieder fast erleichtert angesichts der Tatsache, dass das Auto zu runtergerockt war, um auf der Autobahn als Statussymbol missverstanden zu werden.

»Wir sind da! Ich hab ihn allen Ernstes gefunden, diesen Scheiß hier!«, sagte er dann, nahm Kai an die Hand und zog ihn in einem Anfall von kleinkindlichem Stolz in Richtung Haustür.

Der Besitzer des Hauses erinnerte Kai an seinen ehemaligen Geschichtslehrer. Er trug einen eng anliegenden Pulli mit V-Ausschnitt und darunter ein Hemd, das er offensichtlich bei Tchibo im Dreierpack gekauft hatte. Detlev und der Typ umarmten sich in dieser für zwei an wenig anderem als Frauen interessierten Männer typischen Unbeholfenheit. Sie schienen sich schon sehr lange zu kennen. Der Typ gab Kai die Hand, sie standen im Windfang des Eingangsbereiches. Kai konnte durch die vom Flur abgehende Glastür ins Innere des Hauses sehen. Dort standen abstruse Konstruktionen aus Müll und ausgestopften Tieren auf Glassturzsockeln. Die Wände waren irre bunt und mit mülltütenähnlichen Materialien zugeklebt. Neben der

Fußmatte im Windfang lagen gestapelte Bildbände, ganz oben eine illustrierte Abhandlung über die Spezialeffekte bei *Star Wars*. Daneben ein ausgestopftes Ziegenbaby mit nur drei Beinen. Es starrte Kai aus seinen toten Augen so lebhaft an, dass er fragte, was es da zu suchen habe.

»Ach, die hab ich mal bei eBay bestellt«, sagte der Typ und lächelte die Ziege an. »Ich wollte die sozusagen nachgießen mit Beton, und dabei ist ihr leider ein Bein abgebrochen. Siehst du das Ding da vorne?«

Er deutete auf einen in der Mitte dieses vorgartenähnlichen Gestrüpps platzierten Springbrunnen. Er war aus hellblau lackiertem, sehr detailliert bearbeitetem Beton und hatte exakt dieselbe Form und Größe wie die Ziege neben seinen Füßen. Aus dem Mund der Betonziege kam ein kleiner Wasserstrahl, und Kai fand sie toll, weil sie so freundlich und crazy aussah. Unvermittelt drückte der Typ ihm die ausgestopfte Ziege in den Arm und ging dann, noch bevor sich Kai hätte bedanken können, mit Detlev auf den Porsche zu. Kai blieb stehen, ließ seinen Blick von dem Magnolientopf in seinem linken Arm zu der Ziege in seinem rechten gleiten und überlegte, wo in seinem Zimmer er sie abstellen könnte. Dann lief er den beiden hinterher zum Auto. Detlev schlenderte im Kreis drum herum, während sein Kumpel ihm irgendwas zur Gangschaltung erklärte. Sein Blick fiel auf die Beifahrertür, die einem Totalschaden nahekam. Er fragte: »Was ist denn da passiert?«

Und der Typ antwortete: »Gute Story«, zündete sich einen Zigarillo an und erzählte dann folgende sogenannte Anekdote:

»Irgendwann stand hier so ne Art Dixiklo. Was heißt ›so ne Art‹, es war ein Dixiklo, eines dieser beknackten Teile, die an Veranstaltungsorten mit mangelnder Toiletten-Infrastruktur zum Einsatz kommen, aber doch nicht *hier*, zur Hölle. Es gab nicht mal ne Baustelle, es stand da irgendwann einfach, quasi direkt vor meiner Tür. Das störte mich erst mal nicht, aber eines Nachts fiel es um. Keine Ahnung warum, es war eigentlich relativ windstill gewesen, aber es lag da plötzlich, und diese nach Fäkalien und Chemie riechende Brühe sickerte raus, und es stank alles widerlich. Und ich rief die Polizei. Zum ersten Mal in meinem Leben. Ich hasse die Bullen. Ich hab damals in der heißen Phase mit der Meinhof zusammen Autounfälle gehabt und bin bestimmt an die sechs Mal nur knapp ner lebenslänglichen Inhaftierung entkommen, und das auch nur, weil ich mich selbst verteidigt hab, ist auch egal, ihr wisst, worauf ich hinauswill, ich bin jemand, der nicht mal eben die Polizei ruft. Oder eben doch, bei so nem Scheißdixiklo. Die Polizei kam dann tatsächlich und stellte das wieder richtig hin. Ich bedankte mich und vergaß das Ganze. Aber eine Woche später, zwei Stunden nachdem ich den Porsche gekauft und quasi direkt neben dem Dixiklo geparkt hatte, guck ich aus dem Fenster, und es war wieder umgefallen, direkt auf das Auto drauf. Ich glaube, das war irgendeine Art der Rache. Innerhalb von sieben Tagen die Polizei rufen und einen Porsche kaufen, das musste gerächt werden von irgendwelchen transzendentalen Mächten. Seitdem bin ich nie wieder eingestiegen. Sieht man ja.«

Er schmiss seinen Zigarillo weg, an dem er kein einziges Mal gezogen hatte, und drückte Detlev die Autoschlüssel in die Hand. Detlev gab ihm im Gegenzug ein paar aus seiner Jackentasche gekramte Franken.

»Bitte schön.«

Sie verabschiedeten sich auf irgendeine verschmitzte Weise, und Kai setzte sich paralysiert mit der Ziege und der Blume auf den Beifahrersitz. Dann fuhren sie los, eine schwer zu durchschauende Route zurück nach München. An den Nazihäusern vorbei und den Palmen, durch die darauf folgenden Schneegebiete mit der guten Luft und an wie Öl anmutenden stillen Seen vorbei, durch glazial geprägte Gebirgslandschaften, ab und zu tauchten einige am Wegesrand entlanglaufende Eingeborene auf, die Alditüten in den Händen trugen und vermutlich »Oh When the Saints Go Marching In« sangen.

»Willst du wissen, wie es weiterging? Da in der Klapse, als ich sie rausgeholt habe?«, fragte Detlev irgendwann, und Kai nickte.

»Sie verabschiedete sich von den Pflegern, und die sagten alle freudestrahlend so Dinge wie: Na, das kann ja mal passieren. Oder: Das kommt in den besten Familien vor. Und vielleicht, Kai, stimmt das sogar. Verstehst du, was ich meine?«

»Keine Ahnung.«

»Ist auch egal. Sie war krass, und ich will, dass du weißt, dass ich das wusste, die ganze Zeit, die du mit ihr alleine warst. Und dass ich schlechterdings nichts tun konnte, aber das ist ne andere Geschichte. Ich weiß noch, wie das war, da früher in unserer Wohnung, ab und zu trafen wir uns mit Freunden von mir, natürlich auch schön gesoffen und gekokst und alles, und dann brachte sie es regelmäßig fertig, nachts um zwölf alle Beteiligten so zu beleidigen, dass die augenblicklich betreten abhauten. Bei allen Frauen, die in meiner Nähe waren, egal ob arbeitstechnisch oder – scheiß drauf, da flippte sie jedenfalls total aus. Als meine damalige

Assistentin mit ihrem Freund zu Besuch war, da warst du noch nicht geboren, fing sie plötzlich an, diese Frau in die Scheiße zu treten, und am Ende trieb sie sie mit nem auf ihren Hals gerichteten Küchenmesser aus der Wohnung und schrie mich an, sie würde sich umbringen, wenn die Idioten nicht sofort das Haus verließen. Das hing damit zusammen, dass Binky dachte, diese Assistentin hätte irgendwann mal was gewollt von mir. Sie war eifersüchtig. Und, also, Susanne, die hatte das ja auch oft, aber Gott sei Dank nicht mit diesen schrecklichen Folgen.«

Kai realisierte die Betonung von »hatte« als eine Ankündigung darauf, Susanne nie wiederzusehen. Er wusste nicht genau, was dazu geführt hatte, spürte jedoch, dass sie endgültig ausgezogen sein würde, wenn sie morgen früh nach Hause kämen. Sein Vater wirkte, als sei ihm das ebenfalls erst jetzt in aller Deutlichkeit klargeworden, und guckte aus dem Fenster, um nicht zu weinen. Die beiden schwiegen, stundenlang. Bis Kai fragte, ob der Typ mit dem Tchibohemd ihnen das Auto jetzt allen Ernstes geschenkt habe.

Detlev antwortete nicht. Stattdessen holte er eine Sex-Pistols-CD aus dem Handschuhfach und schob sie in den Player.

12

Die Wohnung in München war kalt und leer, und Susannes Schlüssel lag auf der kleinen Kommode im Flur. Der stilechte Aufriss eines überstürzt und doch gediegen verlassenen Ortes. Was fehlte, waren ein mit Lippenstift schräg über den Badezimmerspiegel geschmiertes Statement (»It just didn't work out« zum Beispiel), die Hälfte der Möbel und der Fernseher. Der Besitz seines Vaters beschränkte sich auf mit Bildbänden gefüllte Metallregale vom Baumarkt und ein bisschen Ikeaschrott. Zwar war ihm Inneneinrichtung allgemein scheißegal – er hatte trotz eines Dispos von 50 000 Euro nie eingesehen, etwas davon für Möbel auszugeben, und war jahrelang mit Bierzeltgarnituren auf zwanzig Quadratmetern lila Teppichboden ausgekommen. Aber aus dieser tristen hinterbliebenen Scheiße ging in aller Deutlichkeit hervor, wovor ihn Susanne ca. vierundsechzig Monate lang bewahrt hatte: ein Zustand unberechenbarer Verwahrlosung. Er inspizierte die sechs Zimmer, seelenruhig, aber ohne seinen Mantel ausgezogen oder die Reisetasche abgestellt zu haben. Kai warf derweil einen Blick in den Kühlschrank, in dem nichts anderes mehr als ein von Susanne halb aufgegessener, verschimmelter Magermilchjoghurt stand. Von einem kleinen mit Zwickklammern ausgestatteten Drahtkonstrukt überm Herd waren alle Postkarten abgenommen worden. Stattdessen klemmte da jetzt ein Briefumschlag, von dem was Bedrohliches ausging. Kai brachte ihn seinem Vater, der vor einem Bettgestell ohne Matratze stand und sich apathisch seine Jacke auszog, während er ihn öffnete.

»Soll ich vorlesen?«, fragte er.

Kai zuckte mit den Schultern. Detlev las vor:

»Lieber Detlev. Ab morgen früh habe ich einen Führerschein und ein ultragediegenes Auto, mit dem ich aussehe, als würde ich gerade meine zufällig im Hampstead vergessenen Kinder plus Golden Retriever zum Crickettraining fahren. Kombi mit Sitzheizung, Sitze aus weißem Leder. Meine Kinder, ich nenne sie dann nur ›meine boys‹, heißen Balthasar und Jonathan, Zweitnamen jeweils Rupert und Donald. Natürlich immer schön anglo ausgesprochen. Wie geil ist bitte der Ansatz, seinen Kindern die gleichen Zweit- und Drittnamen zu geben? Ganz toll. Und eigentlich auch eine große Katastrophe, dass Du nicht so heißt: Detlev-Karl-Jasper der Erste Stratmann, genannt Donald.«

Detlev guckte Kai zweifelnd an. Kai war ebenfalls irritiert. Er fragte, ob der Brief noch weitergehe, und Detlev nickte, steckte ihn aber in seine Arschtasche.

»Der Rest ist langweilig für dich«, sagte er. Und dann, nach einem leicht aggressiven Schnaufen: »Aber ich soll dich grüßen. Sag mal, hab ich dir mal von meinem Halbbruder erzählt?«

Kai verneinte, und Detlev sagte in einem Anflug von Weltschmerz und Gereiztheit:

»Der heißt Karl-Theodor Maria und war mit 17 der jüngste Dreifachweltmeister der DDR, im Windsurfen. Von da an ging es dann mit der Karriere bergab. Da kam kein Domizil in Malibu oder so was. Nichts. Und heute ist er in Schweinfurt, Kai.«

Dann verließ er kopfschüttelnd das Zimmer.

Susanne hatte während Kais Krankenhausaufenthalt einen linksradikalen Schriftsteller im Bioladen kennengelernt und irgendwann vor dessen Haustür im Halteverbot geparkt. Detlev hatte einen Briefumschlag mit der aus dem unbezahlten Strafzettel hervorgegangenen Anzeige gefunden, beide hatten Konfliktscheu bewiesen, und Kai machte sich Sorgen, weil sein Vater nichts mehr aß. Er mischte ihm löffelweise Sahne in den Kaffee. Er nahm sich Geld aus Detlevs Portemonnaie, kaufte sich täglich zwei Döner und stellte der Geste wegen mehrere Liliensträuße in die Wohnung, obwohl keiner von beiden je was mit Blumen hatte anfangen können. Eine Woche lang verließ Detlev sein Zimmer kein einziges Mal. Sein Handy klingelte ununterbrochen, bis er es aus- und für die nächsten Tage nicht wieder einschaltete. Kai verbrachte seine Tage im Türkenspätkauf mit Internetcafé, wo er Bilder von Raubkatzen, Motorrädern oder ukrainischen amazonenhaften Mädchengangs, die ohne Kerle im Wald lebten und Kung-Fu übten, googelte. Hätte man ihn dieser Tage gefragt, woran er gerade dachte, hätte er »Freitod« oder »Kampfsport« geantwortet. Es war eiskalt und finster draußen, die Menschen beschimpften oder langweilten sich, außer Kai, der gerne nachts um drei stundenlang bekifft spazieren ging und verliebt war. Er saß bekifft auf Parkbänken oder der Fensterbank in seinem Zimmer rum, streichelte die Hunde des gutaussehenden Penners vor der Haustür, kiffte weiter und dachte an Samantha.

Ohne es zu bemerken, wurde er 13 Jahre alt. Und schlenderte auf einen als Gesamtschule bezeichneten Betonklotz zu, dessen Geruch nach Linoleum und ermüdetem Teenagerfleisch schon vernehmbar gewesen war, als er das Gebäude noch gar nicht gesehen hatte. An den Fenstern der unteren Stockwerke hingen ein paar Weihnachtssterne aus Transparentpapier, weil sich scheinbar niemand der jahreszeitengemäßen Umdekorierung gewidmet hatte. Ansonsten war alles grau, der Himmel hatte die Farbe einer Wurst. Die Glocke läutete, etwas zu schrill und etwas zu lang. Während die anderen durch drei Eingangsportale marschierten, blieb er stehen. Er konnte sein Verhalten schlechterdings nicht mehr von kollektiv abgenickten Signalen abhängig machen. Er ging seelenruhig leere Flure entlang, war beruhigt, keinen Außenseiter an einem der die Wände entlanglaufenden Garderobenhaken anzutreffen, und fragte im Sekretariat nach seiner neuen Klasse. Die beiden Sekretärinnen saßen an gegenüber voneinander aufgestellten Plastiktischen. Grauer Teppich, in randlosem Glas gerahmte Bilder von Sonnenuntergängen. Als sie ihn fragten, ob er wisse, dass er zu spät sei, antwortete er lächelnd, dass seine Freundin Supermodel sei und er sie noch zu einem Casting habe fahren müssen. Er hatte keine Ahnung, warum diese Antwort aus ihm rausgebrochen war, stolperte aber triumphal aus dem Zimmer raus und stellte sich vor, wie das aus dem Mund eines zu kleinen Dreizehnjährigen gewirkt haben musste, noch nicht aus dem Stimmbruch raus, mit entzündeten Nagelbetten und nebenbei arschsouverän.

Er ging zu den Toilettenräumen. Nicht weil er aufs Klo musste, sondern einfach so. Eine Art weiß geflieste Halle, saukalt. Die Spiegel über den nur teilweise funktionierenden Waschbecken hatten Risse, und auf dem, in dem er sich gelangweilt ansah, stand herzförmig eingekringelt

»ficken fetzt«. Plötzlich kam ein Junge aus einer der Kabinen. Groß, breitschultrig und verschlafen. Er roch, als hätte er gerade sechs Kippen auf einmal geraucht, grüßte Kai mit einem Nicken und stellte sich phlegmatisch neben ihn an eins der Waschbecken. Als er gerade rausschlurfen wollte, rief Kai ihm hinterher, ob er wisse, dass da eine nackte Frau auf seinem Sweatshirt sei. Der Junge drehte sich ruckartig um, tatsächlich so, als würde ihm erst jetzt klar, was er heute Morgen angezogen hatte, und guckte an sich runter. Ja, da zogen sich tatsächlich die aus goldenem Sublimationsdruck hervorgehenden Umrisse einer nackten Frau über seinen Oberkörper, mit detaillierten Brustwarzen, in einer Pose, derentwegen er drei Tage lang vom Unterricht hätte suspendiert werden können. Der Junge rannte zurück zu den Spiegeln und sprang mit glattgezogenem Pulli mehrmals in die Höhe. »Scheiße«, sagte er dann irgendwann. Zwei Minuten später knieten die beiden über dem Pulli auf dem Boden und malten die nackte Frau mit schwarzen Eddings aus, sodass sie im einheitlichen Rest der Faserzwischenräume verschwand. Weitere zwei Minuten später saßen sie nebeneinander in Kais neuer Klasse, in der Jonas aufgrund einer angeborenen, früh ausgereiften Nonchalance als mit Respekt zu begegnendem Meinungsführer galt. Er fand Gleichaltrige langweilig und behandelte sie trotzdem zuvorkommend. Dadurch, dass er Kai beim Reingehen auf die Schulter geklopft hatte und während der obligatorischen Vorstellungssätze neben ihm stehen geblieben war, suchten die anderen in Kais Gesicht nicht nach Gründen, derentwegen sie ihn nach Schulschluss in die Mülltonne hätten verfrachten können. Sie suchten in seinem Gesicht ausschließlich nach Informationen über seine im Bruchteil einer Sekunde von Jonas auf ihn übergegangene Coolness. In der Pause umriss Jonas in wenigen sehr prägnanten Sätzen zu jeder Person, dass die alle zwar freundlich, aber zu langweilig seien, um sich in gesteigertem Ausmaß für sie zu interessieren. Zwischen den beiden herrschte eine derartige Vertrautheit, dass man den Umstand, wie schnell sie zustande gekommen war, nicht in Frage stellen musste. Jonas zeigte Kai auf seinem Handy ein in New York gedrehtes Hip-Hop-Video von zwei Upperclassmädchen, die sich gegenseitig mit Champagner bespritzten. Er lachte, als Kai in einem Zynismus, der sich für Dreizehnjährige nicht gehört, sagte: »Tja, so slutty Crackhuren sind immer irgendwie auch heiß.«

»Zumal die das auch todernst meinen. Also, so ernst man eben Dinge meinen kann, die man völlig drauf gegen 7:30 Uhr tut. Kennst du diesen komischen Film, in dem Nicolas Cage so ein romantischer Exknastbruder ist und ständig die kleinen Vollzugsbeamtinnen anbaggert, völlig beknackt?«

»Und am Ende wird er von den extremsten Gangstern verfolgt, aber sein Hauptproblem ist, dass er die Windeln für sein Kind im Supermarkt vergessen hat?«

»Geil, ja. Ein bisschen so sind die in dem Video auch, oder? Scheiße, mir ist langweilig.«

»Scheiße, mir auch.«

Schräg hinter Kai saß Tim Wazlawski. Tim Wazlawskis Großmutter hatte ihr Leben lang von Plastikgeschirr gegessen und in dieser zwangsneurotischen Sparsamkeit so viel Vermögen angehäuft, dass er mit seinen Prollo-Eltern nach ihrem Tod aus einer Plattenbauwohnung in eine Villa in Schwabing gezogen war. Er war ein sadistisches Schwein und wurde vom Rest der Schüler cool gefunden, weil er mehrere Referendarinnen zur Unterhaltung der Klassengemeinschaft in die Klapsmühle gebracht, einem übergewichtigen Mitschüler die Fresse poliert und sein Vater einen Jaguar E hatte. Außerdem war er auf eine ähnliche Weise gutaussehend wie Markus Lanz und der einzige Mensch, über den Jonas geäußert hatte, dass er ein Arschloch sei.

Jedenfalls war Kai bereits mehrere Tage morgens aufgestanden und ohne Angst zu haben zur Schule gegangen, als Tim Wazlawski plötzlich während des Unterrichts auf seine Schnellhefter kotzte, er war schon eine halbe Stunde lang ziemlich grün im Gesicht gewesen. Die Lehrerin konnte schlecht mit der Situation umgehen. Unangenehm berührt empfahl sie ihm, ins Direktorat zu gehen und sich dort krankzumelden. Nach wenigen Minuten betrat eine Putzfrau den Biologieraum und wischte die Kotze weg. Es herrschte Stille, eine sogenannte bleierne Schwere lastete über den zweiundzwanzig verbliebenen Achtklässlern. Mit einem solchen Drama war bisher anscheinend noch niemand konfrontiert worden. Man konnte sich nicht entscheiden zwischen Spott, Mitleid und der zu ergreifenden Chance, Tim Wazlawski nach einem derartigen Fauxpas endlich die Unangreifbarkeit seines Status streitig zu machen. Das unkomplizierte und sichere Fundament präpubertärer Verhältnisse hatte einen Riss bekommen, und das rief bei nahezu allen Beteiligten eine Unsicherheit hervor, die nur durch Starrheit aus der Welt geschafft werden konnte. Die Lehrerin fuhr mit ihrer Abhandlung über die verschiedenen Formen von Wachstum fort. Der Großteil der Schüler hatte sich bereits vor dieser Unterrichtsstunde entschieden, niemals auf ein Wissen über Zellzyklen angewiesen zu sein. Deswegen ging es heute um nichts anderes mehr als die beängstigende Tatsache, dass sich etwas verändert hatte. Tim Wazlawski würde aufgrund einer ernsthaften Magenverstimmung zwei Tage später nicht mit auf einen Klassenausflug in den Zoo kommen. Man würde sich auch in seiner Abwesenheit darüber beschweren, dass das Reiseziel nicht adäquat sei, man würde auch ohne ihn irgendwelche Jägermeisterflaschen durch den Eingang geschmuggelt bekommen und daraufhin so tun, als sei man betrunken, auch ohne ihn würde sich Charlene Weiher ihr Gesicht mit Make-up in zu dunklem Farbton zuklatschen und vierzehnmal hintereinander den Satz wiederholen: »Ich friere, ich will Sushi, ich will auch coole Freunde.« Und Kai und Jonas würden sich von den anderen absetzen, um alleine durch die Gegend zu tigern.

Auf der vierzigminütigen Rückfahrt in verschiedenen S-Bahnen bemerkte Kai plötzlich, dass sich die realen Machtverhältnisse verschoben hatten, und zwar zu seinen Gunsten. Und dass die Verzweiflung abnahm. Es wirkte fast so, als hätte sich im kollektiven Unterbewussten der Klasse 8b die Entscheidung breitgemacht, Herr-Knecht-Strukturen radikal aufzulösen. Kai und Jonas galten innerhalb dieses Prozesses als Vorreiter von etwas, auf das die anderen scharf waren. Kai konnte von nun an tun, was er wollte. Er konnte ein Interesse an der Akkuratheit binomischer Formeln entwickeln, weil er während des Mathematikunterrichts nicht mehr damit beschäftigt war, keinen Filzstift in die Fresse zu kriegen. Er konnte in die Einrad-AG gehen, ohne beschimpft zu werden, und Jonas dorthin sogar mitnehmen, weil der sich schon seit dem Kindergarten statt für

Fußball für Jazzdance interessiert hatte, wegen der Mädchen. Er konnte gerechtigkeitsstiftend in Auseinandersetzungen eingreifen und in einem Sex-Pistols-T-Shirt auftauchen, ohne dass ihn jemand deshalb kritisch beäugt hätte. Kai musste seine Entscheidungen von nichts anderem mehr abhängig machen als seiner eigenen Entscheidungsfreiheit, und das war mehr, als die meisten von sich behaupten konnten.

Jonas' Mutter hatte ihn mit achtzehn bekommen und vergangenes Jahr einen seiner Freunde entjungfert. Er wohnte mit ihr in einer kleinen Wohnung zusammen mit zwei Leguanen und einer Bulldogge, die nach Lemmy von Motörhead benannt worden war und sich auf Kommando im Kreis drehen konnte. Sein Vater war an Bauchspeicheldrüsenkrebs gestorben, als Jonas drei Jahre alt gewesen war, aber darüber redete er mit Kai nicht, weil er das gar nicht musste. Sein Zimmer war zwölf Quadratmeter groß und dunkelgrau gestrichen. Das Rammsteinposter über dem Bett wirkte, als hätte er es dort bereits als Säugling hingehängt. Nichts in diesem Zimmer ließ darauf schließen, dass Jonas mal ein Kind gewesen war, und das gefiel Kai ganz gut. Nach der Schule lernte Kai nach und nach Jonas' Freunde kennen, zumeist drei- bis vierköpfige Gruppen etwas älterer Teenager, die, egal ob weiblich oder männlich, schwarzumrandete Augen hatten, sich in ihrer äußerlichen Erscheinung zwischen Leichenparfum und Gangsterrap aufhielten und bis zu zehn Instrumente spielten. Es wurde in Parks gekifft, es wurde in eine leerstehende Schule eingebrochen und ein Springbock aus der Turnhalle entwendet. Irgendwann stand Kai vor dem ausrangierten Plattenspieler seines Vaters, den Jonas für ihn repariert hatte, hörte einen Song von David Bowie und begann aussehen zu wollen wie provinzielle Teenager der siebziger Jahre, mehr so auf Englisch, Rhythm and Blues, vermischt mit ein bisschen Späthippie und violetten Lederjackets, er befand sich zwischen smarten Jugendlichen, die die Biographie von Buster Keaton und eine fünfbändige Ausgabe von Jules Michelets *Geschichte der französischen Revolution* gelesen hatten. Eins der Mädchen sah aus wie eine Mischung aus Helge Schneider und Kim Basinger, wollte Soziologie studieren und danach Hebamme werden. Einer der Jungen war Kfz-Mechaniker und hatte, bevor er von seinen Professoreneltern abgehauen war, als Rache deren Bücher nach Farben sortiert. Sie alle waren ziemlich hübsch und im falschen Jahrzehnt geboren worden. Sie planten, nach Indien zu trampen. Sie tauschten Schallplattenartifakte aus der ersten Punkära und DVDs aus. Noch fünfzig Jahre später würden alle an dieser konspirativen Clique Beteiligten für ihre gemeinsame die Welt verändernde Liebe zu psychedelischer Rockmusik aller Schattierungen dankbar sein, Songs von gestern und vorgestern.

Kai nahm einige seiner neuen Freunde manchmal mit zu sich nach Hause, sein Vater war entweder nicht da, und wenn doch, stellte er ihnen unkommentiert Aschenbecher auf den Küchentisch und merkte nichts anderes an, als dass sich in der Abstellkammer ein paar Luftmatratzen befänden, die am nächsten Morgen aber bitte wieder zusammengefaltet dorthin zurückgelegt werden sollten. Kai küsste zum ersten Mal ein Mädchen, zwei Wochen später einen Jungen, beide unabhängig voneinander zu dem Song »Primitive«, der sich unter seinen neuen Freunden zu einer Art Hymne entwickelt hatte. Währenddessen stellte er zwei Dinge fest: erstens, dass er rein sexuell niemals Unterscheidungen zwischen Männern und Frauen zu treffen brauchte, und zweitens, dass der Moment, in dem er Samantha begegnet war, nichts mit einer ihm bekannten Welt zu tun gehabt haben konnte. Die Erinnerung an sie wurde zu einem unberechenbaren Monster, manchmal konnte er sich nicht mal mehr bewegen. Wenn er Eric Burdon sah, wie der bei einer Fernsehaufnahme mit durchnässten Klamotten zehnmal hintereinander den Satz »You got spirit, babe« schrie, spürte Kai, dass er Samantha mit derselben Attitude gegenübertreten musste. You got spirit. Er fragte sich, warum er sich fühlte, als würde er zu ihr gehören. Es hatte nichts mit Projektionen zu tun. Eher mit Reinkarnation, der Begegnung in einem früheren Leben. Es hatte nichts mit Obsession zu tun, eventuell eher mit Langweile. Er liebte sie. Das war das Einzige, was er formulieren konnte. Der einzige ungefiltert hervorbrechende Satz, der sich als Ohrwurm durch die Scheiße fräste und sein sogenanntes Leben durchdrang, so indiskutabel, so scheiße, so geil. Und, in seiner richtungweisenden Strenge an Professor Moriarty erinnernd, stand dann immer auch Jonas in der Gegend rum, aufrichtig, loyal, in androgynen Outfits und einer unangreifbaren Verbundenheit zu ihm.

Detlev hatte im Laufe seines vegetativen Erschöpfungszustands eine wichtige Entscheidung getroffen und ein Buch, das *Irre* hieß, mit der Rückseite nach vorne auf seinen Nachttisch gestellt. Nun stand da nicht mehr *Irre*, sondern »Don't Cry. Work«, und an dieser Aufforderung hatte er sich über Monate hinweg abgearbeitet, Hemden gekauft, Germknödel zuzubereiten gelernt und regelmäßig geduscht. Er ging zu Abendessen und kehrte erst zwei Tage später durchgefeiert zurück. Trotzdem hielt er sich an irgendeine rudimentäre Struktur, arbeitete wie blöd und war verlässlich, wenn er es sein musste. Ab und zu wohnten aus dem Ausland angereiste Künstler in Susannes ehemaligem Zimmer. Einer von ihnen, dessen detaillierte Kohlezeichnungen abgetrennter Körperteile kurz mal in gewesen waren und jetzt bei einer Retrospektive in Bolivien reaktiviert werden sollten, hatte Kai unter Tränen eingeschärft, dass er sich niemals, wirklich niemals verlieben, sondern lieber umbringen solle. Ein anderer war aus L. A. nach München zur Eröffnung seiner Ausstellung gekommen, hatte aber bereits am Flughafen wieder kehrtgemacht, um zurückzufliegen. Und ein Mitte dreißigjähriger Engländer, dessen hauptsächliches Schaffen inzwischen nur noch darin bestand, die Handyaufnahmen von seinem Chihuahua auszustellen, hatte unter Drogeneinfluss einen Pinguin aus dem Zoogehege entwendet und deshalb sieben Tage in Untersuchungshaft gesessen.

Kai und Jonas liefen eines Nachmittags durch Matsche zu Kai nach Hause, redeten über Bryan Ferry und das Scheißwetter, es war Winter, und als sie sich im Hausflur ihre Schuhe auszogen, hörten sie durch die Wohnungstür eine Frauenstimme und sehr lauten Hip-Hop. Seit Susannes überstürztem Auszug hatte Detlev nichts mit Girls gehabt, abgesehen davon, dass ihn wochenlang eine borderlinegestörte Kunstkritikerin gestalkt und ihm aus Verzweiflung fast eine Vergewaltigung angehängt hatte. »Evangelisches Gesicht mit Amokdekolleté«, hatte er sie genannt oder »typisch deutsche Ackerstute, die Männer hasst, humorlos, bieder, macht einen auf sexy, wenn eins gesoffen, aber sehr vulgär aus der westdeutschen Provinz und voller öder Kinderscheiße, Vorurteile und Klischees, wie zum Beispiel: Liebe muss weh tun. Bullshit.«

Kai betrat die Wohnung, Jonas folgte ihm, und im Verbindungszimmer zwischen zwei Fluren saß Detlev mit dem Rücken zu ihnen am Esstischgestell. Er las einem unter zwanzigjährigen Mädchen aus dem Justizteil der FAZ vor. Sie saß auf einem Sessel und starrte in das an die Soundanlage angeschlossene MacBook. Sie trug Schiesserunterwäsche, nicht im Geringsten sexuell gemeint, und hatte zusammengebundene dunkle Haare. Sie schien sich ihr Leben lang auf ihre Gefühle konzentriert zu haben. Hätte Kai mehrere Semester kognitive Neurowissenschaften hinter sich gehabt, hätte er in ihr gleichzeitig die Fähigkeit zu demonstrativer Verachtung und ein eigensinniges Gerechtigkeitsgefühl erkannt. Und dass sie etwas erlebt hatte, das weit über ihr Alter oder diesem Alter zugeordnete, gesellschaftlich akzeptierte Erfahrungswerte hinausging. Kai sah sie an und fand ihre Zartheit interessant. Sie war irgendwas zwischen Haarefärben und einer wichtigen Rolle in der Lokalpolitik. Eine Mischung aus Susanne, Silvana und einem chilenischen Waisenkind, sehr mager, durch Säure verfärbte, ungesunde Zähne und rote Stellen an den Knöcheln der Finger, die sie zum Kotzen benutzte. Und sie hatte was mit ihm zu tun, das spürte er, ohne dass dies etwas anderes in ihm auslöste als gelassene Verwunderung.

Sie sah Kai und Jonas im Türrahmen, zeigte aber keinerlei direkte Reaktion, sondern stand auf und ging langsam zur Fensterbank. Sie nahm ein Opernglas in die Hand, hielt es sich vor die Augen und guckte in die Richtung der beiden. Den rechten Arm stützte sie an ihrer Hüfte ab, auf das linke Bein verlagerte sie ihr Gewicht. Kai wollte nicht der Erste sein, der etwas sagte, und die Scheiße souverän durchhalten. Er sah zu Jonas, der bleich war und, Kai hatte das, seit er ihn kannte, nicht erlebt, uncool bis zum Get-no sekündlich seinen Gesichtsausdruck veränderte. Weil das Mädchen nach fünfzig Sekunden noch immer unverändert dort stand, mit diesem Fernglas, und Jonas unruhiger wurde, kam Kai nicht umhin, an den Türrahmen zu klopfen und »Hallo« zu sagen.

Detlev fiel fast vom Stuhl, als er sich umdrehte, und sprang zum Computer, um die Musik auszustellen. Dann sagte er »O Gott« und deutete unbeholfen auf das Mädchen, als müsste er die Jungs auf dessen Anwesenheit aufmerksam machen. »Das ist mein Sohn. Kai. Also, der Linke«, sagte er zu ihr.

Sie antwortete: »Komisch, ich seh nur Hautunreinheiten.« Dann legte sie das Fernglas weg, lächelte entschuldigend und machte eine Geste, in der es darum ging, dass sie selbst schon lange von ihren eigenen blöden Scherzen genervt sei.

»Ich bin Cecile«, sagte sie. »Ich wohne ab jetzt hier. Beachtet mich einfach nicht. Ich beachte euch ja auch nicht.«

13

Nachdem sich Cecile in einen nach Helmut Schmidt benannten Regionalzug gesetzt und »what the fuck« gesagt hatte, musste sie darüber nachdenken, was ihr bisheriges Leben gewesen war. Sie sah sich ihre Handflächen an und danach einen übergewichtigen Hern, der ihr gegenübersaß. Er starrte lange auf den Elefanten und dann auf sie, ihre angeschimmelten Klamotten und die zwischen fettigen Haarsträhnen freigelegten Kopfhautpartien. Irgendwann stieg sie aus, am Hauptbahnhof einer Stadt, die sich Worms nannte. Dass sie vor Kälte zitterte, fasste sie obligatorisch als kalorienverbrennende Disziplinierungsmaßnahme auf, es ging ihr gut, zur Beruhigung hörte sie redundantesten Gabbasound einer Electropunkband aus Versailles, dachte derweil an im Rahmen von Völkermorden abgeschnittene äußere Geschlechtsmerkmale, verstümmelte Gliedmaßen und zwölfjährige Jungs, die dazu gezwungen wurden, zuerst ihre Mütter zu vergewaltigen und danach den Rest der Familie mit einer Getreidesense abzuschlachten. In Gedanken ließ sie völlig ungefiltert alle sadomasochistischen Fantasien über sich hereinbrechen, die sie aus Aberglauben bisher vermieden hatte. Sie wusste, dass man aufpassen muss, was man sich wünscht, weil die meisten Wünsche in Erfüllung gehen. Sie wünschte sich den Tod ihrer Eltern. Sie stellte sich vor, dass die Flammen vom Bungalow des Hausmeisters auf die Villa übergegangen waren, fünfundzwanzig Prozent der Hautoberfläche ihres Vaters verkokelt, zerstörte Nervenendigungen und der Untergang seiner kompletten Zellpopulation durch Sauerstoffmangel, ihre Mutter lag in der Mitte des Salonzimmers, zwischen dem Minottisofa und einem Jürgen-Teller-Original, auf dem Charlotte Rampling ihm sehr erhaben dabei zuguckt, wie er seinen Arsch in die Kamera hält. Die Körper wurden nach dem Tod durch Ersticken im Feuer wieder lebendig, wegen der durch Hitze reaktivierten Reflexe ihrer Gelenke.

Stattdessen saßen die beiden gerade vermutlich in Decken gewickelt auf einem Treppenabsatz, scherzten mit Polizisten über Facebook und sprachen sie vielleicht in einem Nebensatz darauf an, nach wie vielen Monaten Abwesenheit rebellischer Teenager man erwägen solle, eine Vermisstenanzeige aufzugeben.

Cecile fragte sich erstens, ob sie vollkommen pervers war, zweitens, ob sie je jemanden geliebt hatte, und drittens, was hier eigentlich gerade abging. Die ersten beiden Fragen beantwortete sie sich mit einem lauten Nein, die dritte mit dem verschrobenen Gedanken, dass sie keine Psychopathin sei, sondern spätpubertär und deshalb für die nächsten zwei Jahre in einer Phase unausweichlicher Schizophrenie gefangen.

Der Bahnhof war fast leer, in dem zwei Meter breiten, um einen Aschenbecher aufgemalten Quadrat stand ein Vater mit seiner achtjährigen Tochter, die bitterlich weinte. Die Putzfrau hatte ihre Urzeitkrebse aus dem Mickeymouseheft für altes Blumenwasser gehalten und in den Ausguss gekippt. Weltuntergang. Cecile musste unweigerlich mitheulen. Es war ihr immer schon leichtgefallen, wie ein Junkie auszusehen, in diesem Extremzustand von mit Schuldgefühlen gekoppelter Ungewissheit wirkte sie jedoch wie eine kurz vorm Genickschuss aus dem KZ ausgebrochene komplett Irre. Cecile zündete ein Streichholz, danach die Streichholzschachtel und mit der Streichholzschachtel die Zigarette in ihrem Mund an. Unsympathischerweise kam sie sich dabei cool vor. Sie ließ die Schachtel so lange in ihrer Hand, bis die Haut an ihren Fingerspitzen unter den Flammen abzublättern begann und sich der Geruch von verbranntem Menschenfleisch ausbreitete. So hatte es also im Zweiten Weltkrieg gerochen, dachte sie, überall, und die Todeszüge waren durch die Bahnhöfe gefahren, und die Zugfahrer hatten ihre Prämien in Alkohol ausgezahlt gekriegt, weil sie die nach Angst und Verwesung riechenden Ausdünstungen der zu Vernichtungszwecken transportierten Lebewesen andernfalls nicht ertragen hätten. Durch den Gestank ihrer eigenen verbrannten Haut spielten sich in ihrem Innern so detailreiche Einzelschicksale zu Tode verurteilter Menschen ab, dass sie würgen musste. Die Leere in ihr wurde brutaler, genau wie die individuellen Todesarten und die an ihr Ich gerichtete Aufforderung einer irgendwo im Unterbewusstsein vergrabenen Moralinstanz, sich zu entscheiden. Sie wusste wofür und wogegen. Sie stufte sich unter den Schlägen der immerwährenden Annahme, sie selbst sei ihr größtes Problem, als potenziell böse ein. Sie wäre zwar keine gute Diktatorin geworden und auch keine gute Auftragskillerin, aber natürlich problemlos dazu in der Lage, jemandem aus situativem Hass eine Ratte im Käfig auf den Brustkorb zu setzen, aus dem sich das Tier durch die Eingeweide des gefesselten Opfers einen Ausweg graben würde. Et cetera, et cetera.

Cecile entschied sich im Rahmen eines unter Tränen abgegebenen Schwurs, im Regen, vor dem dunkelgrauen Himmel einer Stadt am Rheinufer, es nie so weit kommen zu lassen. Sie entschied sich, gut zu sein. So wie ein pädophiler, aber rational okay funktionierender Mann sich dafür entschieden hätte, den Rest seines Lebens Kindern auszuweichen. Der Gedanke, dass sie diese Boshaftigkeit besser in den Griff bekommen würde als der sich für moralisch unanfechtbar haltende Rest der Menschheit, verschaffte ihr ein beruhigendes Gefühl von Überlegenheit. Und während sie sich in dieser allgemeinen Auflösung Mut und Kraft zusprach, zwischen imaginierten Blumenwiesen und dem Lärm der Blutbäder, verließ Cecile als Besiegelung ihrer Entscheidung völlig unvermittelt ihren Körper. Alle Lichter knallten durch, ihre Augen, ihr Gehirn wurde zu einer Art Fluss, und sie sah sich selbst aus drei Meter Entfernung auf der Holzbank am Gleis sitzen, leichenblass, gleichermaßen zaudernd und energisch in einer Haltung, für die der Ausdruck »verkrampft« nicht ausreicht. Sie hatte keine Ahnung, was los war, nahm diese neue Stufe der Wahrnehmung aber selbstverständlich hin. Als von ihrem Körper abgespaltenes, trotzdem zu Gefühlen und körperlichen Wahrnehmungen fähiges Wesen schwebte sie gefäßlos ein paar Runden um das Gleis, durch Steinmauern hindurch, in jenseits unserer bisherigen Sphäre liegende Ebenen von Empfindungen und an der größten Gletscherspalte des Kilimandscharo entlang.

Als sie in ihren Körper zurück kehrte, war sie zum ersten Mal von der Existenz eines Lebens nach dem Tod und davon überzeugt, dass sie sich niemals botoxen lassen würde.

Zwanzig Minuten später stand Julia vor ihr.

Julia trug einen Armeeparka zu expressivem Lidstrich. Ihr Gesicht hatte sich innerhalb der letzten drei Jahre kein bisschen verändert, Cecile kannte sich noch immer sehr gut darin aus.

»Da bist du ja wieder!«, sagte Julia, als seien seit ihrer letzten Begegnung nur fünf Minuten vergangen. An Julia war alles groß geworden, ihre Brüste, ihre Augen, ihre Lippen, sie hätte ohne weiteres als Pamela-Anderson-Verschnitt an einem Strand entlangjoggen können, stattdessen trug sie unförmige Oberteile und bemühte sich zwei Oktaven tiefer zu sprechen. Sie sah Cecile an, Cecile sah sie an, dann umarmten sie sich, obwohl beide Umarmungen hassten. Zwei Sekunden später brachen sie in einen hysterischen Lachanfall aus, weil sie feststellten, dass sie das gleiche Paillettendings einer Billigkette mit den gleichen von einem frauenfeindlichen Rapper entworfenen, potthässlichen Turnschuhen kombiniert hatten, eines Statements wegen, das niemand außer ihnen verstehen würde.

Als sie auf der Rolltreppe standen, fragte Julia, was passiert war. Cecile spielte mit dem Gedanken zu lügen, dass ihre Eltern bei einem Motorradunfall gestorben seien, sagte stattdessen aber gar nichts. Julia hakte nicht weiter nach, sie sprach Cecile auch nicht darauf an, dass sie stank und sich zum Negativen verändert hatte. Sie sagte nur: »Du siehst rührend und kränklich aus und als seist du finally und überstürzt ausgebrochen aus der ganzen Kacke«, woraufhin Cecile nickte. »Das war doch klar«, fuhr Julia fort, sie liefen durch die unter der Erde angelegte Bahnhofshalle. Eine alte Frau mit Schiebermützchen auf dem Kopf, komplett besoffen, irrte von den Fahrkartenautomaten zum geschlossenen

Blumenladen und wieder zurück, wischte sich bewegungseingeschränkt wie ein Kleinkind Tränen aus den Augen und versuchte zu lächeln, wenn jemand sie ansah. Cecile lächelte zurück.

»Ich wusste immer, dass die Zukunft für uns dann insgesamt dieselbe sein würde irgendwann mal. Dieselben Leidenschaften, dieselben Plackereien, dieselbe niederschmetternde Scheiße, dieselben Krankheiten, dieselben unmittelbaren Zerstreuungen, ob nun fleischlicher oder geistiger Natur«, sagte Julia.

»Warum sprichst du so irre?«

»Standst du da nicht mal drauf früher? War das nicht so ne Art Running Gag?« Julia lachte, Cecile konnte sich vage an mit ihr geteilte sprachliche Versiertheiten erinnern und lachte mit, die betrunkene Frau lachte auch, und so gingen sie zu dritt, ohne ein weiteres Wort miteinander zu wechseln, zu McDonald's.

An der Theke bestellte Julia irgendwas Angemessenes, Cecile nach langer Entscheidungsunfähigkeit einen Sechser Chicken McNuggets, von denen sie am Plastiktisch vor einer Fensterfront, mit Ausblick auf das verkümmerte Wormser Rathaus, die Panade abknibbelte. »Warum machst du das?«, fragte Julia, und Cecile leierte reflexhaft irgendeine eingeübte diffuse Abhandlung über Glutenunverträglichkeit und Insulinresistenz runter.

Julia sagte: »Bullshit, iss alles, was du willst, und geh kotzen später, mich stört das nicht«, woraufhin Cecile sich zwei Big Mac bestellte und beschloss, anstatt kotzen zu gehen am nächsten Tag nichts zu essen.

»Und du?«, fragte sie, als die Packungen leer waren.

»Ob ich in irgendeiner Form noch essgestört bin? Nein, ich bin verliebt, abgöttisch.«

»Warum warst du damals plötzlich weg?«

»Das weißt du doch«, sagte Julia und strich sich dreimal hintereinander dieselbe Strähne aus dem Gesicht.

»Nein, ich weiß gar nichts, ich kenn nur die Eckdaten«, sagte Cecile. »Du warst sozusagen gestorben, verdammt. Vier Monate bin ich jeden Morgen aufgewacht, dachte zehn Sekunden, dass alles okay sei, und fing dann unvermittelt an zu heulen, weil mir klarwurde, dass du nicht wiederkommen würdest.«

»O Gott, wie niedlich.«

»Ich war verloren ohne dich. Klingt pathetischer, als ich's meine, trotzdem.«

Cecile meinte es genauso pathetisch, wie es geklungen hatte. Weil Julia eins der wenigen Male in ihrem Leben Verlegenheit zeigte und sie sie gut genug kannte, um zu wissen, dass diesbezüglich nicht viel mehr aus ihr rauszuholen war, guckte sie kurz aus dem Fenster und seufzte laut.

»Wie geht's deiner Mutter?«, fragte sie dann.

»Die ist unglaublich«, sagte Julia. »Hat jetzt nen neuen Job. Sie passt auf ein schwer erziehbares Kind auf, das ihr vom Jugendamt zugeteilt wurde.«

»Und die wohnen zusammen?«

»Ja. Und dafür kriegt sie Geld und eine große Wohnung gestellt.«

»Und hast du's gesehen?«

»Wie bitte?«

»Du hast gerade erzählt, deine Mutter wohnt jetzt mit nem schwer erziehbaren Kind zusammen.«

»Ja, das Kind hab ich gesehen, klar. Vierzehnjähriges

Mädchen, irgendwie Rauschgift, kennste ja. Und das beaufsichtigt sie. Damit es aus den Verhältnissen rauskommt. Also aus den Verhältnissen, in denen es rauschgiftabhängig geworden ist. Und meine Mutter erzählt dem Kind dann beispielsweise fünfzehnmal pro Tag, dass es das zu ihrer Zeit ja nicht gegeben habe, als sie damals mit neun Jungs in Marl in die Bodegabar gegangen ist oder ins Coco Metropole und mit achtzehn schon sechs von denen tot waren, Heroin, siebziger Jahre.

Aber sie macht das gut. Dafür, dass sie mal 30 Millionen auf dem Konto hatte und jetzt auf der Straße säße, hätten ihr nicht ein paar barmherzige, gönnerhafte Arschlöcher geholfen, ist sie ein halbwegs zufriedener Mensch geworden.«

Julia hatte bereits mit acht Jahren eine 200 Quadratmeter große Wohnung in Zürich besessen, ihre Brüder mehrere Grundstücke in Texas, ihre Mutter einen Jaguar E, ihr Vater selbst zwei Jaguar mit zwölf Zylindern, die Limousine in verschiedenen Farben, zusätzlich einen Range Rover und mehrere Anwesen in ganz Europa. Er hatte ein Patent entwickelt für ein Katastrophenschutzpulver, mit dessen Hilfe Öl im Wasser gerinnt und dadurch abgeschöpft werden kann. Das Zeug wurde bei untergegangenen Bohrinseln verwendet und bei Tankerunglücken, es gab Aufträge ohne Ende, bis aus der Firma eine Aktiengesellschaft gemacht werden sollte, zu der Zeit, in der alle neuen Firmen den Bach runtergingen. Die ganze Kohle war in eine Fabrik auf einem ehemaligen Peek & Cloppenburg-Gelände gesteckt worden. Die Gesellschaft war gegründet, aber keiner kaufte die Aktien, keiner kaufte die, und währenddessen war die

Telekom den Bach runtergegangen und alles andere auch, und dann war das Geld plötzlich weg. Kurz darauf wurde Julias Vater krank und starb. Um es noch mal zu betonen: Das Geld war weg. Ihre Mutter saß in ihrer 70 000-Euro-Edelstahlküche in der Wohnung in einem internationalen Kurort und konnte ihre Nebenkosten nicht mehr bezahlen, nichts mehr, gar nichts, während unten in der Garage die Jaguare standen. Kein Geld für Benzin, kein Geld für Strom, kein Geld für die Heizung, bergeweise Schulden, die sie dazu zwangen, nach und nach die Wohnungen, die Autos und ihre Pradamäntel zu verkaufen. Sie konnte sich das Schulgeld nicht mehr leisten, Julias älterer Bruder haute auf die British Virgin Islands ab, entwickelte dort raffinierte Steuerhinterziehungsmaßnahmen und meldete sich nie wieder, während Julia von einem Eliteinternat auf ein öffentliches Gymnasium im Problemviertel einer Kleinstadt, die sie nicht kannte, wechselte, um es zwei Monate später nicht mehr zu betreten. Cecile hatte nie gewusst, warum sie weggegangen war, bis Julia ihr vor sechs Monaten einen zwanzigseitigen Brief ins Internat geschickt hatte mit ihrer aktuellen Adresse und der kompletten detaillierten Schilderung der Story plus Erfahrungsberichten über den Aufenthalt in einer Art Armenheim und mehreren Selbstmordversuchen und dem Schlusssatz, dass Cecile die beste Freundin gewesen sei, die sie je gehabt habe. Cecile hatte nicht zurückschreiben, geschweige denn den Satz erwidern können, obwohl sie wusste, dass er der Wahrheit entsprach. Gleichzeitig wusste sie auch, dass sie Julia im Extremfall anrufen könnte, und mit diesem Extremfall im Gepäck saß sie hier, jetzt, Julia gegenüber, seit einer Stunde, bei McDonald's.

»Und wie geht's dir?«, fragte Julia, nippte an einer Fanta und guckte einer Jungsgruppe in Picaldisweatshirts dabei zu, wie sie einem Mädchen deren komplette Packung Pommes in den Mund stopften. Cecile antwortete nicht, Julia zuckte mit den Schultern.

»Red drüber, wenn du willst, wenn nicht, auch okay. Ich hab geheiratet, by the way.«

»Du hast dich verändert.«

»Hast du gehört, was ich gerade gesagt habe?«

»Was?«

»Ich hab geheiratet!«

»Herzlichen Glückwunsch.«

»Willst du nicht wissen wen? Und wie und wo?«

»Selbstverständlich.«

»Im Colors, einem sehr üblen Berliner Secondhandladen in der Bergmannstraße. Der Bräutigam trug ein T-Shirt, auf dem ›n for naughty‹ stand, und der Typ an der Kasse, der die Zeremonie durchführte, war irre unfreundlich. Trotzdem war es der schönste Tag meines Lebens.«

Cecile konnte schlechterdings nicht antworten.

»Ich erzähl einfach weiter, ist das okay? Schnuppi? Hallo?«

Cecile nickte.

»Unterbrich mich, wenn dir langweilig wird. Der Typ heißt Aram. Ich hab ihn kennengelernt, als ich irre genervt ein WG-Zimmer in Berlin für unter 150 Euro suchte, mir war völlig egal wo, ich hatte Gelenkrheuma und war suizidal und wollte einfach nur irgendwo ein Scheißbett haben. Und in der ersten Wohnung, die ich mir anguckte, saßen da irgendwie so fantastische Dreadlockkiffer. Der eine so ein bisschen puerto-ricanisch, dann ein ganz blonder Isländer, wunderschönes Gesicht, wie gezeichnet, ein Pole, der den Arsch voller sogenanntem Feuer hatte, und noch ein Mädchen, das hieß allen Ernstes Flavienne und studiert inzwischen Tiermedizin, glaub ich, war aber damals voll das Hippiegirl und sagte oft so Dinge wie ›Tierversuche sind aber auch schlimm‹. Aram saß in der Mitte am Küchentisch, schön bis zum Get-no, Hochleistungssportler, und ich dann so: Hi. Und alle so: Heeey, bist du Julia? Und ich wie gesagt einfach nur: Hi. Und dann bin ich eingezogen, innerhalb der nächsten zwanzig Sekunden in die ekelhafteste Bruchbude, die man sich vorstellen kann, mit drei Meter tiefen Löchern im Dielenboden.«

Julia hatte schon immer zu Übertreibungen geneigt.

»Niemand von uns hatte ein Auto, aber irgendeiner zumindest immer Zugriff auf eins, und irgendwann beschlossen wir aus nem mir heute nicht mehr nachvollziehbaren Grund, hierherzufahren, nach Worms, Aram und Mike sind hier aufgewachsen, und wir versuchten dann auf der Fahrt mit nur einer Tankfüllung hinzukommen, was theoretisch gar nicht geht, aber mit Motor ausschalten und so dann doch. Dann holten wir die alten Kumpels der beiden ab, aus deren ganzen Wormser WGs, ich war zu aufgeregt, um abgeturnt zu sein, der Wagen plötzlich vollgeladen mit vielen Idioten, und Aram hatte bereits stillschweigend Tausende von Joints gerollt und gab die gerade so nach hinten. Und dann machte er geile Musik an, sehr deepen Techno, und wir fuhren nach Mainz in ein Jugendzentrum, wo ne befreundete Band von irgendwem spielte, also Jugendzentrum nicht im Sinne von spießig, sondern eher Festivalalarm. Und, ähm, weil Aram halt gekifft hatte und ich total straight war zu dem Zeitpunkt und so meinte: ›Nein, nein, mit Menschen unter Drogen fahre ich kein Auto‹, sagte er: ›Tja, dann fahr du halt.‹ Das Geile war, dieser Wagen war so groß, dass ich kaum übers Steuer gucken konnte. Und ich kannte weder das Auto noch die Leute noch die Stadt noch sonst irgendwas, aber ich fuhr, weil, da war ich mir sicher, ich war nüchtern. Ich fuhr und fuhr dieses Auto durch die Gegend, und wir kamen an, und ich schwör dir, die ganze Straße war enger vollgeparkt als jede andere auf dieser Welt und ich mit dieser Riesenraumschiffschüssel und die ganzen coolen Typen hintendrin. Und dann gab es original eine einzige Parklücke. Und die war klein.

Ich so: Julia, du kannst einparken, jetzt park einfach ein. Und dann so eingeparkt. Und dann so Stille im Auto und ich so ›yes‹. Und alle so: ›Ja, nicht schlecht.‹

Wir stiegen aus, gingen in dieses Ding rein, und alle haben getanzt und sich fantastisch amüsiert. Nur Aram natürlich nicht, der stand an der Seite und war so ›Nö, isch tanz nicht‹. Woraufhin ich dachte: Ey, der Typ ist richtig cool, der tanzt nicht. Und da sah ich irgendwie seine sich unter seinem T-Shirt abzeichnenden Rückenmuskeln, die sich voll bewegten, während er lief, was mich erst mal sehr verstörte.

Zwei Wochen später sind wir jedenfalls alle zusammengezogen. Zu zehnt, in Worms, ich meine, what the fuck, aber es ist völlig in Ordnung hier. In so eine Musterhaussiedlung, wo ein Haus war, das eigentlich hätte abgerissen werden sollen, weil es niemand gekauft hat und leicht marode und so, ist es auch immer noch leider. Unten gibt es zwei riesige Kellerräume, die Aram mit Licht ausgestattet hat, und da züchtet er jetzt. Aber so richtig Komplettplantage, du kommst in diesen Raum und denkst wow, Dschungel, irre heiß, feucht, voll hell, und die Pflanzen biegen sich so unter der Decke. Wir müssen nur aufpassen mit Strom und Wasserverbrauch, damit die Stadtwerke das nicht mitkriegen. Also ständig zusehen, dass der Garten halbwegs in Ordnung ist, damit man notfalls sagen kann, der ganze Scheiß sei für die Gartenbewässerung. Dieser Scheißhanf braucht tierisch viel Wasser, das ist wirklich nicht mehr feierlich.«

»Ihr hättet doch so Thermen bauen können, zum Regenwassersammeln.«

»Aber das wär schon ein bisschen zu complicated gewesen. Die Typen sind teilweise wirklich dümmlich, das kann ich leider nicht anders sagen. Aber sehr verantwortungsvoll, es ist reizend, mindestens einer von denen ist vorm Frühstück immer so: ›Äh, okay, ich geh dann mal runter.‹ Die haben das auch alles vom Feinsten fermentiert, mit Aufbereitungsraum, und die Heizungen laufen volle Kanne, und jeden Tag wird der Scheiß gepflegt. Und dann ist irgendwann Pauline eingezogen.«

»Pauline?«

»Ja, Pauline. Pauline ist mit offenem Rücken geboren worden und komplett behindi. Nicht geistig, aber körperlich, und zwar mega. Von der Hüfte an gelähmt und halt ein bisschen so zusammengestaucht. Ordentlich. Aber so alt wie wir und hatte keinen Bock mehr auf diese Behindertenheime und so. Bei uns war ein Zimmer frei im Erdgeschoss, und sie rief an und fragte, ob sie sich das angucken könnte. Mike, der Halbisländer, war am Telefon. Und sagte, irre stoned: ›Ja klar.‹ Wir saßen währenddessen alle im Wohnzimmer und guckten *Naked Gun* 1–3, und er leierte eben zehnmal hintereinander ins Telefon rein: ›Ja klar, kein Ding.‹

Und Pauline so: ›Ja, es gibt da ein Problem, also ich weiß nicht, vielleicht ist das für euch ein Problem. Ich sitz halt im Rollstuhl.‹

Und Mike dachte sehr lange nach und antwortete dann: ›Nö. Ist das für dich ein Problem?‹

Und sie so: ›Ähm, ja, also sollte das klappen mit dem Zimmer, wenn das funktioniert, dann bräuchte ich halt: barrierefrei. Das heißt keine Stufen und so. Habt ihr da irgendwie mich betreffende Stufen im Haus?‹

›Nö, das Zimmer ist ja im Erdgeschoss, also, nö.‹

Und Pauline so: ›Könntest du deine Mitbewohner mal fragen, ob das für die ein Problem ist?‹

Woraufhin wir die Frage ›Ey, hat wer ein Problem mitm Rollstuhlfahrer?‹ selbstverständlich alle verneinten. Am nächsten Tag klingelte das Telefon wieder, und Pauline sagte, sie stehe vor unserem Haus und da seien vier Treppenstufen zur Eingangstür, die, glaube ich, bis zu diesem Zeitpunkt keiner von uns je bemerkt hatte. Wir also raus und sie zu dritt hochgeschleppt und sie rollerte sofort in einer seltsamen Powermanier und irre schnell durch das komplette Erdgeschoss und guckte sich das alles an. Da müssten so Umbauten gemacht werden im Bad, sagte sie, und dann müssten noch so Umbauten gemacht werden in der Küche und dann müsste da so eine, also vom Wohnzimmer vorne, das gehe nicht mit einer Rampe, weil das sei ja zu steil und so, aber dann müsste halt ne Rampe in den Garten. Und Mike so: ›Weiß nicht, Jungs, ist dasn Problem? Also ich finde Rampe geil!‹

Und alle so: ›Yeah, Rampe is geil!‹

Und ich saß daneben und aß grad ein Nutellabrot und dachte, what?, fand Rampe dann aber auch total geil. Drei Tage später kamen ihre Eltern, ihr Vater fing an rumzuschrauben, die Jungs machten mit, und zwar voll, und sie sahen alle so gut aus, die hätten sofort ne Boygroup gründen können, und Pauline halt in ihrem Rollstuhl, und der Vater arbeitete und wir alle total bekifft mit freien Oberkörpern in gebatikten Festivalhosen. Völlig versifftes Erdgeschoss und der Vater so: ›O Gott, meine Tochter, egal, Hauptsache happy.‹ Die Umbauten wurden also vorgenommen, die Jungs fahren seitdem nur noch Skateboard im Erdgeschoss, und zwei Wochen später hatte Pauline sich eingelebt und Geburtstag und ihre Leute eingeladen, ihre Kumpels. Alles Komplettobehindis. Die irrsten Behinderungen, die ich alle noch nie zuvor gesehen hatte in meinem Leben. Ich komm halt rein ins Erdgeschoss, und 80 Quadratmeter waren voll mit Behinderten. Alexandra zum Beispiel, die war knapp eins zwanzig groß und hatte letztens auch ne Reportage auf arte über sich und ist seitdem relativ berühmt. Alexandra kam an und hopste aufs Sofa und nahm sich Apfelsaft und goss sich den so ein, und als ich fragte, ob ich ihr helfen könne, zickte sie mich direkt aufs Übelste an. Und dann ging ich rum und wollte mich vorstellen, die ganzen halbspastischen Hände wurden mir entgegengestreckt, und ich dachte: So, wie mach ich das jetzt. Einer hatte voll das geile Tourettesyndrom, sagte zur Begrüßung also ›Heeedasdl Hitler, Hi, ich bin ara--Fotze‹, und es dauerte nicht lange, da saßen alle, also die Behindis und wir Läufer, so wurden irgendwann die genannt, die nicht im Rollstuhl sitzen, um den Tisch herum beim Strippokerspielen, supergeiler Abend, in dessen Rahmen sich Pauline vor uns als das Partybabe schlechthin outete, das dann auch für die fünf Tage später folgende Sommerparty verantwortlich war, auf die ich hier eigentlich die ganze Zeit hinauswill. O Gott, Cecile, entschuldige, ich langweile dich zu Tode.«

»Nein, total geil, erzähl weiter.«

»Are you sure?«

»Erzähl einfach weiter, ich liebe das.«

»Okay. Sommerparty. Du weißt ja, ich bin der typische Fall von: um elf voll sein, sich irgendwo hinlegen und pennen und um sechs aufgeweckt werden und den Rest der Party nüchtern erleben und scheißverkatert. Wir jedenfalls tierisch gefeiert, völlig irre, es wurden so hässliche kleine Bastkörbchen rumgereicht, in dem einen waren Kondome und in das andere hatten alle Gäste ihre Drogen geschmissen, damit sich jeder ohne organisatorischen Aufwand das nehmen konnte, was er brauchte. Pauline hatte das alles bis ins kleinste Detail geplant, knutschte mit dem bestaussehenden Typen, der je in diesem Haus aufgekreuzt war, rum, und hatte im Erdgeschoss ja ihr eigenes Klo. Auf das setzte ich mich dann, weil zu faul, nach oben zu gehen. Hose runter. Und dann völlig lovelandmäßig gedacht: Wahnsinn, krass, so eine Party und wir alle so zusammen am Feiern, und ich sitz hier gerade in diesem eigentlich total spießigen Siedlungshaus, in dem aber die absolute Gegenveranstaltung stattfindet. Irre euphorisch dachte ich an all die vielen Freunde, und wie toll und befreit das alles zuging da draußen, und dann guck ich runter und stelle fest, dass ich komplett durch diesen Abstand gepisst habe.«

»Durch den Abstand gepisst?«

»Ja. Ich saß ja aufm Behindiklo. Und da ist doch der Abstand – die Klobrille ist doch so aufgebockt. Und wenn du dich hinsetzt und pinkelst, pinkelst du doch eigentlich genau schräg nach vorne, und zwar volle Kanne in meine anthrazitfarbene geile Hose rein. Die war completely nass. Und ich so: Scheiße, was mach ich denn jetzt. Zuerst setzte ich mich in die Dusche und versuchte die Hose irgendwie auszuwaschen und dachte dann aber: Ach weißte was, scheiß drauf. Hose wieder hochgezogen und jubelnd zurückgegangen und weitergefeiert, und am nächsten Tag stellte sich raus, dass es halt allen so ergangen war, alle hatten sich auf diesem Behindertenklo ihre Klamotten vollgepinkelt. Irgendwann ging ich ins Souterrain, weil unsere Zimmer im ersten Stock komplett verwüstet waren und unten wollten wir pennen, jemand hatte ein riesiges Matratzenlager aufgebaut. Arams Exfreundin war da, die hatte er zwei Jahre nicht gesehen, und außerdem noch Gerald, so ein Pfälzer, der immer irgendwie schon 75 Jahre alt gewesen war und abgekürzt einfach nur ›der Gerri‹ hieß. Und der Gerri hatte ganz viel Mitleid mit Arams Ex und hat sich rührend um sie gekümmert. Aram hat sich nicht so rührend um sie gekümmert, und Gerri kümmerte sich dann immer rührender um sie, und frühmorgens lagen wir dann da auf den Matratzen, links von uns das neu gefundene Pärchen Inga und Tommi, in der Mitte wir und rechts von uns Arams Exfreundin auf Gerri drauf.

Und ich so: ›Sag mal, die ficken ja alle!‹ Und Aram so: ›Ja.‹ Und ich so: ›Oaah, scheiße.‹ Und dann meinte ich noch: ›Was machen wir denn jetzt? Aram, weißt du, was scheiße ist, wenn wir jetzt mitmachen, ist das so total die Orgie, und wenn nicht, dann ist es irgendwie auch scheiße. Vielleicht sollten wir einfach mitmachen, obwohl wir irre müde sind und pennen wollen.‹ ›Ja, find ich auch.‹ ›Dann sehen wir's halt sportlich.‹ ›Ja, das tun wir.‹ Und dann haben wir's halt sportlich gesehen. Und dann schien der Mond rein und wir sahen die ganze Zeit Gerris Arsch im Mondlicht. Und ich so: ›Sag mal, Aram, da hab ich gar nicht dran gedacht, wie ist das eigentlich für dich, wenn deine Exfreundin nebenan mit Gerri vögelt?‹ Und er antwortete: ›Na ja, eigentlich ist es mir egal, aber weißt du was, sie vögeln auf meiner Matratze.‹

Woraufhin er wartete, bis die kamen, also er hat quasi den Schwung vom endgültigen Kommen abgewartet und sie im selben Moment von der Matratze runtergeworfen, irre dynamische Geste. Als sei das alles nicht schon bescheuert genug, schlief zu Füßen aller an dieser Orgie Beteiligten auch noch der geile DJ Jan, schnarchend. Ich stand auf und wollte aufs Klo gehen und dachte mir: Hä, was ist denn das für ein Krach da drin. Und dann stand im Klo Arams großer Bruder, Mitte dreißig, der immer ganz viel malt, mit drei nackten Tanten, er selbst natürlich ebenfalls nackt, und hat mit denen da drin gerade so Paintings veranstaltet.«

»Was für Paintings?«

»Keine Ahnung, die haben die Wände bemalt. Mit seinen beknackten Volltonfarben. Und ich so: ›Was isn hier los?‹ Und die so: ›Komm, Julia, mach mit, ist total schön.‹ Und ich so: Tür wieder zugemacht. Wie im Film. Der Typ lud sich halt immer irgendwelche Schnallen ein, so pseudobefreit, nach dem Motto: Komm, lass die Farbe wirken, ich mal dir mal den Rücken an.

Morgens wachte ich jedenfalls auf und dachte plötzlich: Alter, wie sieht das hier aus überall, schlafende Leute, alles irre vermüllt, und was tu ich, ich fange an sauberzumachen, bis alle plötzlich schreien: Julia, könntest du bitte den Staubsauger ausmachen. Und ich so: Ja, aber irgendwann müssen wir schon mal anfangen, das stinkt hier nämlich auch. Und dann kam Jan, der hatte ja fantastisch geschlafen, und reichte mir einen Becher mit Wasser. Geil, Jan, super Idee, sagte ich, da wär ich voll nicht draufgekommen ohne dich. Und kipp das ganze Glas runter, woraufhin er sehr erschrocken und verstohlen das Zimmer verließ. Ich stand da, und nach zwei Minuten wurde ich von so einer sehr rabiaten Frage erfasst, warum zur Hölle ich jetzt nicht einfach doch den Staubsauger anmachen sollte, während die anderen so verwahrlost rumlagen mit ihren hochgerutschten T-Shirts. Und dann fing ich richtig ordentlich an zu putzen, das war, als würd jemand von außen in so ne Fingerpuppe reingreifen, ich verstand überhaupt nicht, warum ich die ganze Zeit putzte, ich tat es einfach, unter anderem eben auch die Klos, und mir war völlig egal, ob da gerade jemand draufsaß und pinkelte. Irgendwann packte mich Aram dann am Oberarm, drehte mich zu sich um, und er so: ›Setz dich mal hin, ich muss mit dir reden.‹

›Was isn los?‹

›Das war kein Wasser, das waren Pilze.‹

Und ich so: ›Hä?‹

Und er: ›Ja, der Jan, der hat dir Pilze gegeben, du hast das ganze Ding ausgetrunken und jetzt putzt du schon seit zwei Stunden wie ne Irre. Wir wollen jetzt frühstücken.‹

Dann saßen wir nebeneinander am Frühstückstisch, er lächelte mich an, ich dachte: O mein Gott, wie herrlich ist das alles. Und da war ich plötzlich Knall auf Fall in Love, so richtig hardcore. Wie nie zuvor. Woran sich bisher auch nichts geändert hat, und ich bin sehr stolz darauf. Toll, oder?«

Cecile nickte, Julia lächelte auf eine allumfassende Weise vor sich hin und stand auf, um die Tabletts zur Geschirrrückgabe zu bringen. Während Cecile feststellte, dass Julia versuchte so auszusehen wie Cherry Curry von den Runaways, also irgendein authentischer Seventiesstyle hatte sich da etabliert, sie trug abgeschnittene längsgestreifte Jeanshosen, den zu großen Billoparka und hatte gerade ihre Lippen rot angemalt, dachte sie an ihre gemeinsame Vergangenheit. Sie hatten dieselben Interessen und Gewichtsschwankungen gehabt und identische Narben an Armen und Schultern, weiße parallel zueinander verlaufende Linien, die inzwischen nur noch langweilige Geschichten über die Grenze zwischen posttraumatischer Belastung und Schizophrenie erzählten und nicht das eigentlich Erzählenswerte, nämlich die Magie der Selbstzerstörung: Die Schönheit und diese ganze Scheißhoffnung zweier frühpubertärer, an Grungemusik interessierter Ausgestoßener, in der Nachahmung der normalpsychologischen Grundlage für die Zerstörung des eigenen Körperschemas etwas zu finden, was sie ihre eigene Jugendbewegung hätten nennen können. Das Ganze hatte nichts mit Traumabewältigung zu tun gehabt, sondern war wie der Kauf eines zerschnittenen Netz-T-Shirts zustande gekommen – motiviert durch eine oberflächliche, aber sehr intensive Kraft. Cecile dachte daran, wie sie nachts in das Zimmer der jeweils anderen geschlichen waren oder, paillettenbesetzte Ganzkörperanzüge am Leib, in Schlussposen lateinamerikanischer Gesellschaftstanzchoreographien verharrt hatten. An diese ganzen schmerzverzerrten, westdeutschen Elitekindergesichter aus der Tanz-AG, allesamt getrieben von der grob strukturierten Panik, irgendwann anstatt als Katze oder Eisenbahn in einem Musical aufzutreten, tatsächlich Manager werden und Geld machen zu müssen, dieses Scheißgeld immer, dass all die Familien ins Verderben gestürzt hatte. Sie hatten sich über die Dauer von Träumen unterhalten, Wurmlöcher, die Existenz von Kugelblitzen. Sie hatten eine Achtzehnerpackung Neapolitanerwaffeln in sich reingestopft und waren danach unabhängig voneinander zum Kotzen ins Badezimmer gegangen, und am nächsten Tag dann in den Frühstückssaal des Internats, eine Anordnung von dunklem Holz, Aluminium, Granitstein, ineinanderlaufenden Grautönen, die durch die Verwendung kühler Materialien hatte bestechen sollen. Durch ihre Adern hatte Hass zu fließen begonnen, sie waren besoffen an der riesigen Statue einer mythologischen Gottheit vorbeigestolpert, Prunkstiege, Porträtbüsten der Dichter Calderón, Shakespeare, Molière, Schiller, Goethe, Lessing, Halm, Grillparzer und Hebbel, allegorische Darstellungen hatten die Seitentrakte geschmückt, in den Turnhallen war Völkerball gespielt worden, und zwischendurch trat der immer wiederkehrende Zweifel auf an allem, was überhaupt jemals irgendwo abgegangen war.

Vor der Tür von McDonald's, es war inzwischen dunkel draußen, fragte Cecile, ob sie noch immer in diesem Haus wohne. »Klar«, antwortete Julia. Sie zündete sich eine Kippe an, hakte sich bei Cecile unter und fügte nach ein paar Zügen hinzu, sozusagen verschmitzt lächelnd: »Willst du einziehen?«

Cecile nickte.

Zwanzig Minuten später zog sie sich auf den Terracottafliesen im Flur des Hauses die Schuhe aus. Julia schmiss ihre Jacke auf einen Schmutzwäscheberg in der Ecke, hinter dem nebeneinander aufgereihte Skateboards standen. Alles sah genauso aus, wie Cecile es sich vorgestellt hatte. In dem vom Flur abgehenden Wohnbereich, aus dem alle Wände rausgerissen worden waren, hielten sich drei Menschen auf, die Julia und Cecile zuerst nicht bemerkten. Ein stilecht zurechtgemachter Mod googelte gerade, ob eine Peperoni als adäquater Ersatz für eine Chilischote verwendet werden konnte. Ein Mädchen, das Julia nicht kannte, googelte mit der einen Hand nach Liveauftritten von Bob Dylan und aß mit der anderen ohne Besteck indische Spinatsoße mit Reis. Währenddessen erklärte sie, dass sie mal drei Wochen in Indien gewesen sei und diese Reise so lange wie möglich in Erinnerung behalten wolle, »wegen der Kreativenergie«. Der dritte Anwesende war Aram, das checkte Cecile sofort, er zappte mit dem Rücken zu ihnen durchs Fernsehprogramm, und Cecile starrte, ohne ihre Tasche abgestellt zu haben, vom Türrahmen aus in den Flatscreen, sie sah Tausende von Tintenfischen, ein Kamel über die 52. Straße in New York laufen, zwei Männer mit übereinandergeschlagenen Beinen über Bildung reden und einen Slum am Viktoriasee, wo gerade jemand bis zu den Knöcheln in von Maden belagerten Fäkalien stand und Fischgräten aß. Julia ging zu Aram, legte von hinten ihren Arm um ihn und küsste ihn auf die Stirn, die Leute drehten sich zu Cecile um. Das Mädchen winkte kommentarlos, die Jungs sagten unbeeindruckt hallo und wandten sich wieder ab.

Julias Zimmer war im obersten Stockwerk. Sie schmiss die Tür mit dem Fuß hinter sich zu, und Cecile setzte sich aufs Bett, noch immer die Fellkapuze ihres Parkas auf dem Kopf und den Henkel ihrer Reisetasche in der Hand. Während Julia an ihrer vermutlich aus den Tagen als rich kid stammenden Männersoundanlage rumdrehte, Wahnsinnsyamahateil mit drei nebeneinander aufgestellten Boxen, die eine Turnhalle hätten beschallen können, zog sie sich ihren Cardigan aus. Ihre Arme waren komplett zutätowiert, was Cecile so erstaunte, dass sie sie nicht drauf ansprechen konnte. Es waren komische Symbole. Zum Gebet verschränkte Hände, eine heilige Maria, darüber ein in Blumenkranzgeranke übergehender dämonischer Totenkopfnebel. Aus dem Nachbarzimmer war lautes Stöhnen zu hören, und als Cecile Julia fragte, wem das Zimmer gehöre, antwortete diese, es sei Paulines, und dass sie mal kurz duschen gehen müsse.

»Und Pauline, die hat, also, die –«, fing Cecile eine Frage an.

»Fickt gerade? Quatsch«, sagte Julia, »die muss Pornos gucken, weil sie ihre Magisterarbeit über die Subjektivität der weiblichen Sexualität in der Sexfilmbranche schreibt. Völlig irre, was die da auftreibt manchmal, letztens einen als feministisch geltenden Quark von einer Frau gedreht, wo so ein androgynes Wesen mit Elfenohren aus dem Fernseher kommt und dann die Frau auf dem Sofa leckt, mit zehnstündigen Kamerafahrten einfach nur über ebene Hautpartien, und dann denke ich immer, mein Gott, sollen sie sich doch bitte alle zufriedengeben mit ihrem Unterdrücktenstatus, das ist einfach unterhaltsamer, man will doch Schwänze sehen, man will weiß lackierte Mitsubishi Eclipse sehen, man will sehen, wie ein Kerl denkt, seine Potenz würde sich während des Akts im Gesicht einer strohdoofen kleinen Barbiemieze spiegeln. Oder?« Cecile war nicht ganz ihrer Meinung, was zu einer kurzen Diskussion über verschiedene Youporn-Channel führte, und irgendwann einigten sich beide darauf, dass sie den eines belgischen, leicht dicklichen Typen mit Halbglatze super fanden, bei dem sich Frauen, die gerne mal mit ihm schlafen wollten, bewerben und dann beim Sex filmen lassen konnten, Julia stand auf sein Alfasoftie-Wesen und die zu Vorbereitungsmaßnahmen für Analverkehr benutzte Fünfziger-Jahre-Eckbank in seiner Wohnung, Cecile auf seinen Hinterkopf, und damit war das Thema fürs Erste erledigt. Julia warf sich ein Handtuch über die Schulter, klemmte sich ihr MacBook unter den Arm und ging in ein kleines, vom Raum abgehendes Badezimmer, ihr eigenes, wie Cecile vermutete. Cecile zog sich in Zeitlupe ihre Jacke aus, danach auch alles andere bis auf ihr T-Shirt, und legte sich unter die Decke. Das Zimmer war in denselben Farben gestrichen, in denen Julia damals ihre Schnellhefter ausgesucht hatte. Schmutziges Altrosa und Türkis. Die Möbel sahen aus, als wären sie von Ludwig dem Vierzehnten dort stehengelassen worden. Aus Schubladen lugten geblümte Kleidungsstücke hervor. Über dem Schreibtisch hing die interaktive Weltkarte, die Julia damals mit Cecile zusammen in einem kleinen Ramschladen gekauft hatte. Sie waren zwölf oder dreizehn gewesen, hatten gerade angefangen sich gegenseitig cool zu finden, und plötzlich blieb Julia vor einem Schaufenster stehen, in dem die Karte hing. Sie gingen in den Laden, Julia rollte sie aus, 40 x 50 Zentimeter, und dann sagte sie in einem Tonfall ungefilterter Begeisterung: »Guck mal, da kann man eintragen, wo man schon überall gewesen ist.«

In dem Moment hatte Cecile erkannt, dass sich ihrer beider Wesen aufs Äußerste voneinander unterschieden. Die Karte hing da jetzt, und Julia hatte tatsächlich akribisch eingetragen, wo sie überall gewesen war, rote Markierungen zogen sich durch Nord- und Südamerika und Europa, die Elfenbeinküste entlang, über Mauritius und die Fidschiinseln, und Cecile musste fast heulen. Als Julia wiederkam, ließ sie auf der Suche nach einem angemessenen Pyjamaoberteil ihr Handtuch fallen, sie war nackt, was ihr völlig egal war, und Cecile erschrak. Die Tattoos waren weg. Sie fragte Julia, ob sie nicht gerade noch Tattoos gehabt hatte, woraufhin Julia ihr einen Vogel zeigte und auf einen kleinen Stapel auf dem Nachttisch deutete. Es waren Special-Effect-Abziehbilder aus einem Theatermaskenbedarf. Cecile fand das toll und wollte sich gerne zwei kleine Boxhandschuhe unter das Herz kleben, traute sich aber nicht, sich vor Julia auszuziehen. Stattdessen entschied sie sich für die Umrisse eines Pitbulls und drückte ihn mit Julias nassem Handtuch dreißig Sekunden lang an ihr Handgelenk. Das sah super aus, ein Kampfhund an der bevorzugten Suicide-Stelle.

Irgendwann war das Licht aus, und Cecile konnte wieder sprechen. Die beiden unterhielten sich fünfzig Minuten lang darüber, dass Bryan Ferry der geistloseste Superstar war, den es je gegeben hatte und man ihn einfach in die Ecke hätte stellen sollen, über den Nahostkonflikt, ein eventuelles Landschaftsarchitekturstudium und die Entjungferung von Julias kleinem Bruder, den gab es nämlich auch noch, die sich bei dessen Austauschjahr in New York mit Blick auf das Empire State Building zugetragen hatte, mit einer milliardenschweren Vierzehnjährigen im Schlafzimmer ihrer zu diesem Zeitpunkt sich in Dubai aufhaltenden Eltern. Sie hatte seine Haare gemocht.

Nach einer kurzen Stille forderte Julia Cecile dazu auf, ihr möglichst detailliert zu erzählen, wie sie sich kennengelernt hatten. Cecile stutzte und sagte: »Keine Ahnung, du warst halt einfach da. Am See, mit deinem Bonanzafahrrad und Helmut auf der Schulter, und dann mochten wir uns, und deswegen sind wir dann auf der Fahrt vom Norwegischkurs, während alle in diesen Scheißklettergärten rumturnten, im Zimmer sitzen geblieben und haben geredet.«

Helmut hatte Julias Ratte geheißen.

»So war es ganz und gar nicht, mein Schatz«, sagte Julia.

»Ach nein?«

Julia richtete sich im Bett auf, Cecile sah im Dunkeln nur einige Haarsträhnen vor der Silhouette ihres Gesichts umherbaumeln, und sagte: »Nein. Ich hab dich zum ersten Mal in der Turnhalle gesehen. Wir hatten zusammen mit eurer Klasse Sport, das war in der sechsten, und du hattest ein Nirvana-T-Shirt an.«

Sie atmete aus, kratzte sich am Kopf, wie immer, wenn ihr irgendwas unangenehm war, und redete weiter.

»Ein Nirvana-T-Shirt und Schuhe mit bunten Schnürsenkeln und nem Totenkopf drauf. Und du hast gelächelt. Da wehte irgendwie Welt rein mit diesem Lächeln. Ich kannte zu diesem Zeitpunkt niemanden, der auf die Idee gekommen wäre, auf diese Weise jemanden anzulächeln. Und dann auch noch wen Fremdes, wusstest du das?«

»Was?«

»Dass du so gut lächeln kannst? Hab ich dir das irgendwann mal gesagt? Wahrscheinlich nicht. Von dem Tag an hab ich jede Minute an dich gedacht. Wenn du mir auf dem Schulhof entgegenkamst, musste ich dir ausweichen, weil ich Angst hatte, vor dir rot zu werden. Ich habe im Internet akribisch nach Beschreibungen deiner Scheißtotenkopfschuhe gesucht, bis ich sie irgendwann fand und mir zum Geburtstag wünschen konnte. Einmal beobachtete ich dich durchs Fenster des Chemieraums. Du hattest wahrscheinlich irgendeine Freistunde, hast auf dem Hof unter einem Baum gesessen und in einem Buch gelesen. Und in dieser Ruhe hielt ich dich plötzlich für Jesus oder so. Also nicht unbedingt Jesus, du weißt, ich neige zu Übertreibungen, aber für was Heiliges, da machte sich so eine Würde in deinem Gesicht breit, das mich sowieso komplett umhaute. Und dann hingst du plötzlich jeden Tag in der Raucherecke ab, mit diesen ganzen Existenzialistenheinijungs.«

»– die ich nie wirklich gemocht habe«, warf Cecile ein, im Wissen, dass sie bis zu diesem Zeitpunkt eigentlich noch einiges andere hätte einwerfen müssen.

Und Julia sagte: »Nein, das wurde mir dann später auch klar, aber ich schleimte mich bis zum Get-no bei einem von ihnen ein, diesem Justus aus der Zwölften, der irgendwie nie in den Stimmbruch gekommen war –«

»– und bei den Feminists am Schlagzeug saß –«

»Genau, und deswegen tauchte ich da irgendwann am See auf, nicht, weil ich den Leadsinger der bekloppten Feminists ficken wollte, sondern wegen dir, Cecile.«

Cecile schluckte und wollte eigentlich lachen, weil sie das alles für einen Scherz hielt.

»Selbstverständlich war ich irre beleidigt, weil du meine Schuhe nicht zur Kenntnis genommen hast, du hast bereits

Hip-Hop-Wear mit übertriebenen Neonaufdrucken getragen, irre hässlich, zum Glück hast du die Phase schnell überwunden. Am Nachmittag schmiss ich die Schuhe jedenfalls in die Ecke, um sie nie wieder auch nur anzusehen, und schrieb mich im Norwegischkurs ein. Das war kein Zufall. Und ich hatte auch kein Interesse an Skandinavien als apokalypseüberdauernde Ausweichmöglichkeit für in zwanzig Jahren oder so. Zufälle sind generell einen feuchten Dreck wert, völlig irre, und das nennen diese bescheuerten Griechen dann ›Schicksal‹, schon Bolaño hat sich darüber beschwert. Egal. Ich war verliebt in dich. Die ganze Zeit. Keine Ahnung, was dich das angeht. Darauf will ich auch gar nicht hinaus. Das Schlimme war, dass du irgendwann diese Panikattacke hattest und ins Krankenhaus gebracht wurdest. Dort lagst du dann, unfassbar kläglich unter den stärksten Beruhigungshämmern, und heultest vor dich hin. Du hast meine Hand genommen und bist eingeschlafen. Ich saß acht verdammte Stunden an deinem Bett, Cecile. Eine Woche später hingen wir wieder am See rum, alle außer mir hielten deinen Krankenhausaufenthalt für eine Art Check wegen des Verdachts auf einen Herzfehler, glaub ich. Plötzlich hast du mich angeguckt, mein Gesicht in die Hände genommen, mich auf den Mund geküsst und ›ich liebe dich‹ gesagt. Du hast den Satz ausgesprochen, mit dem ich zwei Jahre lang eingeschlafen war, aber auf eine Art, die jede Form von, ich will nicht mal sagen Sexualität, sondern gleichwertiger Verknalltheit und entsprechender Intensität, vollständig ausschloss. Du hast diesen Satz, verdammt noch mal, freundschaftlich gesagt. Es war niederschmetternd. Am selben Tag war mein Vater gestorben. Deswegen konnte ich dir nicht erzählen, was passiert war.

Deswegen bin ich gegangen, ohne dir oder irgendwem anders einen Grund dafür aufzutischen. Deswegen.«

Cecile fühlte sich, als würden ihr Tränen das Gesicht runterlaufen, dem war aber nicht so, sie blieb regungslos liegen, um abzuwarten, ob etwas passierte, und es passierte nichts. Die beiden Mädchen waren nicht mal mehr dazu in der Lage, sich gegenseitig gute Nacht zu sagen. Cecile hielt sich inzwischen immerhin für ein bisschen liebenswerter als zwanzig Minuten zuvor, vermochte sich jedoch auf die Frage, ob sie auch nur im Entferntesten etwas über weibliche Komplizenschaft Hinausgehendes für Julia empfunden hatte damals, keine sofortige Antwort zu geben. Das konnte im Umkehrschluss nur nein bedeuten.

Die Atemzüge wurden regelmäßiger, Julia lag mit dem Rücken zu Cecile an die äußerste Bettkante gedrängt und hatte sich ungefähr eine halbe Stunde lang keinen Millimeter bewegt, als Cecile plötzlich von einer Geilheit erfasst wurde, in der es nicht unbedingt um Sex, sondern um Verwirrung, überbordende Zuneigung, Vertrautheit und die beglückende Empfindung von Unschuld ging, sie musste sich zusammenreißen, um nicht unkontrolliert loszuzittern, und ohne dass sie etwas dagegen hätte tun können, nahm sie wahr, dass sie zu masturbieren begonnen hatte, eine Hand zwischen zusammengepressten Oberschenkeln, die andere am Betttuch festgekrallt. Und Julia schlief nicht, sondern legte sich dichter neben sie und führte Ceciles Hand an ihr Gesicht, völlig unspektakulär, sie knutschten verhalten rum, zogen sich aus, ohne sich dabei anzugucken, begannen ernsthaft aneinander rumzufummeln und glichen das, was sie taten, unabhängig voneinander und ohne es zu wollen, mit den standardisierten Vorgängen aus Lesbenpornos ab. Es war die typische Annäherung zweier Frauen ohne homosexuelle Tendenzen, weswegen sie am nächsten Tag auf die Frage »Und, hattet ihr Sex?« nur antworten würden: »Ähm, nicht so richtig.«.

Es war schwer zu sagen, ob eine der Beteiligten dabei einen Orgasmus hatte, wohl eher nicht, trotzdem breitete sich ein tranceartiger Zustand von Vertrautheit aus. Irgendwann sahen sie sich versehentlich in die Augen, wussten, dass etwas Derartiges zwischen ihnen nie wieder passieren würde, und konnten eine halbe Stunde nicht aufhören zu lachen. Dann stellten sie sich nackt ans Fenster, teilten sich eine Zigarette und sahen sich zum ersten Mal seit Ewigkeiten in der Finsternis die Sterne an.

Julia sagte: »Psychedelic!«

Und Cecile sagte: »Ja. Ehrlich gesagt hab ich völlig vergessen, was da oben so abgeht.«

Als Cecile am nächsten Morgen aufwachte, war ihre Bettdecke halb auf den Boden gerutscht, Julia stand bereits vorm Spiegel, mit der einen Hand schminkte sie sich, in der anderen hielt sie ihr Handy und erklärte einer Person, die scheinbar Ronny hieß, irgendetwas zur Reinigung von Daunenjacken.

Es war 12:42 Uhr, 8 Grad draußen, in ihrem Traum hatte Cecile 132,50 Dollar für Meissener Porzellan ausgegeben und sich 10,5 Stunden lang nonstop Ray Charles reingeballert, in der EU würde es diesen Monat 347 Verkehrstote geben, vor ihr lagen 2 Kekse, es war das Jahr 2012, sie war 17 Jahre alt, Marie Antoinette wäre nächsten Monat 252 geworden, zusammen machte das 2835, und Cecile ging raus, durch die

Stadt, eine Art Dschungel aus Metall, stand sediert an Straßenecken rum und sah ein paar Jungs dabei zu, wie sie irre schlecht breakdancten. Dann ging sie zurück nach Hause, die Glühbirne im Flur war kaputt, und stolperte über einen zwei Meter langen, horizontal in zwei Hälften geteilten Kaktus.

14

Auf Julias mehrere Tage später gestellte Frage, ob Cecile Geld habe, antwortete sie nicht, sondern hob die letzten tausend Euro von ihrem Konto ab und tat sie in die kollektiv verwaltete Haushaltskasse. Ohne dass sich auch nur ein einziger der Involvierten jemals mit dem Konzept einer Kommune auseinandergesetzt hatte, funktionierte das Modell unter ihnen hervorragend. Das Geld wurde geteilt, die Klamotten, das schlecht zubereitete Essen, einfach, weil es für alle Beteiligten praktisch war und keiner von ihnen auf die Idee gekommen wäre zu lügen. Es sollte damit kein Statement gesetzt werden, es hatte sich einfach so ergeben. Es lebten zwischen neun und elf Leuten hier, von einigen kannte Cecile nicht mal die Namen. Wenn jemand eine Lederjacke anhatte, war das nicht mehr das Hoheitszeichen jugendlicher Rebellion. Es hatte nichts mehr mit Marlon Brando zu tun, der präzise eine Haltung ausformuliert, indem er mit seiner Motorradgang mehrere Kleinstädte zertrümmert. Was sie trugen, spielte mit Bezugnahmen. Adrette Seitenscheitel, Bomberjacken, Rock 'n' Roll zitieren, die chauvinistischen Überbleibsel aus der Hippiezeit verachten. Die Mod-Haltung. Der Skinheadstammbaum. Der Punk. Das mit Sektfrühstück zu assoziierende Yuppietum. Die Statements gingen ineinander über und wurden zu einem Querschnitt aller je dagewesenen Jugendbewegungen.

Cecile schlief viel. Wenn Julia nicht da war, und tagsüber war sie das so gut wie nie, traute sie sich selten aus ihrem Zimmer raus. Sie verbrachte mehrere Tage am Stück im Bett. Von dem Elefanten erzählte sie niemandem. Irgendwann, sie wusste selbst nicht, wie viel Zeit seit ihrem Einzug vergangen war, stand sie apathisch vor dem Stromkasten im Flur rum und spielte zum ersten Mal mit dem Gedanken, in dieser Ansammlung von an Peace und finanzieller Enthaltsamkeit interessierten Gleichaltrigen den Rest ihres Lebens zu verbringen, sich also endgültig für Drogen und den gradlinigen Verlauf einer halbwegs berechenbaren Existenz zu entscheiden. Zwanzig Sekunden später hörte sie jedoch jemanden aus dem Nachbarzimmer mehrmals hintereinander ›Spermafotze‹ kreischen und schlug sich die Idee schnell wieder aus dem Kopf. Als sie das Wohnzimmer betrat, um zu sehen, was passiert war, hatten sich bereits Aram und zwei andere um Mike, den Halbisländer, versammelt, der nicht nur Spermafotze geschrien, sondern das Wort auch mit Lippenstift über die komplette Wand geschmiert hatte. Keiner konnte sich erklären, warum, er selbst in seinem kümmerlich erschöpften Zustand am allerwenigsten. Er ging raus, joggte zwei Runden um den Block und hackte danach im Garten Holz. Eigentlich unnötig, das Haus war weit davon entfernt, einen Kamin zu beinhalten. Als er zurückkam und nur noch Cecile da war, sie saß vorm Fernseher, erzählte er ihr völlig entfesselt, dass er seinen Vater vermisse, der an seinem zwölften Geburtstag mit einer anderen Frau nach Australien abgehauen war und seitdem auf keinen seiner Briefe je reagiert hatte. Er erzählte, wie sein älterer Bruder ihn mal mit einer Axt verfolgt hatte und er sich aus dem Fenster seines Kinderzimmers hatte abseilen und in Kellern übernachten müssen. Und dass er, weil alle immer gedacht hätten, dass er sowieso log, wenn er von zu Hause erzählte, sich ständig als Chefarztsohn ausgegeben hatte. Cecile verstand den Zusammenhang nicht ganz, konnte das aber nachvollziehen. Am meisten rührte sie seine Geschichte von der Kiwi. Er erzählte, wie er einmal, mit acht oder so, bei einem Freund zum Mittagessen eingeladen war und als Nachtisch eine Kiwi serviert wurde, so was hatte er noch nie zuvor gesehen. Neben der aufgeschnittenen Kiwi lag ein Löffel, weshalb er kombinierte, dass er das Innere der Kiwi auslöffeln musste. Das Weiße in der Mitte ließ er übrig, und als ihm die Mutter höflich besorgt erklärte, dass er das Weiße ruhig mitessen könne, sagte er, dass er das wisse, »aber das Beste lass ich mir immer für zum Schluss«.

Inzwischen war Mike vierundzwanzig und bis zum Hals zutätowiert, sein ganzer Körper war von klassischen Motiven überzogen, die keine Abziehbilder waren, und logischerweise arbeitete er als Tätowierer. Cecile fing grundlos eine Affäre mit ihm an. Es war unkompliziert, fünf Minuten nachdem sie ihm in Julias Zimmer eine Platte vorgespielt hatte, war er über sie hergefallen, so wie er über jedes andere Mädchen hergefallen wäre. Er fickte genauso, wie man sich das vorstellte, es war irgendwie reibungslos, und wenn währenddessen der Lattenrost durchgeboren wäre, hatte er angefangen zu lachen, wäre in den Keller gegangen, um eine Bohrmaschine zu holen, und hätte es in Windeseile so fachmännisch stabilisiert, dass man ein Auto darauf hätte abstellen können. Und weil er gerade schon dabei wäre, hätte er dann auch gleich noch die Gardinenstangen vernünftig angebracht und eine Lampe repariert. Manchmal schickte er ihr Handyfotos davon, wie er halbnackt vor einer Sonnenbank posierte oder auf einer Harley-Davidson saß, die jemand in der Innenstadt geparkt hatte. Er meinte das todernst.

Er mochte sie, sie mochte ihn irgendwie auch. Sie aß weniger als sonst. Sie aß fast nichts mehr. Und jedes Mal wenn sie mit ihm geschlafen hatte, blieb stundenlang eine Art niederschmetterndes Misstrauen gegenüber ihrem eigenen Körper zurück. Sie sah sich im Spiegel und wusste, dass sie nicht mehr nur mager, sondern ekelhaft war. Meistens trug sie mehrere Sweatshirts übereinander, um nicht als anorektisch neutralisiert zu werden. Sie hatte ganz klar vor Augen, dass sie erstens scheiße aussah und ihr zweitens Haare an Stellen wuchsen, an denen sie keine wollte. Es ging um eine Art letzte Kontrollinstanz. Um eine beruhigende, tagesstrukturierende Gewohnheit, sich aufs Gramm genau bewusst zu sein, was sie sich an Nahrung zugeführt hatte, und die Fähigkeit, diese Menge Woche für Woche weiter zu reduzieren.

Am Abend des ersten Wintertages, die Bewohner des Hauses nahmen gerade auf den im Erdgeschoss verteilten improvisierten Sitzgelegenheiten irgendeine Matsche ein, unterhielten sie sich über nichts anderes als die Scheißkälte, und irgendwann schlug Julia vor, nach Italien auszuwandern.

Alle nahmen diesen Vorschlag sehr ernst und dachten schweigend nach, ob sich ein derartiger Cut in ihrem Leben gerade einrichten ließe. Pauline sagte als Erste etwas. Sie wollte zwar nicht mitkommen, bot jedoch als stilechte Powerbehinderte, so nannte sie sich selbst immer, an, vor ihrer Wasserskiverabredung am nächsten Morgen ein bisschen Proviant für die Fahrt zuzubereiten. Cecile wollte

Pauline fragen, wie das mit dem Wasserski funktionierte, wenn man querschnittsgelähmt war, wurde aber von zwei Skaterjungs namens Murat und Kowalski unterbrochen, die zuerst im Chor »Geil, Italy!« riefen, sich dann aber gegenseitig darauf aufmerksam machten, dass ihre Freundinnen ihr Abitur noch nicht hatten und sie ohne die nirgendwohin konnten. Artur, der Pole, sagte: »Fucking hell, ich hasse Italien. Ich hasse überhaupt alles, da müssen wir gar nicht drüber reden.«

Noch am selben Abend schmissen vier Menschen wahllos Zeug in ihre Taschen, während sich Cecile seelenruhig *Indiana Jones* im Fernsehen ansehen konnte, weil sie ihre nie ausgepackt hatte. Und am nächsten Morgen verfrachtete sie mit Julia, Aram und Mike, der grundsätzlich das tat, was man von ihm wollte, und einer Freundin von Pauline, die am vorigen Abend zufällig zu Besuch gewesen war, ihren Scheiß in Arams Volvo. Alexandra war Mitte dreißig und hatte die Stimme einer Vierjährigen. Sie war mal Vorsitzende des Kleinwüchsigenverbandes gewesen, lebte inzwischen von Vollbehindertenrente und hatte erklärt, dass ihr der Italienvorschlag auf ihrer Suche nach neuen Herausforderungen gerade recht komme. Sie fuhren los. Es war alles sehr unspektakulär. Nach und nach gingen die Fensterläden des Hauses auf, ihre verschlafenen Freunde steckten die Köpfe raus und winkten sich dumm und dämlich, bis das Auto nicht mehr zu sehen war. Wenige Minuten später würden sie entweder weiterschlafen, sich mit Magisterarbeiten über die Photosynthese auseinandersetzen, *Wer wird Millionär* im Internet spielen oder sich dem Zubereiten von mit Haschisch versetzten Krümelmonstercupcakes widmen.

Zuerst fuhren die fünf bei Arams Mutter vorbei, die zwei Straßen weiter in einem Haus lebte, für das ihr Mann damals seine Lebensversicherung aufgelöst hatte. Kurze Zeit nach der Fertigstellung war er jedoch in eine Kreissäge gefallen, fast verblutet und nach seiner Genesung vor lauter Versicherungsschulden und Erweckungserlebnissen mit seiner Logopädin nach Gran Canaria abgehauen. Seitdem war Arams Mutter der typische Fall einer zittrigen Medikamentenabhängigen. Ihre Schultern waren eingefallen und halb so breit wie ihr Arsch, dünne Ärmchen, ein starrer Silberblick. Als sie die Tür aufmachte und die schwer einzuordnende um ihren Sohn gruppierte Ansammlung von Freaks erblickte, inklusive Julia, die einen Fuchsschal zu einem durchsichtigen Chiffonhängerchen unter ihrem Mantel trug und ihr von Aram hektisch als seine Freundin vorgestellt wurde, machte sie die Tür einfach wieder zu, wenn auch sehr langsam.

Aram seufzte, bat die anderen, draußen zu warten, und sprang über den Zaun, um das Haus durch die Hintertür zu betreten. An seinem Rücken sah Cecile, wie traurig er war. Die anderen setzten sich auf die zur Tür führenden Treppenstufen und fingen an Witze zu erzählen. Cecile kannte die besten. Als sie den von der Rosine erzählte, die von einer anderen Rosine gefragt wird, warum sie einen Helm trägt, und antwortet: »Bist du verrückt, es ist halb sechs, wir müssen in den Stollen«, mussten alle sehr lange lachen. Danach erzählte Alexandra davon, wie sie mal in einer Villa in Los Angeles die Tür aufgemacht hatte und davor Pierce Brosnan nur mit Federschmuck bekleidet aus einer riesigen Torte hüpfte, »So tell the girls that I am back in town« singend, was zwar nicht stimmen konnte, aber unterhaltsam war.

Als Aram wiederkam, zwanzig Minuten später, hatte er ein Paket in der Hand. Julia stürmte auf ihn zu, sprang ihm in die Arme und fragte besorgt, was seine Mutter gesagt habe.

»Dass ich das hier zur Post bringen soll«, sagte Aram völlig neutral.

»Sonst nichts?«

Aram überlegte fieberhaft.

»Doch.«

Julia wartete gespannt, und er fuhr fort: »Dass irgendeine ihrer Großcousinen den Knigge-Erben geheiratet hat und jetzt auf dessen Trüffelfarm nach Griechenland gezogen ist.«

Julia guckte skeptisch.

»Könnte der Extremfall eingetreten sein, dass sie nicht mitgekriegt hat, dass du, keine Ahnung, nicht mehr zurückkommst?«, fragte Alexandra.

»Nein«, sagte Aram.

Julia: »Und war sie nicht in irgendeiner Weise, wie soll ich sagen – betrübt oder so?«

»Doch, bestimmt. Aber ich glaube, sie kann das halt einfach nicht so gut zeigen.«

Julia fuhr ihm durch die Haare, währenddessen sah sie panisch zu Cecile. Cecile zuckte mit den Schultern und hakte sich an Arams anderer Seite ein. Dann kauften sie im Supermarkt drei Packungen Toast und Billiggouda.

Das sogenannte Elternhaus von Mike befand sich am Stadtrand und war ein heruntergekommener ehemaliger Bauernhof. Cecile wurde von jemandem, dessen Funktion sie nicht kannte, dazu aufgefordert, ein neugeborenes Kälbchen zu benennen. Sie sah es und wusste, dass es Marianne heißen musste, hatte aber keine Ahnung, warum. Was sie nicht wusste, war, dass es sich in zwei Wochen als Junge rausstellen und wegen seines Namens für den Rest seines Bullenlebens von Mikes Brüdern als Schwuchtel bezeichnet werden würde.

Neben dem Kamin in der Stube, der offensichtlich seit Jahren nicht benutzt worden war, stand ein Fernseher, in dem eine DVD mit Kaminfeuer-Visuals lief. Mikes Eltern waren niedlich, aber wie die Ausgeburt von Kleinbürgerlichkeit. In einer braun gefliesten Küche wurden Kaffee und Kuchen serviert. An den Wänden hingen gestickte Bilder von Landschaften. Die Mutter erzählte stundenlang vom Tod ihres Hundes und wie sich die Katzen zu einer Art Abschiedszeremonie im Kreis um seine Leiche versammelt hatten. Irgendwann brach aus Mike die nicht sonderlich gefühlvoll formulierte Aussage hervor, dass er auf dem Weg nach Italien sei und sich verabschieden wolle, woraufhin seine Mutter hysterisch zu schluchzen begann und sein Stiefvater einen aus Fernsehserien übernommenen Wutausbruch fakte. Er stand auf, raufte sich mit dem Rücken zu ihnen die Haare, drehte sich etwas zu schnell wieder um und schrie etwas, das bedeuten sollte, dass Mike ohnehin der nutzloseste der Jungs gewesen sei und er sich nicht mehr zu blicken lassen brauche, wenn er jetzt gehe. Mike stand auf, sah sich verwirrt um und ging. Die anderen folgten ihm und murmelten verhaltene Verabschiedungsfloskeln. Auf der Fahrt redete er noch weniger als sonst, genau genommen gar nicht, und guckte phlegmatisch aus dem Fenster. Cecile meinte das nicht böse, hielt ihn aber wirklich für dumm. Sobald sie in sein Gesicht blickte, sah sie, was in seinem Gehirn abging – im Kreis laufende Entchen, die »dumdidum« sangen, ab und zu unterbrochen von einem Cheeseburger. Sie hörten »Eleanor Rigby« von Ray Charles auf Repeat, nach zwei Stunden konnten alle den Text und sangen mit, sie öffneten die Fenster und das Schiebedach, lehnten sich raus wie in Neunziger-Jahre-Filmen und winkten den Leuten auf der Straße bei einer Songzeile, in der es um die Frage ging, woher all die einsamen Menschen kämen, hysterisch zu. Irgendwann legte Mike seinen Arm um Cecile und fragte, woran sie gerade dachte. Cecile antwortete, »ehrlich gesagt, an Hermès-Aschenbecher«, und Mike nahm seinen Arm wieder weg.

Es war bereits dunkel, als sie in einer kleinen Stadt im Schwarzwald ankamen. Aram parkte den Wagen an dem die Wohnsiedlung vom Stadtpark abgrenzenden Grünstreifen, und alle stiegen aus. Julia lief voraus, es war finster, und sie war erst einmal hier gewesen, behauptete aber, genau zu wissen, wo sie lang müssten. Je näher sie auf die zweistöckigen, mit Weihnachtslichterketten überladenen Neubauten zukamen, desto weniger konnte Cecile glauben, wie rabiat ein sozialer Abstieg aussehen konnte. Obwohl es sich gewissermaßen um ihren eigenen handelte, schien es Julia ähnlich zu gehen. Während sie in einigen Metern Abstand zu den anderen nach der richtigen Hausnummer suchte, schüttelte sie ab und zu ungläubig den Kopf, als verstünde sie erst jetzt, wie groß der Unterschied zwischen mehreren Villen und einer einzigen, vom Jugendamt finanzierten Dreizimmerwohnung am Arsch der Welt sein konnte. Und als begriffe sie erst jetzt, dass das, was sie mal Zuhause genannt hatte, bloß eine Illusion gewesen war.

Als sie den Hausflur zu einem der Gebäude betraten, dachte Cecile an den Eingangsbereich der Ferienvilla in Südfrankreich, in die Julia sie, als sie in der siebten Klasse waren, in den Sommerferien mitgenommen hatte. Sie dachte daran, wie Julias Mutter den beiden von einer sieben Meter hohen Galerie aus zugewinkt hatte, eine Zigarette in der einen, ein Einrichtungsmagazin in der anderen Hand, und dass sie gewirkt hatte, als wäre sie erstens gerade einem französischen Film entsprungen und zweitens unverletzbar, für alle Ewigkeit.

Dann machte jemand die Tür auf, und zwar ein vierzehnjähriges, äußerst debil wirkendes Mädchen in gestonewashten, etwas zu weiten Röhrenjeans, mit zwei schwarz gefärbten Strähnen, die ihr seitlich am Gesicht herunterhingen. Es lächelte, sagte nichts und hüpfte dann mit zwischen ihren Beinen eingeklemmten Händen vom Flur aus ins Wohnzimmer, um sich da vor den Fernseher auf den Boden fallen zu lassen. Julia kratzte sich am Kopf, ihre Mutter rief aus einem uneinsehbaren Raum, es schien sich um die Küche zu handeln, sie habe gerade was auf dem Herd stehen und komme gleich, und nachdem sie alle eine Weile lang auf den violetten Teppichboden im Flur gestarrt hatten, gingen sie ins Wohnzimmer und sahen sich um.

Ab und zu wurde die rudimentäre Einrichtung von einem Überbleibsel aus besseren Zeiten durchbrochen, dem Mahagonitisch, der für den Raum viel zu groß war, der Vitrine mit ausgefallenen Cocktailgläsern und einem echten Damien Hirst an der Wand, der früher auf einem Gästeklo gehangen hatte, das doppelt so viele Quadratmeter gehabt hatte wie die komplette Wohnung. Alexandra sah sich das Bild lange an, aus verschiedenen Positionen und Entfernungen, und als Cecile sie gerade darauf ansprechen wollte, ob sie sich für Kunst interessiere, sagte sie plötzlich: »Krass, man sieht ja voll dünn aus da drin.«

Das vierzehnjährige Mädchen kniete regungslos vorm Fernseher, es lief eine Dokumentation über Wirbelstürme, und tat so, als bemerkte es die anderen nicht. Dann kam Viktoria, Julias Mutter, ins Zimmer. Sie schien zwar innerhalb kürzester Zeit um fünfzehn Jahre gealtert zu sein, sah aber super aus, weil sie strahlte. Sie fiel ihrer Tochter in die Arme. Jedem ihrer Freunde gab sie die Hand, ohne zu fragen, warum die überhaupt mitgekommen waren. Den Style absoluten großbürgerlichen Charmes hatte sie noch immer drauf. Sie lachte auf eine Weise, die Mike überforderte, weil er so etwas nur aus alten Filmen kannte, und trug ein elfenbeinfarbenes Kleid in Leinen-Optik, mit über Kreuz laufenden Drapierungen. Mike wurde rot, er konnte es nicht fassen. Es fand hier eine Art Widerspruch statt, den er noch nicht denken konnte, jedenfalls versteinerte plötzlich seine Miene und er streckte ihr, ohne etwas sagen zu können, eine Sektflasche entgegen, die von seinen eigenen Eltern verschmäht worden war. Daraufhin sagte sie nur: »Lass mal, so ein kleiner Rückfall zur Vorweihnachtszeit wär zwar cool, aber anstrengend.«

Julia sah die anderen an und zuckte mit den Schultern, das Alkoholproblem ihrer Mutter hatte sie wohl zu wenig ernst genommen, als dass sie jemandem im Vorhinein davon hätte erzählen wollen. Zu Cecile sagte Viktoria einfach nur, sie sehe ziemlich scheiße aus – wahrscheinlich, weil sie in Prospekten über Magersucht gelesen hatte, dass man den Betreffenden niemals zu verstehen geben sollte, wie dünn oder besorgniserregend sie wirkten. Cecile war oft genug konfrontiert worden mit den psychologischen Herangehensweisen Angehöriger und nahm das Statement deshalb nicht zur Kenntnis. Nach zwei Sekunden freuten sich beide aufrichtig, einander zu sehen.

Weil das Mädchen vorm Fernseher nicht reagierte, obwohl Julias Mutter sie bereits mehrmals dazu aufgefordert hatte, Hallo zu sagen, ging sie zu ihr, packte sie unter den Achseln, hievte sie hoch und setzte sie zu Julia und ihren Freunden gedreht wieder ab. Das Mädchen grinste verlegen. In seiner Drogenvergangenheit schienen wirklich sämtliche Gehirnzellen draufgegangen zu sein, dachte Cecile, und die anderen dachten dasselbe.

»Sorry, wir wollten dich gar nicht stören«, sagte Julia zu dem Mädchen. Danach gab sie ihrer Mutter mit einer komplizierten Geste zu verstehen, dass sie mal mit ihr reden müsse, und die beiden gingen zusammen ins Schlafzimmer. Die Wohnung war so hellhörig, dass die anderen alles, was da drin abging, hören konnten. Sie guckten sich schweigend mit dem Mädchen die von RTL zusammengeschnittenen Flops und Tops der Woche an, Madonna hatte sich bei ihrer Tour ausgezogen, und irgendwer anders hatte eine kleine Seerobbe aus dem Wattenmeer gerettet. Währenddessen wurde im Nachbarzimmer etwas zu engagiert Wäsche in Schränke gehängt. Julia begann mehrere Male hintereinander einen Satz zu formulieren, brach ihn allerdings jedes Mal vorzeitig ab. »Was ist los?«, fragte ihre Mutter dann irgendwann und ließ den Wäschekorb auf den Boden fallen. Und Julia erklärte detailliert, dass sie weggehen würde und warum.

Nach einiger Zeit kamen sie Hand in Hand zurück ins Wohnzimmer, wischten sich mit exakt derselben genetisch bedingten Geste die Tränen aus dem Gesicht und setzten sich zu den anderen. Viktoria forderte das Mädchen auf, den Fernseher auszumachen und in ihr Zimmer zu gehen, was es mal zur Abwechslung reibungslos auszuführen schaffte. Dann atmete sie tief durch und zündete sich eine Zigarette an.

»Und ihr zieht also alle zusammen nach Italien jetzt?«

Stille.

»Okay, andere Frage: Will eigentlich irgendjemand von euch was essen oder so?«

Alle schüttelten ihre gesenkten Köpfe.

»Habt ihr Durst? Oder müsst ihr aufs Klo?«

Wieder Kopfschütteln.

»Na gut«, sagte sie dann. »Italien ist ein ganz guter Ort für Menschen, die sich in eurer Situation befinden. Nicht, dass ich mir das Recht rausnehmen würde, eure Situation vollständig zu beurteilen, aber ich gehöre inzwischen zu den Leuten, die sagen können, sie waren auch mal jung. War ich halt wirklich. Und Kapitalismus ist Bullshit. Schon immer gewesen. Als ich so alt war wie ihr, habe ich meinen Eltern als Weihnachtsgeschenk Karl Marx mit Kugelschreiber skizziert. Ich konnte nichts, was mit dieser Frühform von Kapitalismus kompatibel gewesen wäre. Und für den Rest meines Daseins im Lebensmittelladen meiner Eltern abgelaufene Milchprodukte in eine große Schüssel zu füllen und als frischen Bauernjoghurt zu verkaufen – nein, das hätte ich nicht hingekriegt. Irgendwann saß ich in unserer Küche, aß etwas, was mir nicht schmeckte, und beschloss, mir einen Freund zu suchen. Es war ein Junge, der etwas älter war als ich und bei uns im Hinterhaus lebte. Er war Krankenpfleger auf einer Art Palliativstation der Psychiatrie. Ich hielt mich für eine große Denkerin. Deshalb führten wir eine, wie nennt man das – vorrangig sexuelle Beziehung.«

An dieser Stelle nickte Mike sehr ergriffen. Aram ließ sich tiefer in seinen Sessel fallen und wirkte, als würde er gerade *Titanic* gucken und auf das Auseinanderbrechen des Schiffes warten. Julia schämte sich ein bisschen. Alexandra warf zwischendurch immer mal wieder einen Blick auf das zum Spiegel umfunktionierte Damien-Hirst-Bild. Cecile wollte einfach nur wissen, wie es weiterging.

»Wenn ich mit meinem Philosophiekram ankam, schnallte er total ab und verließ den Raum«, fuhr Viktoria fort, »aber ich war wahnsinnig verliebt in ihn. Eines Tages eröffnete er mir, dass er am nächsten Tag mit einigen Freunden nach Gomera fahren würde, woraufhin ich mich zu Tode beleidigt in meinem Zimmer einschloss und dort sechs Tage durch heulte. Am siebten Tag kam jedoch eine Postkarte mit der Aufforderung, ihn auf Gomera zu besuchen. Ich stürzte mich in den finanziellen Ruin, indem ich mir ein Flugticket kaufte und zu ihm raste, mit einem Schlafsack, einem Wörterbuch und einem einzigen, ungewaschenen Kleid. Wir verbrachten eine tolle Zeit, frönten der Zweisamkeit, sehr exzessiv und eigentlich total hingerissen voneinander. Nach einer Woche Sex und Strand beschlossen wir, gemeinsam mit zwei seiner Kumpels und einem gebraucht gekauften Schrottauto, in die Türkei zu fahren. In einem kleinen, in den Bergen gelegenen Städtchen, in dem wir uns altmuslimische Festungen angesehen und danach ziemlich besoffen hatten, wurden wir plötzlich verhaftet. Wir mussten auf einem Strich laufen und mit dem linken Zeigefinger unsere Nasen berühren. Danach wurden wir in einen Keller geführt und erkennungsdienstlich in irgendeine Kartei aufgenommen. Es stellte sich heraus, dass uns ein Einheimischer, mit dem wir uns in einer Bar unterhalten hatten, wegen Spionage und Antiquitätendiebstahl angezeigt hatte. Ich habe bis heute keine Ahnung, warum. Der Hauptgeheimbulle, vermutlich der Polizeichef, erlaubte uns zwar, die Nacht in unserem Hotel zu verbringen, schlief aber vor der Zimmertür auf dem Boden, damit wir nicht fliehen konnten. Am nächsten Tag brachte er uns in Handschellen zu unserem Prozess. Auf dem Weg durch das Gerichtsgebäude sahen wir, wie ein zehnjähriger Junge von fünf erwachsenen Männern verprügelt wurde, da er sich angeblich in irgendeiner schamverletzenden Weise der Öffentlichkeit gezeigt hatte. Wir rechneten damit, dass uns dasselbe passieren würde. Stattdessen wurden wir die ganze Zeit nur gefragt, wie viel ein BMW kostet. Zwei Stunden später erklärte uns ein Gerichtsdiener, der den kompletten Prozess über Kohlen in einen Kanonenofen hatte schmeißen müssen, dass wir freigesprochen worden waren und wegen zu erwartender Selbstjustiz so schnell wie möglich das Dorf verlassen sollten. Noch am selben Abend kamen wir in Istanbul an, wo wir in einer Bar vor lauter Schreck und Glück darüber, nicht geköpft worden zu sein, mehrmals hintereinander die Geschehnisse Revue passieren ließen und sie bei jedem Mal extremer ausschmückten. Am Nachbartisch saß eine Türkin in unserem Alter, die drei Jahre in Deutschland Architektur studiert hatte und deshalb ein Gespräch über Jefferson Airplane mit uns anfing. Sie wurde relativ schnell zu meiner besten Freundin. Sie hieß Remzie und konnte Karate. Weil wir nichts Besseres zu tun hatten, fuhren wir mit Remzie in das Dorf, in dem ihre Großmutter lebte. Lehmpfade, Teppiche, es gab viele Schildkröten. Ich und der Junge schleuderten uns bei fast jedem Sonnenuntergang die unglaublichsten Liebesschwüre entgegen. An irgendeinem Nachmittag saßen wir zu sechst, also wir vier westdeutschen Hippiekinder, Remzie und ihre Großmutter, im Außenbereich eines Restaurants. Einige Meter von uns entfernt lag ein kleiner dreibeiniger Hund in der Sonne, der uns die ganze Zeit über ansah. Dieser Hund war irre cool und folgte uns den kompletten Tag lang überallhin. Wo immer wir uns niederließen, setzte er sich in unsere Nähe, selbstverständlich mit gebührendem Abstand und nicht im Geringsten anbiedernd. Irgendwann gingen wir zu unserem Auto, um ins Nachbardorf zu fahren, und der Hund rannte dem Auto wie verrückt hinterher, bis er am Horizont verschwand und wir ihn nicht mehr sahen. Zwanzig Minuten später kamen wir an, weitere fünfundvierzig Minuten nach uns plötzlich der Hund, völlig außer Atem, als hätte er uns als neues Rudel auserkoren. Es war unglaublich. In dem Moment, in dem wir beschlossen ihn zu behalten, kam ein Pickup vorbeigefahren, und ein Mann stieg aus, um den Hund einzusammeln. Wir konnten nichts tun. Und mein Freund, man höre und staune, heulte zwei Tage lang durch deshalb. Wir blieben fast ein halbes Jahr in der Türkei. Und taten nichts anderes als kiffen, ficken und rumfahren. Ehrlich gesagt, war das die beste Zeit meines Lebens.«

Dann schwieg sie. Alle warteten darauf, dass sie weitererzählte, das tat sie aber nicht.

»Und dann?«, fragte Mike. »Haben Sie ihn geheiratet?«

Julias Mutter lachte. »Geheiratet? Um Gottes willen, nein. Geheiratet hab ich zehn Jahre später, und zwar jemanden, der ein bisschen zu früh gestorben ist, shit happens.«

Sie griff nach der Fernbedienung und machte die Glotze wieder an. Fünf Minuten lang starrte sie da rein und dann plötzlich unvermittelt in Julias Gesicht.

»Egal, was passiert, egal ob du jemanden ermordest oder dein Boyfriend zur Mafia geht oder du schwanger wirst oder heroinabhängig, du kannst immer wieder zurückkommen, bitte merk dir das. Immer. Ich erwarte nichts. Zieh deinen Scheiß durch, ich weiß, dass du das hinkriegst, probier alles aus, meld dich nicht zu oft bei mir, und komm zurück, wenn du nicht mehr kannst. Ehrlich gesagt hätte nichts Besseres passieren können, oder? Stell dir vor, du wärst eins von diesen verwöhnten Yuppiekindern geworden, das zum achtzehnten Geburtstag keine Freiheit, sondern nen Karibikurlaub geschenkt kriegen will, o Gott, ich würde dich hassen.«

Dann lachte sie, und Julia fiel ihr in die Arme und fing an zu heulen. Cecile fing auch an zu heulen. In das Zimmer von Julias kleinem Bruder, der gerade beim Footballtraining war, stellten sie zum Abschied Arams alte Hantelbank. Als sie die Wohnung verließen, wurden sie alle gleichermaßen energisch von Viktoria umarmt, Cecile und Julia heulten noch immer und würden damit auch die folgenden zwei Stunden nicht mehr aufhören, und Alexandra sagte, dass das hier eine Reise für junge Leute sei, dass sie sich für heute Nacht ein Hotelzimmer und am nächsten Morgen den ersten Zug zurück nach Worms nehmen würde. Sie fragte, ob sie in Arams Zimmer einziehen dürfe, der »Klar« antwortete, sie auf die Stirn küsste und plötzlich auch anfing zu heulen, aber wirklich komplett ohne zu wissen, warum, und alle mussten lachen.

Nachdem sie Mikes bei einer Tombola gewonnenes, wie ein VW-Bus angemaltes Fünfpersonenzelt aufgebaut hatten und Julias Anorak in der Gaskocherflamme Feuer gefangen hatte, nachdem sie alle unter einem verhangenen Sternenhimmel eingeschlafen und am nächsten Morgen weitergefahren waren, in einer Raststätte Spiegelei auf Brot mit Reis gegessen hatten, ohne zu bezahlen, abgehauen waren und danach statt Ray Charles plötzlich vierzigmal hintereinander »Gimme more« von Britney Spears gehört hatten, parkten sie irgendwann an einem Strand in der Nähe von Florenz und stiegen aus dem Auto. Es war eiskalt und dunkel, Cecile sah in den Gesichtern der anderen, dass sie glücklich waren. Sie zitterten, teilten sich die letzte Zigarette und starrten zwanzig Minuten lang auf eine schwarze tiefe Fläche, die wahrscheinlich das Meer war.

Was hab ich zu diesem Zeitpunkt eigentlich gemacht? Entweder argentinisches Rindfleisch gegessen, ferngesehen oder versucht eine Pradatasche beim Flippern zu gewinnen, mir hatte nämlich mal jemand erzählt, dass das an dem Automaten in einem bestimmten Kreuzberger Nachtlokal tatsächlich möglich sei. Aber es geht hier nicht um mich, es geht um Minderjährige in Extremsituationen.

Um es mit den Worten von Azealia Banks zu sagen:

»They only want you when you're seventeen, when you're 21, you're no fun.«

15

Whatever, dachte Cecile vier Wochen später, und zwar in Bezug auf einiges. Venedig. Zusammen mit Aram und Julia saß sie in einem kleinen Restaurant und bestellte auf Italienisch drei Hummer ohne Beilagen, es war ihr Geburtstag, aber niemand wusste davon.

»Also«, sagte Julia zu der sich gewissenhaft aufrichtenden Cecile und fuhr dann folgendermaßen fort: »Die Frau heißt Irina, über fünfzig, sie sieht aus wie ne Sekretärin. Nicht im Geringsten hot. Es gibt ja diese eindeutigen, angeheirateten Frauen, wo du direkt siehst, dass das eigentlich die cool cats sind, die auch den dazugehörigen einflussreichen Typen cool machen.«

»Ja«, bestätigte Cecile.

»So«, sagte Julia. »Und dann gibt's Frauen, wo du siehst, das sind die, die ihn so bescheuert *tragen.* Das sind nicht die Coolen, sondern die *tragen* den so, schmieren Brote et cetera.«

»Ja.«

»Und genau das ist die Differenz bei solchen Erfolgs- oder vielmehr solchen Typen, die vorne, was heißt vorne, mit dabei, also präsent sind erst mal. Und Irina ist eben genau so eine, die trägt. Merk dir bitte alles, was ich hier sage, wenn du das genügend verinnerlichst, wirst du sie auf der Stelle erkennen, egal ob sie inzwischen die Haare rot hat oder ein Mann ist. Das letzte Mal als ich sie sah, waren wir bei so einer Art Empfang der russischen Superreichen, wo es aber nur Billowodka umsonst gab, irre kleinbürgerlich, ehrlich gesagt. Irina hatte eine Freundin dabei, und die hat sie dann an der Hand genommen, und zusammen hüpften und kicherten die plötzlich rum wie so kleine Mädchen.«

»O Gott, wie furchtbar.«

»Nein, es war gar nicht furchtbar. Was ich daran mochte, war, dass – ach, keine Ahnung, ich muss vorne anfangen, da waren ja außer uns nur steinalte Menschen. Aram und ich haben die Altersquote komplett runtergesetzt, die anderen waren fünfzig plus, hauptsächlich Frauen. So. Und Irina hatte ein unmögliches Outfit an, fünfzig verschiedene Paillettenaufdrucke, Emma Stone in völlig durchgeballert, in Tannenbaum quasi. Auf jeden Fall sind Irina und ihre Freundin, die dieses Mal definitiv wieder mit dabei sein wird, irgendwo langgegangen. Und ich hab die so gesehen, und die hätten jetzt Opium nehmen oder darüber reden können, wie ihre beiden Lover, mit denen sie gerade ihre Ehemänner betrügen, was für geile Schwänze die haben, weißt du, also so haben die gelacht. Das war ganz cool, das war nicht blöd. Das war eher so, dass ich dachte: Wow, ihr seid irgendwie ganz geil. Zumal daneben ihre Ehemänner standen, dieser hässliche Großindustrielle, ganz klein, in einen Schal eingewickelt, und neben ihm der Typ von der anderen, ein komischer Florentiner, der zwei Meter zehn ist oder so ne Scheiße, beide irre reich, einer winzig, einer riesig, und beide total verzweifelt dabei, ihren Girls hinterherzugucken, die gerade ganz offensichtlich über megadicke Dildos redeten. So war das.«

»Und wie genau sieht sie jetzt aus?«

»An dem anderen Abend trug sie so ein bissiges Missonikleid. Dazu passend, aber das ist dann halt typisch italienisch: ne braune blickdichte Strumpfhose und so kleine Mary Janes, weißte, mit Fesselriemen. Wo ich auch dachte, ey, du bist so Banane, du kannst dir alles kaufen. Warum hast du nicht wie die Alte rechts neben dir so ein komplettes Pradaoutfit an, warum nicht? Egal, ob du es kapierst oder nicht, scheiß drauf, sähe tausendmal besser aus. Aber nein, stattdessen ein Strickkleid. Abends. In unhot. Mit brauner Strumpfhose. Burgundy wahrscheinlich sogar noch. *Herbstcoloris.*«

»Fucking hell.«

»Und noch nicht mal ein elegantes Gesicht, sondern die könnte auch irgendwie die ausgelernte Fachverkäuferin von Fleischartikeln sein, die fragt: ›Noch ein Scheibchen Mortadella?‹«

»– und dir die dann so hinwedelt, als sei es ein oller Lappen.«

»Mit *einem* Pistazienstück.«

»Genau. Das aber schon rausgefallen ist. Zumal das ja immer das Beste war an Mortadella, das rausgefallene Pistazienstück.«

»Horror.«

»Und die andere Tussi, auf die ich achten soll? Von der brauch ich auch noch ne präzise Beschreibung.«

Aram sagte: »Okay, dann hol ich mal die Rechnung.«

Und Cecile sagte: »Au ja, bitte. Also, die andere, wie sah sie aus?«

»Mmh, die andere«, sagte Julia. »Ah, Scheiße, wie kann ich das beschreiben, meine Tante hast du ja mal kennengelernt, kannst du dich an diesen grünen gestreiften, komischen Kackkunstgewerbemantel erinnern, den sie damals trug?«

»Äh, ja, also, nein.«

»Aber du weißt, worauf ich hinauswill, wenn ich sage: nicht Wolle und auch nicht Filz, sondern – aus nem festeren Material, das man auch nie versteht und das grundsätzlich so leicht gestreift ist und so leicht glänzt und irgendwie potthässlich.«

Cecile und Julia kehrten an dieser Stelle sozusagen in sich und dachten fieberhaft nach, um was für ein Material es sich handeln könnte. Dann kam Aram irgendwann zurück und hatte Angst, was verpasst zu haben.

»Scheiße, ich war nicht dabei, erzähl noch mal«, sagte er, während er sich wieder hinsetzte und über den Tisch zu ihnen beugte.

»Vielleicht kannst du das Material benennen, ich nenn's gerade Kunstgewerbemantel, es ist so ein komisches, fast wie …«

»Tencel!«, schrie Aram.

»Hä?«, schrien Cecile und Julia im Chor und guckten danach reflexhaft über die Schulter der jeweils anderen, um sicherzugehen, dass sie nicht zu viel Aufmerksamkeit erregt hatten. Hatten sie zwar, aber auch das war längst egal, die Eltern zweier seitengescheitelter arischer Zwillinge guckten strafend, but they didn't give a fuck. Der andere Gast des Restaurants war eine Engländerin unter dreißig, die das Alleinreisen ganz offensichtlich hatte verrückt werden lassen. Sie steckte in einem festlichen blauen Seidenkleid und bat die Kellner einen Tick zu hysterisch darum, sie erstens vor der Leuchtreklame des Restaurants zu fotografieren und zweitens die Schalen der von ihr verzehrten Austern als Andenken einpacken zu lassen.

Aram: »Tencel heißt das, glaube ich. Sprecht ihr über ein eng anliegendes Oberteil?«

Julia: »Nein, über einen Mantel, der irgendwie so rüberhängt. Das Material wirkt fast wie Bast. Und ist meistens gestreift.«

Aram: »Dann ist das irgend so eine Leinenabart.«

Julia guckte skeptisch.

»Genau, Hanf, so arty Kunstmarktshit eben, ich kann's mir vorstellen. Und die Haare?«, sagte Cecile.

»Na ja, sie war jedenfalls dick, also so wirklich dick, sodass man es sah, und ganz klein.«

»Wie klein? So klein wie Alexandra?«

»So klein wie ich, muss ich zu meiner Schande gestehen, also eins sechzig.«

»Bist du völlig beschissen? Du bist nicht klein.«

»Ja, ich weiß, egal. Jedenfalls. Die Haare. Eine Frisur, die vom Mittelscheitel gewellt auf die Schultern hinabhing, schwarzer Ansatz, ansonsten blond, sah kacke aus, aber ganz reine Haut, hat man eh in dem Alter. Leicht aufgedunsen. Brille auf. Wie gesagt, wirklich winzig. Und ähm. Das war's auch eigentlich schon. Habt ihr ein Bild vor Augen?«

»Ja klar, aber –«

»Wo ist denn mein Mascara, zur Hölle.«

»– wie ist denn der Look, Julia, also, assoziativ? *Wer* war das?«

»Ähm, warte. Ja. Meine Geschichtslehrerin, weißte, tut mir leid.«

»Trug sie dann auch so ein dämliches H&M-Pseudoseidending mit leichtem U-Ausschnitt?«

»In Glanz? O Gott, ja, fies diese Dinger, genau so, du scheinst es erfasst zu haben.«

»Fucking hell.«

»Sagtest du bereits.«

»Und was genau soll ich jetzt machen, wenn ich eine von denen tatsächlich erkenne?«

»Du lotst sie nach draußen und knallst sie ab. Nein, verdammt, du sagst ›Hey Osterhase‹.«

»Stilechtes Codewort.«

»Und dann, dass du was dabeihast und wie viel. Der Rest geht von alleine.«

»Sie führt mich durch die Gegend und stellt mir potenzielle Abnehmer vor, toll.«

»Genau. Guck mich nicht so an, du wolltest doch unbedingt arbeiten für dein Geld.«

»Ich beschwer mich gar nicht, ich find's ne völlig dankbare Position. Wie viel nehm ich?«

»Für ein Teil, das ist ein Gramm, zwar nicht ganz, aber das wiegt ja niemand, ähm, hundertfünfzig.«

»Seid ihr völlig durchgeballert?«

»Ich hab dieser Irina irgendwann mal sehr eloquent, in dem Commes-des-Garçons-Anzug, den Mike für dich geklaut hat, tomboymäßig zurechtgemacht mit ner Attitüde, als stünde ich auf sehr viel ältere Frauen, darauf fuhr sie total ab, jedenfalls erzählte ich ihr, Arams Cousinen hätten es als Maulwurf aus Kolumbien geschmuggelt. Und es sei von nem befreundeten Apotheker auf absolute Reinheit getestet worden, das hab ich auch erzählt. Dabei ist es nur derselbe Scheiß, den alle verticken.«

»Und warum hat sie's dir geglaubt?«

»Weil's ihr letztlich egal ist. So wie all den anderen auch.

Lass dir das gesagt sein. Weil sie ne Grenze überschritten haben, hinter der es in einer undefinierbaren ›I could buy the whole world‹-Manier nur noch um Placebo-Effekte geht. Kommst du jetzt mit irgendeinem Schlechtes-Gewissen-Bullshit? Wir tun nix Falsches. Die wollen das. Die wollen verarscht werden, während wir verarschen wollen, und Hummer essen natürlich, das wollen wir auch.«

»Genauso gut könnten wir uns seufzend auf Treppenabsätzen wälzen und ›Geben Sie uns doch das Geld, Sie haben doch so viel davon!‹ schreien, aber das wär weniger produktiv. Hab ich recht?«

Julia antwortete nicht, und Cecile hakte nach.

»Hab ich das nicht schon wieder messerscharf kombiniert? Komm, say yes, say yes.«

»Yes, ich glaube, du hast recht, wenn ich ehrlich bin.«

»Never say sorry.«

»Exactly, mein Schatz.«

»Sollten wir uns die Hummer eventuell einpacken lassen? Als Andenken?«

Alle lachten, standen auf und gingen raus. Es war kurz nach acht, sie liefen durch Venedig, als wären sie dort aufgewachsen, durch diese bläuliche Stimmung zwischen Sonnenuntergang und Dunkelheit. »Wisst ihr, was geil ist? Dass während des Sonnenuntergangs der kurzwellige blaue Anteil des Lichts, also auf dem langen Weg durch die Erdatmosphäre, einfach rausgestreut wird. Zwanzig Minuten lang, jeden Abend, ist der Himmel nur noch das, was auf dem Weg zu uns rausgestreut wurde.«

»Aber müsste der Himmel dann nicht einfach schwarz sein statt blau?«

»Keine Ahnung, hat was mit Ozon zu tun.«

Irgendwann fragte Cecile, ob sie sich jetzt nicht alle einfach am Canal Grande mit Chianti betrinken könnten, woraufhin Aram und Julia antworteten, dass sie das zwar konsequent bis enorm sexy fänden, aber die Arbeit rufe, und dann zitierte Julia noch den von ihr als Vollidiot bezeichneten Graham Greene, der jedoch so fucking right gewesen sei, als er einst schrieb, der Liebende gehe durch die Welt wie ein Anarchist: »Er trägt eine Zeitbombe mit sich.«

»Mon Dieu«, sagte Aram.

»Mein Gott«, wiederholte Cecile auf Deutsch und musste grundlos an einen alten Typen denken, der ihr kurz nach ihrem achten Geburtstag mal auf dem Fußweg zur Grundschule entgegengekommen war und gesagt hatte: »Du kannst mich Opa nennen, wenn mal Not am Mann ist.« Danach hatte er erzählt, wie er und seine sechs Brüder, von denen vier während des Kriegs in U-Booten abgesoffen oder in Gefangenschaft verschollen seien, Weihnachten 1931 kleine, aus Schokozigaretten gebastelte Panzer geschenkt gekriegt hätten.

Zwanzig Minuten später lief Cecile durch eine schmale Gasse, die zum Meer führte, auf die Seitentür eines Hotels zu. Links dahinter der Kanal, rechts die barock-theatralisch inszenierte Fassade einer Kirche. Von weitem sah sie mehrere in einer Schlange wartende Wassertaxis am Anlegesteg des Hotels, der in eine Terrasse überging und von zwei Security-Schränken bewacht wurde. Die Frauen auf den Bötchen trugen Monochromversionen guter Partykleider, die Männer ausnahmslos weiße Hemden. Die Hälfte von ihnen war dazu in der Lage, aus ihren Taschen eine Einladung plus mit dem Namen auf der Einladung übereinstimmende Personalausweise hervorzuziehen, die anderen wurden wieder weggeschickt. Cecile hörte das Echo ihrer eigenen Schritte und sah den Türsteher am Seiteneingang. Ein Gast, der wild gestikulierend telefonierte, bat ihn zwischendurch um eine Zigarette. Er reichte sie ihm, hatte aber kein Feuerzeug. In diesem Moment erfasste Cecile ein Augenblick der Unsicherheit, ihre Beine versagten kurz, und sie musste sich an die Steinmauer lehnen, um nicht zu stürzen. Sie sah auf der Terrasse den vielen kleinen weißen Rechtecken dabei zu, wie sie den zu ihnen gehörigen Girls aus den Motorbooten halfen, im netten Licht bunter Lampionketten, atmete durch, kratzte sich an der Stirn und ging auf die Tür zu. Sie bot dem telefonierenden Typen mit einer aus Vierziger-Jahre-Musicals übernommenen Geste Feuer an. Sie fragte sich, ob Rita Hayworth noch lebte, und wenn ja, ob sie sie vielleicht mal besuchen könnte. Dann stellte sie sich vor dem Türsteher auf, drückte ihr Kreuz durch und dachte fieberhaft an eine Grundsouveränität, mit der ihre Mutter früher in einen Laden gehen und nur mit ihrem guten Aussehen bezahlen konnte. Sie lächelte ihn an, und er machte ihr die Tür auf. Der Mann hinter ihr rannte einfach mit ihr rein, rempelte sie beim Überholen an und murmelte, ohne sich noch mal zu ihr umzudrehen, eine Entschuldigung. Dann lief sie in konstantem Tempo durch einen leeren Restaurantbereich, in dem inzwischen nur noch verwüstete Tische standen, auf die Terrasse hinaus. Der mythische Ruf. Die Stimmen der Menschen, die sich von der Sekunde, in der sie die Glastür zur Terrasse aufmachte, auf dic Sekunde, in der sie sie hinter sich schloss, um ein Tausendfaches verstärkten. Sie ließ ihren Blick durch die

Masse leicht vulgärer Erwachsener schweifen und wurde von einer Art selbstschützender Arroganz erfasst, die ihr in Neonbuchstaben zuzuschreien schien, dass all diese Leute weniger vom Leben verstanden als sie selbst, was, wie sie wusste, großer Quatsch war. Mit Polstern überzogene Rattanmöbel, über Stehtischen hingen Tischdecken, alle hatten ihr Gewicht auf nur eins ihrer Beine verlagert, arrivierter Künstlertreff, und nach acht Minuten erkannte Cecile Irina. Sie hatte eine wasserstoffblonde Ponyfrisur, stand schräg gegenüber am hinteren Ende der Bar und redete mit einigen Frauen, die Julia als »Ü40, arty, I have no lover in my life, because I am too much myself«-Clique bezeichnet hätte. Sie war weniger tussig, als Cecile vermutet hatte, sondern wirkte, als hätte sie als Kind Fußball gespielt, als Teenager Terroristin sein wollen und sich mit Anfang dreißig zufällig in einen reichen Finanzheini verliebt, der im Laufe der Ehe genug Geld gemacht hatte, um die halben Seychellen aufzukaufen. Im Großen und Ganzen stimmte das. Cecile näherte sich den Frauen und vernahm Bruchstücke dessen, worüber sie redeten und was Irina so langweilte. Bikramyoga, Picknickkörbe aus Bast, die Art Basel. Und zu guter Letzt beschwerte sich eine von ihnen den Tränen nahe darüber, dass sie vorige Woche, von der neuen Frau des Chefredakteurs eines Lifestylemagazins, diskreditierenderweise mit »Hallo Zicko« begrüßt worden war, im Vorbeigehen, ausgerechnet während sie sich gerade mit einer ehemaligen DÖF-Sängerin über deren Ferienhaus in Los Angeles unterhalten hatte. Während sie das erzählte, verkrampfte sich ihr Gesicht so sehr, dass Cecile befürchtete, sie werde gleich einen Tourette-Anfall kriegen oder jemandem die Fresse polieren. Stattdessen bestellte sie ein

Glas Primitivo. Und wunderte sich in ihrem mit Seepferdchen bedruckten Makrameeseidenkleid darüber, dass der teurer war als Prestige.

Cecile fand diese Ansammlung so flach und doof und verstand nicht, weshalb sich die meisten Leute so gerne einem derart begrenzten und dümmlichen Habitus verschrieben. Sich ausruhen, in einer schwerfälligen und reizlosen Leichtigkeit, eben ähnlich wie der meschugge Kommentar ihrer Mutter auf Ceciles in grauer Vorzeit am Telefon rhetorisch gestellte Frage: »Ist man verpflichtet, die scheiß Royal Wedding zu gucken? Geh ich recht in der Annahme, dass die einfach nur das wichtigste Vehikel sind, um den Menschen dieser Welt die Lüge zu vermitteln, sie meinten alle dasselbe, wenn sie von Liebe sprechen?«

Gloria hatte geantwortet: »Natürlich muss man die Royal Wedding anschauen. Was Größeres gibt es nicht. Und ob das mit Liebe zu tun hat oder nicht, ist völlig egal.«

Woraufhin Cecile beinahe gekotzt hätte, was ihr inzwischen jedoch irgendwie leidtat. Um es kurz zu halten, Szenen, Allianzen und Gruppierungen im Allgemeinen hielt sie für schlecht. Sie hatte unter gar keinen Umständen vor, da mitzumachen. Sie blieb freundlich, steril und opak. Gleichzeitig realisierte sie, dass ihr die Atmosphäre vage vertraut war und guttat. Und dass die Gäste, ohne dass sie das Mädchen hätten erkennen oder einordnen können, auf ihre Ankunft gewartet hatten. Sie warteten darauf, endlich mal wieder beim Tanzen von der Bar stürzen und sich beide Beine brechen zu können. Sie warteten auf Cecile und die hundert Gramm in kleinen, aus Papier gefalteten Umschlägen verpackte Einzelportionen schlechten Kokains, das die

Spiegelung ihrer Sehnsucht nach Fassungslosigkeit, Panik und Kontrollverlust war. Irina erblickte Cecile, während diese gerade auf sie zulief. Ihre Augen klebten einen Moment zu lang an ihr, dann wandte sie sich jedoch wieder ihren Gesprächspartnerinnen zu. Cecile stellte sich hinter sie, und als Irina sich umdrehte, haute sie lächelnd das mit Julia vereinbarte Codewort raus, welches ihr so unangenehm war auszusprechen, dass wir es an dieser Stelle kein zweites Mal wiederholen brauchen.

Irina strahlte, umarmte sie, drückte ihr links und rechts Küsse auf die Wange und kriegte es sehr unangestrengt hin, so viele Leute zwischen sie und ihre bisherige Gesprächspartnerin drängen zu lassen, dass sie sich nicht mehr auf die beziehen musste. Sie fragte Cecile, was sie trinken wolle, und Cecile tat so, als hätte sie die Frage nicht gehört, woraufhin Irina sie an der Hand nahm und durch eine Gruppe hysterischer, von irgendeinem Professor als Entourage mitgebrachter Kunststudenten nach drinnen zog. Hand in Hand liefen sie durch eine wirklich geile mit Marmor verkleidete Halle auf den Toilettenbereich zu, an vielen Menschen vorbei, die Irina fast alle zu kennen schien, und zwischendurch kicherte sie und sah dabei trotz ihrer endlos langen Haare wirklich aus wie ein kleiner Junge, der sich gerade eigentlich lieber mit Nanotechnologie beschäftigen würde, was Cecile sehr sympathisch fand.

Sie gingen an einer Gruppe alter Männer vorbei. Sie wirkten, als würden sie sich gerade entweder über Milliardendeals oder den Auftragsmord an einem Konkurrenten austauschen, stattdessen redeten sie über Küchen. Über verstellbare Gitterböden, Aluminiumrahmentüren und die pflegeleichtesten Oberflächen. Als sie sich bereits einige

Meter von ihnen entfernt hatten, blieb Irina stehen, drehte sich zu ihnen um und deutete auf einen von ihnen. Sie erzählte, dass sie ihn bei der letzten Kunstbiennale zusammen mit mehreren anderen Männern im Kreis um eine Außeninstallation hatte herumstehen sehen. Die Installation war aus Skandinavien. Ein Swimmingpool, in dem bäuchlings eine menschenähnliche Plastikpuppe schwamm, genauso angezogen wie die Männer. Zuerst hatte sie gedacht, die Typen wären Teil des Kunstwerks, dann erklärte ihr jedoch jemand, dass es sich bei einem von ihnen, genau bei dem, der ihnen gerade gegenüberstand, um einen berüchtigten Mafiosi handelte. »So unfassbar dämlich kann man auch nur sein, wenn man zur Mafia gehört«, sagte Irina.

»Was meinst du damit?«

»Damit meine ich, dass man sein Geld nicht in Kunst und schon gar nicht in Kunst genannte Swimmingpools anlegt.«

Cecile dachte an ihren Elefanten.

Vor den Spiegeln des Waschraums, wieder Marmor, diesmal schwarz, zog sich Irina so lange ihre Lippen nach, bis sie sicher sein konnte, dass niemand mehr da war, der sie zusammen mit Cecile aufs Klo hätte verschwinden sehen können. In der Kabine holte sie Geld aus ihrem Schuh. Cecile holte fünf Umschläge aus ihrer kleinen Lederumhängetasche und merkte, dass sie zitterte. Irina gab ihr hundert Euro zu viel und bestand mit dem mehrmals hintereinander geäußerten Satz »Scheiß drauf« darauf, dass Cecile sie behielt. Dann sagte sie noch mal »Scheiß drauf« und öffnete einen der Umschläge. »Musst du nicht aufs Klo?«, fragte sie Cecile lächelnd. Cecile deutete zuerst etwas verstört ein

Kopfschütteln an, realisierte aber rechtzeitig, dass es sich nicht um eine Frage, sondern um eine Art nonchalanten Befehl gehandelt hatte. Sie nickte langsam, verkniff ihre Lippen zu einem unsicheren Lächeln und kam sich endgültig wie ein konträr zu ihrem eigentlichen Wesen existierender Filmcharakter vor. Sie zog ihre Hose runter und setzte sich aufs Klo. Irina ging in die Hocke, schüttete ein bisschen Koks auf Ceciles Oberschenkel und teilte es mit ihrer Kreditkarte in zwei Reihen. Dann sagte sie lachend, sie finde sie irgendwie ganz süß, und küsste sie auf den Mund.

Cecile musste sich Irina unweigerlich mit verfaulter Nasenscheidewand vorstellen.

Kokain, dachte sie plötzlich, Kokain macht Menschen zu Arschlöchern. Obwohl sie wusste, dass man am auf den Konsum folgenden Tag zu einer quallenartigen, sich in seiner Umgebung auflösenden Masse grauenerregender Selbstverachtung wurde, blieb Cecile nichts anderes übrig, als ihren Gedanken mehrmals zu wiederholen – Kokain machte Menschen zu Arschlöchern, es sorgte für einen Krieg zwischen zwei sich in jedem Wesen vereinigenden Fronten, aus dem nur die Zerfleischung der eigenen Seele hervorgehen konnte. Auf Schärfe folgen Nebelschwaden. Auf Gewissheit folgt die tödliche Furcht vor der Feststellung, dass Herzschläge keinen Sinn haben, und dieser nihilistische Kreislauf entwickelt sich zu einer Hysterie, die die Menschen nicht nur ihr komplettes Umfeld direkt mit zerfleischen, sondern das ganze Leben lang nur noch im Zustand einer absterbenden Hoffnung dahinvegetieren lässt, einer absterbenden Hoffnung auf etwas, das niemand zu benennen weiss.

Kokainsucht ist Harakiri.

Cecile sah einen dramatisch grauen Himmel und Kinder vor sich, die ihre Eltern beim Nachhausekommen apathisch am Küchentisch vorfanden, die Köpfe auf die verschränkten Arme gesunken. Sie sah die Nervenschäden der Säuglinge, deren Mütter während der Schwangerschaft einfach weitergemacht hatten. Sie sah all die Hochstapler und die Sadisten. Und als Irina sie fragte, ob sie die zweite Line wolle, sprach sie einen Satz aus, der, sobald sie ihn geäußert hatte, ein feststehender Entschluss war.

»Ich nehme keine Drogen.«

Irina lachte, fast ein bisschen stolz, stand auf und streichelte ihr das Gesicht.

Als sie wieder draußen waren, setzte sich Cecile auf ein Sofa zwischen der Bar und dem Eingang, hielt ihr Handy ans Ohr und tat so, als würde sie telefonieren. Irgendwann fing sie ein Gespräch mit einem kleinen unbeholfenen Dreißigjährigen an, der von irgendeiner Firma erzählte.

»Und was genau machen Sie da jetzt, in dieser … Firma?«

»Na ja, also, ich bin der Chef.«

»Immerhin.«

Stille.

»Und was macht diese … Firma?«

»Im weitesten Sinne?«

»Ja.«

»Das Internet. Uninteressant.«

Von weitem sah sie in regelmäßigen Abständen Leute auf Irina zukommen, die ihr nach kurzem Smalltalk etwas ins Ohr flüsterten, woraufhin Irina sich zu Cecile drehte und ihr zuwinkte. Innerhalb kürzester Zeit hatte sie die Hälfte des Zeugs verkauft und ein Hermèstuch am Hals, das ihr ein Mann umgelegt hatte, der das am nächsten Morgen bitterlich bereuen würde. Wenn die Leute nach dem Koksen vom Klo zurückkamen, war ihre Haltung eine komplett andere, was sehr interessant zu beobachten war. Und während sich die gerade Linie endgültig auflöste, in die Festigkeit der Zusammenkunft verzweifelter Individuen eine bewusst herbeigeführte unheilvolle Vibration einbrach, verließ Cecile die Terrasse durch den Eingang, durch den sie gekommen war. Sie fühlte sich gottähnlich, inzwischen also wirklich fast wie Rita Hayworth, und fragte den unverändert dort stehen gebliebenen Securitytypen, der sie reingelassen hatte, auf Englisch nach seinem Namen. »Smiley«, sagte er, sie gab ihm die Hand, und er lächelte. Am Himmel zuckten ungeordnete Sternenbündel auf, Feilstaub, wie von einem einzigen Hauch auseinandergetriebenes Platin. Und als würde sie spüren, dass etwas auf sie wartete, so was wie die Aufforderung, eine neue Richtung einzuschlagen in ihrem Leben, beschloss Cecile, nicht direkt nach Hause, sondern noch eine Runde über den Markusplatz am Haupteingang des Hotels vorbei zu gehen. Sie fror und war viel zu dünn angezogen, was ihr egal war, und als sie an der anderen Seite des Gebäudes an der großen, teilweise vergoldeten Glastür vorbeikam, vor der die Kunststudenten gerade mit animalischem Rumgehüpfe rauszufinden versuchten, wer mit wem nach Hause gehen würde, zwanzig Minuten später würde einer von ihnen bereits seinem Kommilitonen den Finger abgebissen haben, musste Cecile stehen bleiben, weil sie jemanden sah, der bedeutender zu sein schien als alle anderen. Neben einem jungen südländischen Typen in Multifunktionskleidung, Kapuze auf, zwei Handys in der Hand, lief eine alte Dame mit Gehstock auf das Hotel zu. Sie trug ein beiges Altfrauenkostüm. Um ihre Haare war ein kariertes Tuch geschlungen. Sie zog ein Bein nach, während das andere, einwandfrei und als würde es normalerweise Strumpfhosenwerbung machen, in einem Louboutinschuh über die Pflastersteine klackerte. Die Erscheinung war nicht plausibel, etwas stimmte nicht, außerdem trug sie eine Sonnenbrille, und ihr buckliger Rücken sah aus, als könne sie ihn jederzeit durchdrücken. Die anderen vor der Tür waren zu betrunken oder zu unaufmerksam, um zu realisieren, wer sich ihnen da näherte. Hinter der Frau und ihrem Begleiter lief in einem Meter Abstand ein Mann, der nur ihr Bodyguard sein konnte. Die drei gingen durch die Tür, an der mehrere Angestellte so devot auf sie reagierten, dass sie beinahe übereinander stolperten. Und als die Glastür hinter ihnen zugegangen war, als die Frau dem Bodyguard ihren Stock in die Hand drückte und sich derart elegant streckte, als wäre sie unter fünfzehn, erkannte Cecile, wer sie war. Madonna. Madonna, die sich, um nicht erkannt zu werden, als alte Frau verkleidet hatte.

Sie starrte lange auf die Tür. In ihr breitete sich das rabiate Gefühl aus, das sich einstellt, sobald man Leuten begegnet, denen man aufgrund ihrer allumfassenden Berühmtheit einen anderen Zugriff aufs Leben und die Welt unterstellt. Cecile musste sich zwingen, weiterzuatmen, ihr Herz explodierte fast. Sie starrte auf die Tür, sie starrte da einfach nur hin, und stellte irgendwann erschrocken fest, dass sie da durchgehen wollte.

Sie rannte nach Hause. Die kleine Pension befand sich an der Accademia, dreißig Minuten von der Innenstadt entfernt, und sie rannte die komplette Strecke, ohne Zeit dafür zu haben, sich zu wundern, woher sie die Kondition dafür nahm, sie rannte am Dogenpalast vorbei und über die einzige verbliebene Brücke ohne Geländer, auf der jährlich eine Prozession zum Dank für die Erlösung von der Pest stattfand. Sie betrat das Hotel durch die Seitentür, es war ein nettes venezianisches Haus, die Familie, der es gehörte, beschäftigte sich die meiste Zeit mit Fischerei und nahm die Führung des Hotels nicht sonderlich ernst, weshalb die Preise mehr als gut waren und kaum jemand davon wusste. An den Wänden im Treppenhaus hingen gerahmte Bilder, die meisten zeigten den Vater und seine Söhne mit überdimensionalen Fischen im Arm. Cecile rannte zu dem Dreibettzimmer, in dem sie zusammen mit den anderen wohnte, es war nicht abgeschlossen. Sie machte Licht, ihr war gerade alles egal. Mike schlief oberkörperfrei in ihrem Bett, zwei Blutergüsse zogen sich über seinen Oberarm, und an seiner Nase sah sie verkrustete Reste von Blut, als hätte er es vor Erschöpfung nicht mehr abwaschen können. Cecile erinnerte sich, wie die vier unter hysterischen Lachkrämpfen am ersten hier verbrachten Tag stundenlang versucht hatten, mit der flach an die Decke geschmissenen italienischen Vogue eine lebendige Mücke, die auf einer toten Mücke saß, zu beseitigen. Mike wachte auf, er stellte nicht direkt in Frage, warum Cecile mit zerzausten Haaren durch das Zimmer hetzte, sie schnaufte sogar manchmal und warf einige Klamotten in ihre Tasche. Sie nahm Mike nicht im Geringsten zur Kenntnis. Er versuchte, sich in der für unterwürfig verliebte Menschen typischen Toleranz nur aufzurichten, und fragte lächelnd, ob sie wieder Migräne habe. Cecile stellte sich vor ihr Bett, in dem er lag, und als er eine Hand ausstreckte, um ihre zu berühren, drehte sie sich weg und forderte ihn auf, ihr Bett zu verlassen. Als er das nach zehn Sekunden noch nicht getan hatte, sondern sie nur, inzwischen immerhin ein bisschen verwundert, ansah, rammte ihm ihre Fingernägel in die Schultern und zog ihn auf den Boden. Er landete seitlich, stöhnte und fasste sich an seine Rippen. Cecile zog das Betttuch ab und hob ein aus der Matratze ausgeschnittenes und wieder eingesetztes quadratisches Stück hoch. Dort lag der Elefant. Mike fiel tatsächlich die Kinnlade runter, was Cecile kurz irritierte. Genauso wie die Feststellung, dass sie sich wiederholt wie die Schauspielerin in einem amerikanischen Independentfilm vorkam, mit der Ausnahme, dass sie in einem Jahr, anstatt für ihre Darbietung beim Sundancefestival ausgezeichnet zu werden, wegen mangelernährungsbedingter Herzrhythmusstörungen vielleicht tot oder auf der Intensivstation sein würde. Sie spürte das auf dieselbe vertrackte Weise, die einen spüren lässt, dass der Mensch, den man liebt, mit jemand anderem fickt. Etwas in ihr stimmte nicht. Etwas in ihr schrie unaufhörlich nach hundertfach gesättigten Fettsäuren. Sie klemmte sich den Elefanten unter den Arm. Sie nahm die Tasche, guckte sich kurz im Zimmer um, um sicherzugehen, dass sie nichts Wichtiges vergessen hatte, und gab Mike, ohne ihn anzusehen, den Ratschlag, zurück nach Worms zu fahren und weiter zu tätowieren. Er sagte: »Ich bin nicht sauer auf dich, falls es dich interessiert«, und Cecile knallte die Tür hinter sich zu, als sie das Zimmer verließ.

Kurz darauf trat eine ungeordnete Abfolge von Bildern in ihr auf. Sie sah die anderen mit kaffeeähnlicher Flüssigkeit halbaufgetaute Pizzen runterspülen oder nackt aus dem Fenster steigen, um sich auf dem Flachdach zu sonnen. Sie sah Mike und Aram am Strand, wie sie stundenlang versuchten, kleine selbstgefangene Krebse über einem Lagerfeuer zuzubereiten, und über ihre gemeinsame Zeit bei den Pfadfindern sprachen. Sie sah Aram, wie er Julia zum Geburtstag ein Fahrrad klaute und mit weißen Punkten bemalte, weil sie als Kind so eins gehabt hatte. Sie sah Julia, wie sie sich von einem fast vierzigjährigen Rastatypen namens Maurizio aus dem Fenster gelehnt in den Arsch ficken ließ, sie sah Mike, wie er rauchend mit einer Zeitschrift in der Badewanne lag, wie er mit Croissants und Champagner morgens um sechs auf sie wartete, wie er ihr sagte, nachdem sie alle zusammen zu »Never let me down again« von Depeche Mode auf einer Party randaliert und zwei Stühle zerhauen hatten, dass er sie gerne heiraten würde.

Und Cecile schlug die Augen auf und sah sich selbst, jetzt in diesem Moment, beunruhigt, weil sie ihren Herzschlag am oberen Ende ihrer Luftröhre spürte. Sie war bewusstlos geworden und die letzten beiden Stufen der Treppe runtergefallen. Als sie sich aufrichtete und nach ihrer Tasche griff, wurde ihr schwindelig, sie lehnte sich an die Eingangstür und ließ sich am glatten Holz entlang wieder auf den Boden hinunter, wo sie ihre Finger gegen die Schläfen presste und von einer brutalen Übelkeit erfasst wurde, die hinter dem Brustbein zu beginnen schien und sich bis in ihre Beine hinabzog. Vom Flur aus hörte sie Mike, wie er die Treppe runterzuhumpeln versuchte und ihren Namen rief. Sie zog sich an der Türklinke wieder hoch und ballte ihre Fäuste, wie um ihr Blut dazu zu zwingen, die außer Gefecht gesetzten Teile ihres Körpers mit irgendetwas zu versorgen, das sie reaktivieren könnte. Dann rannte sie los, auf der Flucht vor einer von ihr selbst ausgehenden lebensbedrohlichen Gefahr, sozusagen.

Als sie wieder bei dem Hotel ankam, war es Viertel nach fünf, der Seiteneingang war inzwischen unbewacht und trotzdem nicht abgeschlossen. Auf der Terrasse lagen nur noch einige Gestrandete der Party herum. Drei Frauen saßen nebeneinander auf einem der Rattansofas. Verwischtes Augen-Make-up, verrutschte Klamotten, alle guckten anstatt aufs Meer auf die fensterlose Steinwand, die die Terrasse vom Innenbereich abtrennte. Irina war nicht da. Cecile ging auf die drei zu. Zwei von ihnen lehnten mit ineinander verschränkten Oberschenkeln aneinander, die eine war sehr jung, die andere Mitte vierzig. Die Dritte war winzig und steckte in einem geschmacklosen Oberteil, das offensichtlich aus der Zusammenarbeit einer Billigkette mit einem Designer hervorgegangen war. Kunstseide in Glanz, schwarze BH-Träger im V-Ausschnitt. Als Cecile den Frauen näher kam, hörte sie, worüber sie redeten, mit halb zugefallenen Lidern log die eine des Effekts wegen, ihr Mann sei mit einem elektrischen Brotschneidemesser auf sie losgegangen und hätte ihr die Haut zwischen Knie und Hüfte aufgetrennt. Die Zweite analysierte als Reaktion darauf, warum die Exfrau ihres neuen Freundes ihm bei deren Trennung ein Stück aus dem Unterarm rausgebissen hatte. Die Frau im H&M-Oberteil erzählte währenddessen von den Klassenkameradinnen ihres siebzehnjährigen Sohns, die alle zwar Chaneltaschen besäßen und ambitioniert angezogen, aber irre schmutzig seien, und wie sie sich vor dem angesammelten Dreck in den Hautfalten ihrer Hälse ekelte. Alle siebzehnjährigen Mädchen hatten ihrer Meinung nach schmutzige Hälse. Cecile tippte ihr an die Schulter und fragte, wo Irina sei. Die Frau wunderte das kein bisschen.

»Nach oben gegangen«, sagte sie und wandte sich dann wieder den anderen beiden zu.

»Wie heißt sie mit Nachnamen?«, fragte Cecile.

»Fioravanti«, sagte sie, ohne sie anzusehen.

»Und wie ist die Zimmernummer?«

»Weiß jemand von euch die Zimmernummer?«

Die eine zuckte mit den Schultern, nahm einen Schluck ihres Wodkamixgetränks und schüttete sich beim Trinken die Hälfte davon über ihr Kleid, um daraufhin eine Oktave tiefer als zuvor zu sagen: »Mein Gott, guck dir an, wie erbärmlich wir sind.« Cecile hätte gerne »Und dabei habt ihr alles« hinzugefügt, hielt sich aber zurück. Die andere sagte: »347, du Honey Bunny, oder 437.« Cecile ging, ohne sich zu verabschieden. Sie betrat den Eingangsbereich des Hotels durch die Vordertür, nachdem sie sich zuvor mit den Fingern die Haare gekämmt und den Schweiß aus dem Gesicht gewischt hatte. An der Rezeption fragte sie nach dem zweiten Schlüssel für Zimmer 347, weil sie gesehen hatte, dass es keinen vierten Stock gab, und als der Rezeptionist, statt den Schlüssel zu holen, skeptisch in das Belegungsbuch sah und nach ihrem Namen fragte, fügte sie lächelnd »Fioravanti« hinzu und dass sie die Tochter sei. Er gab ihr die Schlüsselkarte. Sie fuhr in den dritten Stock und suchte nach dem Zimmer. Sie schloss es auf, die Vorhänge waren nicht zugezogen, weshalb ihr die Sonne brutal entgegenschien und Cecile sich die Hand vor die Augen halten musste. Irina lag schnarchend und ohne sich umgezogen zu haben auf der Fensterseite des Kingsize-Betts, es roch ein bisschen nach

Erbrochenem. Zwei Zimmer, Jugendstilmöbel, verspiegelte Decken, Holzboden und eine freistehende Badewanne, die den schwarz gefliesten Waschbereich vom Rest der Suite abtrennte. Über dem Stuhl am Schreibtisch hing das Missonikleid, von dem Julia erzählt hatte. Cecile zog sich ihr Oberteil aus und legte sich mit dem Rücken zu Irina ins Bett. Zwanzig Minuten später legte Irina im Halbschlaf ihren Arm um Cecile. Und als Irina wach wurde, küsste sie sie komplett unirritiert von hinten auf die Wange, weil sie sich an zu wenig erinnern konnte. Die einzige plausible Möglichkeit, weshalb das Mädchen neben ihr lag, war, dass sie es mitgenommen hatte. Cecile tat, als würde sie aufwachen, obwohl sie keine Sekunde geschlafen hatte. Sie lächelte und drehte sich zu Irina, die ihren Kopf aufstützte, ihr ins Gesicht sah und ein paar Strähnen hinters Ohr strich. »Hast du Angst?«, fragte sie. Unter normalen Umständen hätte Cecile einer Person, die ihr in solchen Zusammenhängen eine derart beknackte Frage stellte, eine reingehauen. Stattdessen sagte sie gar nichts und wich Irinas Blick aus, weil sie wusste, dass das funktionieren würde. »Du hast Angst«, sagte Irina und setzte sich auf Ceciles Bauch, sodass sie von oben auf sie runtersehen konnte. Sie beugte sich über sie und fragte, ihr Mund war nur einige Zentimeter von ihrem Kinn entfernt, ob sie gehen wolle. Cecile schüttelte den Kopf. »Bist du sicher?«

Cecile schloss die Augen, spürte die Bonellfederkernmatratze unter ihrem Rücken und den exzellent geschliffenen Vierkaräter an Irinas kleinem Finger, der so viel wert war wie eine Villa am Stadtrand. Sie machte die Augen wieder auf und ließ ihren Blick durch das Zimmer schweifen. Auf dem Nachttisch sah sie neben dem Rest des von ihr verkauften Kokains ein prallgefülltes Portemonnaie und den Roman *La Noire Idole* von Laurent Tailhade liegen, in dem es um morphiumabhängige Frauen im Paris der zwanziger Jahre ging. Dann nickte sie.

16

Am Morgen des 18. Februars wachte Cecile zum fünfzehnten Mal neben Irina auf, am Ostufer des Starnberger Sees in der Nähe von München, sechs Grad draußen, durch einen Spalt zwischen den Vorhängen sah sie durch meterhohe Fenster die Äste eines halbtoten Kirschbaums. Irina lag exakt so neben ihr, wie der italienische Regisseur Visconti der Sentimentalität des Filmplots wegen eine »schlafende Schönheit« inszeniert hätte. Sie war hübsch, schlau, hatte den Humor eines 60-jährigen sexsüchtigen Philosophieprofessors und Geld; sie war, die Beklopptheit des Terminus sei an dieser Stelle kurz ausgeklammert, »eine Nummer zu groß« für Cecile. Cecile wusste das. Und stellte allmählich fest, dass Irinas Überlegenheit der einzige Grund dafür war, so schnell wie möglich von ihr wegzuwollen.

Sie dachte an Madonna. An das Konzert, auf dem sie mit Irina gewesen war, und wie sie nach zwanzig Minuten von der Sitztribüne in den Stehbereich hatte springen müssen, mit Tränen, die ihr das Gesicht runterliefen, weil das, was Madonna auf der Bühne tat, auf sie wie der allumfassendste Gottesdienst der Menschheitsgeschichte wirkte. Der ganze makrobiotische und schönheitschirurgische Quatsch schien sich in diesem speziellen Fall ausgezahlt zu haben, Madonna sah gut aus und performte auf einem nie dagewesenen, selbstgeschaffenen Level von Erhabenheit. Dass Popjournalisten von Mitte dreißig diesen Vorgang mit dem Slogan

»Sie altert nicht in Würde« neutralisierten, konnte Ceciles Meinung nach nur mit einem kleinbürgerlichen Willen zur Harmlosigkeit zusammenhängen, Madonna quetschte sich nicht zur Negierung eines Alterungsprozesses in ein Cheerleaderkostüm, sie definierte den Begriff des Cheerleaders neu. Mit dem auf riesigen LED-Videoleinwänden projizierten Remake des Skandalvideos zu »Justify My Love« versuchte sie nicht an alte Provokationserfolge anzuknüpfen, sondern verhielt sich stilvoll, extrem direkt und schlau zu der von ihr unter Beweis gestellten Tatsache, dass man sich gleichzeitig auf der Höhe seiner Entwicklung befinden und trotzdem kritisieren konnte, wie totlangweilig eine Gesellschaft war, die zu Vereinzelungstendenz, zerstörerischer Tugendhaftigkeit und dem Tragen skandinavischer Unisexmode neigte. Wenn sie zum Song »Gang Bang« mit Pumpguns ins Publikum bzw. auf einen Tänzer ballerte, war das keine naive Kleinkindanspielung auf Tarantinofilme, sondern eine Bezugnahme auf die zuvor performte Folklore-Katholizismusversion des Songs »Girls Gone Wild«.

Cecile dachte daran, wie sie auf den Knien zum Heiligen Geist betete, an die überdimensionale Weihrauchaction, die Tänzer in Mönchskutten, die Gleichzeitigkeit von Dunkelheit und Größenwahn eines religiösen Rituals und wie die Umrisse von Madonna in einem durch Schattenwände abgetrennten Beichtstuhl zuerst wie die der Heiligen Maria ausgesehen hatten, dabei trug sie eine Burka und eine Maschinenpistole, mit der sie zwanzig Sekunden später die Kirchenfenster einschlug.

Es ging um die gottverdammte Widersprüchlichkeit des Menschen. Um die Tatsache, dass Jesus für uns und unsere Sünden gestorben war. Und um Erlösungsstrategien, die in jedem Menschen und in der Sinnlosigkeit unserer Existenzen verborgen lagen. Es ging nicht um ein bestimmtes Jahrzehnt, eine bestimmte Generation oder gar um eine Grenze zwischen Generationen – es ging um die Auflösung von Grenzen. Zwischen Geschlechtern, zwischen Arm und Reich und Alt und Jung und Gut und Böse. Es ging um Madonna und alle, die sich ebenfalls von vorgegebenen Strukturen befreien mussten und in dieser Freiheit jetzt auf der Suche nach Liebe und Identität jenseits der biologischen Festlegung, nach Vertrauen und Geborgenheit jenseits restriktiver Moralvorstellungen waren. Man konnte Madonna keine Gewalt antun, sie schwieg in einer mit Verantwortungslosigkeit gekoppelten Geduld, und das war eine Art Tornado, der Cecile in eine Wüste verwandelt hatte. Bestand gerade irgendein Bedarf an Gefühlen? Was konnte aus Cecile für irgendwen anders entstehen?

Und so hatte die ganze Prozession dann auch geendet. Mit langanhaltendem Glockengeläut, das Stadion wurde dunkel, minutenlang, der Gottesdienst schien vorüber zu sein, und die ersten sogenannten Fans verließen schon den Saal, als zu enormem technischen Aufwand plötzlich das ganze Drama vergessen war, das Licht wieder anging und die komplette Company zurück auf die Bühne kam, um »Celebration« zu performen. Hysterisches Rumgehopse. Und die eindeutige brutale Aufforderung, mal wieder auszugehen.

Dann schreckte Cecile hoch, weil sie hörte, wie sich ein Schlüssel im Schloss der Haustür umdrehte. Sie wurde panisch und sah zu Irina, die von ihr weggedreht unfassbar regelmäßig atmete und eine weiße Schlafbrille trug. Die Tür ging auf, und jemand trat ein. Kurz dachte sie, dass es Irinas Mann sein könnte, der ihr das Haus gekauft hatte wie König Ludwig seiner Marie Antoinette damals das Hameau de la Reine, aber genau aus diesem Grund hatte er eigentlich auch keine Berechtigung herzukommen, schon gar nicht morgens um acht. Cecile fasste Irina am Arm, sagte mehrmals ihren Namen und, als sie langsam aufzuwachen schien, den tollen Satz: »Die Haustür, hier ist jemand!«

Ohne ihre Schlafbrille abzunehmen, antwortete Irina: »Ist egal, das ist Jutta«, woraufhin Cecile fragte, wer zur Hölle Jutta sei, und Irina von zwei Hartz-IV-Frauen erzählte, die früher beide Krankenschwestern gewesen waren und täglich dreimal einen ihrer beiden Kater an der Flexileine spazieren führten. Der Kater gerade auf der Fensterbank des Schlafzimmers saß, fing an zu miauen, Irina war innerhalb des Bruchteils einer Sekunde wieder eingeschlafen, und Cecile, nackt, mit der fest um ihren Körper gewickelten Daunendecke, presste ihren Rücken an die Lehne des Bettes, wie um zu verschwinden. Plötzlich stand Jutta im Schlafzimmer. Eine wirklich riesige Frau mit blondem gekreppten Haar und blauem Lidschatten bis unter die Augenbrauen, die von Ceciles Anwesenheit völlig unbeeindruckt »Hallo Irina« sagte und dann fragte: »Hallo, wie heißt denn *du*?« Cecile antwortete nicht. Jutta redete und redete in einer zu hohen Tonlage, freute sich überschwänglich, die beiden Kater zu sehen, nahm eine von ihnen auf den Arm und sagte einen langen, woodyallenhaften Monolog auf darüber, wie sie einige Wochen zuvor mit einem der Kater spazieren gegangen sei und sich ihnen wie bei *Dr. Dolittle* mehrere Krähen sowie der freilaufende Kater »Teneriffa« aus dem Nachbarhaus angeschlossen hätten.

»Die haben sich dann ein bisschen angefaucht, aber es war ein großer Spaß«, sagte sie und kramte danach allen Ernstes ein kleines Plastikfotoalbum aus ihrer Handtasche, um Cecile Fotos ihres Hundes und der anderen Tiere, um die sie sich kümmerte, zu zeigen.

Irgendwann ging sie mit den Katern zusammen raus. Im Gehen rief sie: »Irina, soll ich den Müll mitnehmen?«, und Irina rief, ohne sich zu bewegen: »Ja, da ist auch noch was drin für dich, der Tarzan« – so hieß der andere Kater – »hat mir gestern nen toten Vogel ans Bett gebracht, der liegt da obendrauf und ist in Küchenrolle eingewickelt.«

Aus weiter Ferne hörte Cecile Jutta im Müll rumwurschteln, Metall knallte auf Metall, und dann kam sie mit dem toten Vogel in der Hand zurück ins Schlafzimmer, Irina war längst wieder eingeschlafen. Sie präsentierte das kleine Tier stolz und sagte freudestrahlend, den werde sie »später erst mal obduzieren«. Dann verschwand sie endlich. Cecile atmete so tief aus, als hätte sie die komplette Zeit über die Luft angehalten, und versuchte zu begreifen, wem sie da gerade begegnet war, schaffte das aber nicht so richtig.

»Schlaf weiter«, sagte Irina.

»Kann ich nicht«, sagte Cecile.

»Warum nicht?«

»Weil's voll hell ist hier drin.«

Irina nahm ihre Schlafbrille ab und blinzelte in Richtung Fenster.

»Scheiße, du hast recht, ich merk das immer nicht. Stell dir das Joy-Division-Poster vors Fenster.«

»Das Joy-Division-Poster.«

»Im Flur ist das.«

Cecile ging in den Flur und holte von dort ein auf Holz geklebtes riesiges Plakat einer Joy-Division-Tour. Dann kam sie zurück, stellte sich auf einen Stuhl vors Fenster und versuchte es sehr gewissenhaft so zu platzieren, dass es das Zimmer verdunkelte.

»Was hast du da am Rücken?«, fragte Irina.

»Ist dir das noch nie aufgefallen?«, fragte Cecile, betrachtete kurz das Plakat, hielt dessen Standort zwar für suboptimal, ging aber trotzdem zurück ins Bett.

»Was ist das? Ist da ein brutaler Exfreund auf dich losgegangen?«

»Abziehtattoos.«

»Abziehtattoos?«

»Nein, ich red Scheiße, das ist – klingt pathetischer, als es gemeint war damals – Gillette-Venus-Rasierklinge, du durchtrennst die obere Hautschicht, es blutet wie Sau, und du spürst fast nichts.«

»Warum hast du es dann gemacht?«

»Weil der Effekt, wie du bemerkt haben solltest, echt irre ist.«

»Und worum ging's dir bei dem Effekt?«

»Ich weiß nicht. Nicht um Abarbeitung an irgendeinem Selbstverletzungsdrang jedenfalls. Eher um eine Geste.«

»Eine Geste?«

»Ja. Streich mal drüber.«

Irina strich mit dem Zeigefinger kurz über eine der Narben an Ceciles Rücken.

»Und jetzt?«

»Na ja«, antwortete Cecile. »Die sind wie so ne Art Film, der wieder belichtet wird, sobald jemand drüberstreicht. Und dann erzählen sie dir ne Geschichte über mich, auf die du aber keinen Zugriff hast. Das Verschlüsselte ist so toll daran, weißt du, was ich meine?«

»Nein, interessiert mich auch nicht richtig. Ich wär nie auf die Idee gekommen damals. Mir ging es immer nur um Hauterhalt.«

Irina lachte und Cecile, so unausgeglichen sie auch war, lachte mit, weil Irinas Gnadenlosigkeit sie manchmal fröhlich stimmte.

»Und warum hast du so viele Leberflecken?«, fragte Cecile.

»Keine Ahnung, schon immer. Alle in meiner Familie. Außer am Arsch.«

»Hat vielleicht auch irgendwas mit der Sonne zu tun.«

»Ja, ziemlich scheiße.«

Irina schlief wieder ein, es gab wenig, was ihr so leichtfiel. Cecile starrte an die Decke. Nach einer Weile hielt sie es nicht mehr aus, stand auf, nahm das Federbett mit, um sich darin einzuwickeln, und lief durch das Haus, einen leeren weiten Flur entlang, der durch einen unauffällig integrierten Küchenbereich hin zum verglasten Wohnzimmer führte, von dem aus sie auf den See sah. Sie ging durch die Tür nach draußen und stand dort eine ganze Weile lang einfach rum. Als sie wieder reingehen wollte, war die Tür zugefallen. Sie klopfte, schrie Irinas Namen und befand sich nach zehn Minuten noch immer unverändert außerhalb des Hauses, weil Irina sie scheinbar nicht hören konnte.

Mit einer nicht zu beschreibenden Mischung aus Trauer und Ekel lief sie über das an eine Schnellstraße angrenzende Grundstück bis zur Haustür. Auf dem Nachbargrundstück spielten gerade die drei polnischen Geschwister, die sich um den komplett dementen achtzigjährigen Hausherrn kümmerten, Federball und winkten ihr lachend zu. Sie winkte zurück und dachte daran, wie der Typ, nachdem er genug Geld verdient hatte, um sich für fünfzehn Millionen ein derartiges Domizil errichten zu lassen, verrückt geworden war und sich fortan nur noch dafür interessierte, vom Bahnhofscafé aus die den Zügen entsteigenden Menschen zu zählen. Sie dachte an den kleinen toten Vogel und an den Artikel, den sie gestern auf der Zugfahrt hierher in der Zeitung gelesen hatte, über ein achtjähriges Mädchen, das im Stadtpark einer westdeutschen Stadt von einem Mitglied des in der Nähe gastierenden Zirkus tot aufgefunden worden war. Jemand hatte es vergewaltigt und dann so lange geschlagen, bis es nicht mehr atmete. In dem Artikel stand, dass sie schon mehrere Tage in dem Park gelebt und dort auch geschlafen hatte. Ihre Mutter war weggegangen und hatte sie und ihre drei sehr viel jüngeren Geschwister in einer ungeheizten Bruchbude zurückgelassen, ohne Essen, ohne Geld. Die Mutter war einfach abgehauen, woraufhin die Älteste, das wurde ihr zumindest unterstellt, anstatt zur Polizei oder zu irgendwem anders, einfach nach draußen gegangen war, um sie zu suchen. Ihre beiden kleinen Brüder, zwei und drei, waren in der Wohnung verhungert, ihre Schwester, die einzige Überlebende, fünf Jahre alt, befand sich jetzt in psychologischer Betreuung, was auch immer das bedeuten mochte. Cecile heulte, als sie daran dachte. Und sie heulte noch mehr, als sie an die beiden sehr alten Leute dachte, die ihr vor einigen Jahren in der S-Bahn gegenübergesessen und sich die ganze Zeit gefragt hatten, ob sie in die richtige Richtung fuhren. Sie fuhren in die falsche Richtung, das wusste Cecile, sagte es aber nicht, was ihr seitdem aus unerklärlichen Gründen extremen Kummer bereitete. Sie dachte an ihre Eltern und wischte sich die Tränen mit dem Handrücken weg, sie dachte an Julia und an die anderen und daran, wie sie jeden verdammten Tag aufs Gramm genau Apfelstücke abwog, bevor sie sie aß. Wie sie Clementinenspalten vierzigmal kaute, bevor sie sie runterschluckte. Wie sich der über ihren kompletten Körper ziehende Flaum mehr und mehr verdichtete, wie ihr Herz immer unregelmäßiger schlug, wie sie ab und zu im Badezimmer ohnmächtig wurde, wie ihre Haare ausfielen, ihre Fingernägel einrissen, wie sie permanent log, sowohl die Ausfallerscheinungen als auch das fließende Blau unter ihrer Haut hätten mit einer Schilddrüsenstörung zu tun, sie dachte daran, wie sie völlig skrupellos Menschen zurückließ, die sie trotz ihrer soziopathischen Verhaltensmuster nie in Frage gestellt, sondern sich um sie gekümmert hatten, und plötzlich wurde ihr klar, was das alles sollte, um was es ihr bei alldem ihr Leben lang gegangen war: Sie wollte verschwinden.

Nachdem sie sich beruhigt hatte, klingelte sie zweimal an der Haustür. Irina machte auf und guckte sie sehr verschlafen an, in einem Cashmerejogginganzug, auf dem »running sucks« stand. Cecile sagte, sie hätte sich ausgesperrt, Irina zuckte mit den Schultern. Als sie zurück ins Schlafzimmer ging, drehte sie sich noch mal um. Cecile blieb in ihre Decke gewickelt im Eingang stehen.

»Weißt du, worüber ich gerade nachgedacht habe?«, fragte Irina gähnend, und Cecile schüttelte den Kopf.

»Dass sich bei dir die Leberflecken alle an einer Stelle sammeln.«

Cecile guckte an sich runter und entdeckte einen fünf mal fünf Zentimeter großen Leberfleck auf der Rückseite ihres Oberschenkels, dessen Existenz sie die letzten drei Jahre komplett verdrängt hatte.

Am Nachmittag fuhr sie mit der S-Bahn in die Stadt. Sie stieg am Marienplatz aus und ging in den erstbesten Supermarkt. Als sie jünger war, hatte sie teilweise Stunden in Supermärkten verbracht, um sich die Rückseiten von Lebensmitteln durchzulesen, anstatt sie zu essen. Wenn das Verlangen zu groß war, hatte sie manchmal doch etwas gekauft, es am Abend mit den einfallslosen Worten, sie wäre gegen die jeweilige Süßigkeit allergisch, einer Mitschülerin geschenkt und ihr dabei zugesehen, wie sie es aufaß.

An diesem Nachmittag stand sie an der Kasse und bezahlte vier Tafeln weiße Schokolade mit einem Hunderter. Sie vergaß beinahe ihr Wechselgeld und fing, noch bevor sie den Laden verlassen hatte, an, die Verpackungen aufzureißen. Sie ging durch die Fußgängerzone, griff alle zehn Sekunden in ihre Einkaufstüte und hatte innerhalb der Strecke vom Dom zum Odeonsplatz die komplette Schokolade aufgegessen. Ihr war schlecht, und sie wollte kotzen, zwang sich aber, weiterzulaufen. Sie lief einfach nur, setzte sich zwischendurch auf eine Bank bei der kleinen Grünfläche zwischen zwei Casinos und beobachtete dort zwei vierzehnjährige Mädchen, die ihren Lidstrich verkackt und auch das restliche Make-up auffällig asymmetrisch aufgetragen hatten. Sie wurden von einer Gruppe amerikanischer Fundamentalchristen dazu aufgefordert, einen Gospelsong mitzusingen, woraufhin sie weg und in Ceciles Richtung rannten. Unter einem Baum blieben sie hysterisch kichernd stehen.

Dann kam eine Frau vorbei, so alt wie Irina, aber weder reich noch operiert, im universellen Nuttenstyle, Netzstrümpfe zu Plateauschuhen und eine Plastiktüte als Handtasche. Je näher sie kam, desto klarer wurde Cecile, dass diese Frau obdachlos sein musste, sie stank schon von weitem und hatte unverhältnismäßig eingefallene Haut. Eins der Mädchen murmelte mehrmals hintereinander, wie widerlich der Anblick einer so steinalten Hure sei, woraufhin die Frau auf sie zusteuerte und anfing, von Verschwörungstheorien und Apokalypseszenarien zu monologisieren. Die Möglichkeit der Auslöschung der Menschheit durch Nanotechnologie erschien ihr offenbar am plausibelsten. Cecile staunte nicht schlecht. Die Frau erzählte von technologischen Entwicklungen, die seit fünfzehn Jahren den großen Zukunftshype versprachen und Biologie mit mechanischen Vorgängen verbinden sollten. Sie sprach über kleine Maschinen in Zellgröße, die sich in die Materie des Menschen einfressen und da entweder genau das machen würden, was sie sollten, beispielsweise Wunden reparieren wie bei *Star Trek: Enterprise*, oder eben das betreffende Opfer töten oder umwandeln und dann als unkontrollierbare Masse die Weltherrschaft übernehmen. Dafür, dass die Frau wirklich verrückt und auf der Straße zu leben schien, war sie irre eloquent.

»Gliedmaßen wiederherstellen oder so was, das kann die auch, die Nanotechnologie«, fügte sie hinzu.

»Und wer lässt so was los?«, fragte das schüchternere der Mädchen. Es tat vor seiner Freundin zwar so, als würde es die Frau mit dieser Frage auflaufen lassen wollen, schien aber tatsächlich interessiert zu sein.

»Das hat sich der Erfinder von TNT damals auch gefragt«, antwortete die Frau, »Fakt ist jedoch, dass bisher ausnahmslos jede erfundene Massenvernichtungswaffe auch zum Einsatz gekommen ist. Einfach, weil es ging. In diesem Fall wird's wahrscheinlich irgendein hyperintelligenter *Schweigen der Lämmer*-Typ sein, der Nanoteile wie Viren verwendet. Die besetzen dann in Stürmen die Städte und durchdringen und zerfressen alles, was lebendig ist. Ein bisschen wie der Klassiker in jedem Scheißcomic. Wenn der Bösewicht ne ganze Stadt plattmachen will, muss er nur ins Wasserwerk einbrechen, ne Phiole Hypergift reinschütten und vorher berechnet haben, dass seine Rache für all das Leid, das ihm die Welt angetan hat, auf 20 000 tote Zivilisten hinauslaufen soll. Atomarer Winter wär auch scheiße.«

»Und Windhose oder so was?«, fragte das Mädchen, es war inzwischen ganz blass.

»Windhose? Passiert zu selten.«

»Wie ist es mit Meteoriten?«, fragte das Mädchen, und die Frau antwortete, dass Meteoriten zwar im Bereich des Denkbaren seien, aber ziemlich weit unten.

»Falls dich das Thema interessiert: Es liefen im Kino mal zwei Meteoritenfilme gleichzeitig, vor drei Jahren ungefähr, einer mit Morgan Freeman und der andere mit Bruce Willis, den fand ich besonders beknackt, weil da sind die Raumfahrer dann dem Meteoriten entgegengeflogen mit ihrem Raumschiff und haben ein Loch gebohrt und eine Bombe reingetan, woraufhin er sozusagen in tausend kleine Stücke zersprang, das war dann nicht mehr so schlimm, weil die kleinen Stücke in der Atmosphäre verglühten, wohingegen der komplette Meteorit die Erde vernichtet hätte. Und jedenfalls musste dafür Bruce Willis angeheuert werden. Der war so Tiefenbohrspezialist, ganz heißer Typ, der dann halt auf diese elitären Astronauten traf und denen zeigte, wo der Hammer hängt. Letztlich war das der Plot des Films, ziemlich enttäuschend.«

»Gibt's nicht noch so nen Film, wo Arnold Schwarzenegger in der Eiszeit mit Leuten durch Abwasserkanäle läuft?«

»Arnold Schwarzenegger?«

»Ja.«

»Wer ist das denn noch mal?«

»Dieser Politiker! Glaub ich.«

Die Frau grübelte. Cecile stand auf, lief weiter und hatte nach einer halben Stunde wieder Hunger. Sie setzte sich in die grell ausgeleuchtete Filiale eines Kettenitalieners und bestellte Thunfischspaghetti, was als Kind mal ihr Lieblingsessen gewesen war. Sie konnte schlechterdings nicht glauben, was sie da tat, und musste lachen. Sie hörte mit dem Lachen auch lange nicht mehr auf, als würde sie nur so dem Automatismus entkommen, das Essen sofort wieder loswerden zu müssen.

Den Rest des Tages verbrachte sie in Straßenbahnen, von deren Fenstern aus sie in den Himmel starrte. Sie stellte einen seltsamen Schimmer in den Wolken fest, den sie noch nie gesehen hatte. Der Himmel sah aus, als wäre er emailliertes Kupferblech. Er war nicht mehr blau, sondern grünlich, und das Grün schien von Minute zu Minute intensiver zu werden. Als es dunkel geworden war und außer ihr niemand mehr in der Bahn saß, stieg sie aus. Sie wusste nicht, wo sie war, sah von der Haltestelle aus aber eine kleine Bar in einem der letzten unsanierten Altbauten. Die Bar war nach dem Puff in Phillip K. Dicks Zukunftsroman *Ubik* benannt, den sie nie gelesen hatte, »zur Fessel der polymorphen Liebeserfahrung«, und schien auf den ersten Blick eine dieser gentrifizierungstypischen Mischungen aus In-Schuppen und Altherrenkneipe zu sein. Sie ging hinein. Klein und relativ leer, rohe Wände, Klubsessel. Auf den Stufen zum Untergeschoss, in dem sich die Toiletten befanden, saßen fünf dicht aneinandergedrängte Punk-Mädchen, die abwechselnd in ihren Portemonnaies rumwühlten und rumknutschten. Rechts neben dem Tresen mixte gerade ein über vierzigjähriger DJ in Rick-Owens-Jacke schlechten Punk in schlechte Soulmusik.

Cecile bestellte einen Cocktail, der Bronx hieß, woraufhin der Barkeeper sie zu ihrem guten Geschmack beglückwünschte. Als sie ihn ausgetrunken hatte, fragte er tatsächlich, ob alles »zu ihrer Zufriedenheit« gewesen sei, woraufhin sie »Ja, absolut, alles« antwortete und einen zweiten bestellte. Irgendwann stand sie dann vor dem Spiegel im Toilettenbereich, in einer schwarzweiß melierten Seidenbluse von Irina, die an ihr aussah, als käme sie gerade vom Joggen, und war so down, dass sie beschloss, kotzen zu gehen. Doch als sie die Tür zu einer der beiden Kabinen öffnen wollte, wurde sie mit großem Kraftaufwand von innen zugehalten. Durch den Türspalt konnte Cecile eine Frau sehen. Plötzlich öffnete die Frau die Tür und stand halbnackt vor ihr, dunkelbraune Haut, kurze Haare, riesige Kreolen, hinter ihr zwei vollständig bekleidete Typen, die dämlich lachten. In ihren Augen blitzte diese sentimentale Panik der Menschen, aus deren Drogensucht sich bereits eine paranoide Störung entwickelt hatte. Sie sagte, es gehe um Leben und Tod, und dann noch, als ginge es wirklich um Leben und Tod: »Geh zu Detlev!«

Und Cecile antwortete ungerührt, sie wisse nicht, wer Detlev sei.

»Aber mein Kind, welches Unglück für mich! Wie traurig bin ich, Sie gerade in diesem Augenblick zu verlieren! Ich hatte vor, Ihnen Ihr Schicksal zu verkünden, und nun wollen Sie forthin ziehen? In allem Glanz Ihrer prächtigen Erscheinung geradewegs in die bösen Klauen dieser ganzen Wichser da draußen?«

Atemberaubend klassische Stimmfarbe plötzlich, dachte Cecile, eindrucksvoller Scheiß, big time, und die Frau schrie einfach nur »Detlev, Detlev!«.

Detlev schien der sehr große Typ Ende vierzig zu sein, der gerade an der Tür zum Waschraum vorbeilief. Sein Blick blieb kurz an Cecile und der Frau hängen, aber anstatt stehen zu bleiben oder zu ihnen zu gehen, lief er so schnell wie möglich zurück nach oben.

Die Frau stützte sich inzwischen am Waschbecken ab und versuchte ihren Cardigan zuzuknöpfen. Cecile beobachtete sie lange, bis sie, mit runtergelassener Jeans, an ihr vorbei die Treppe hoch und auf die Tanzfläche stürmte, um dort nach einigen Sprüngen einfach umzufallen. Detlev fing sie im letzten Moment auf und half ihr dabei, sich auf einen Hocker an der Bar zu setzen. Sie vergrub den Kopf in ihren auf dem Tresen verschränkten Armen und begann zu weinen. Cecile beobachtete das aus einigen Metern Entfernung und ging dann auf Detlev zu, um zu fragen, was mit ihr los sei.

»Das ist nicht so spannend. Die ist okay«, sagte er, ohne sie anzusehen.

»Wer ist sie denn?«

»Kundry. Psychologieprofessorin aus Wien, falls es dich

interessiert. Gestern aus der Psychiatrie geflohen. Eine Verrückte. Sie hat mal ihr zweijähriges Kind bei nem George-Michael-Konzert an der Garderobe abgegeben, deswegen wurde sie letzten Endes auch weggesperrt, sie hatte den Leuten da gesagt, sie sollten sie anrufen, wenn es schreit oder Stress macht, aber es war halt kein Empfang in dieser Mehrzweckhalle. Wie heißt du?«

»Cecile«, sagte Cecile, und Detlev, der gelangweilt, müde, aber dennoch dem Rest der Anwesenden an Erfahrung überlegen wirkte, sah zwar kurz in ihre Richtung, aber noch immer nicht in ihre Augen.

»Ist dir langweilig?«, fragte er. Es war nicht im Geringsten als Anmache gemeint, sondern hatte eher was Väterliches. Cecile zuckte mit den Schultern.

»Du siehst ein bisschen aus wie Sophie Marceau. Und eigentlich sollte hier jetzt auch nur noch französische psychedelic Musik laufen, findest du nicht?«

Cecile lachte und zuckte wieder mit den Schultern. Danach schämte sie sich dafür, dass sie mit den Schultern gezuckt hatte. Detlev ging hinters DJ-Pult und kramte, nachdem er dem DJ mit auf die Psychologieprofessorin gerichtetem Blick irgendwas zugemurmelt hatte, in dessen Plattenkoffer rum.

Cecile folgte ihm und setzte sich auf einen Barhocker gegenüber des DJ-Pults. Er legte Musik auf, die sie kaum mitkriegte, weil sie sich die ganze Zeit nur auf ihn konzentrierte, von oben bis unten musterte sie ihn, ein sogenanntes gepflegtes Auftreten, großbürgerliche Überlegenheit, ein roter Stern am Revers seines Anzuges, der so gut geschnitten war, dass er nur von einer Frau ausgesucht worden sein konnte. Nach und nach füllte sich der Laden mit einer Mischung aus Hipsterprototypen und arrivierten, in irgendwelche Kreativitätsfallen geratenen Mittvierzigern, die in Stagedivingstimmung zu sein schienen und rumgrölten. Detlev überließ die Plattenspieler wieder dem DJ, warf seinen Mantel über und ging ohne Verabschiedung zur Tür hinaus, was Cecile das Herz zerriss.

Es war drei Uhr nachts. Cecile stieg in ein Taxi, ihr Geld reichte jedoch nur für die Hälfte der Strecke nach Hause. Der Fahrer schmiss sie mitten auf der Autobahn raus, woraufhin sie völlig unbeeindruckt beschloss, zum ersten Mal in ihrem Leben zu trampen. Sie steckte ihren Daumen raus. Nach zehn Minuten hielt ein grauer Jeep an, aus dem ein bayrischer vollalkoholisierter Typ über sechzig winkte, den sie schon mal als Tatort-Kommissar im Fernsehen gesehen zu haben glaubte. Am Steuer saß seine Freundin, die nicht viel älter war als sie selbst. Cecile stieg ein. Die Frau fragte, wohin sie müsse.

»Starnberger See. Die Seite, wo die Fischerhütte ist«, sagte sie.

»Und wohin da genau?«

»Direkt an den See sozusagen.«

»Bist du sicher?«

»Ja.«

»Man kann nicht sagen, dass du aussiehst, als würde dir ein Haus am Starnberger See gehören, bist du wirklich sicher?«

Cecile bejahte erneut. Der Mann erklärte seiner Freundin, die ihren Führerschein offenbar noch nicht lange hatte, dass Straßenbewegung Kampfbewegung sei, woraufhin die Freundin ihr Kaugummi an die Windschutzscheibe spuckte und sagte, dass sie es unfassbar finde, wie ihre große Liebe von dannen gezogen sei, um sich zu einem pedantischen Vollarsch zu entwickeln.

Als Cecile zwanzig Minuten später an der Haustür klingelte, machte Irina zu schnell auf, um entspannt zu wirken. Sie fragte in einer Art unterdrückter Panik, wo Cecile gewesen sei, und Cecile antwortete, sie habe einen Typen kennengelernt.

Zuerst versteinerte Irinas Gesicht, dann fing sie jedoch an zu erzählen, dass ihr zufällig dasselbe passiert sei, und zwar mit einem dreißigjährigen jüdischen Anwalt, der sie beim Yoga nach ihrer Telefonnummer gefragt hatte und heute zum Abendessen da gewesen sei. Sie sprach davon so detailliert und fröhlich, dass es nur gelogen sein konnte.

Anstatt schlafen zu gehen, setzte Cecile sich in der Küche an Irinas MacBook, googelte einige aufgeschnappte Textzeilen der Lieder, die Detlev aufgelegt hatte, und danach die dazugehörigen Videos. Die meisten Songs stammten von französischen David-Bowie-Verschnitten, die zu einer Mischung aus Rock und Folklore-Gitarrenmusik über Drogen und Liebe sangen. Manchmal fielen die Worte »looking for you«, und zwar mit Motorradgeräuschen im Hintergrund. Nachdem Cecile mehrmals hintereinander »Utopia« von Karl Heinz Schäfer, »Il Pleut« von Brigitte Fontaine und »Speed My Speed« von Alain Kan gehört hatte, stellte sie fest, dass sie verliebt war. Sie aß drei Leberwurstbrote und einen Riesenberg von Irinas übrig gelassenen Nudeln auf und musste an ihre ehemalige Klassenkameradin Nelly Grossman-Hensel denken, schwer übergewichtig, in deren Wohnung an allen Küchenschränken hübsch gestaltete Zettel klebten, auf denen »Wenn du Hunger hast, iss Obst! Denk an Tokio Hotel!« stand.

Am nächsten Tag machte sie genau dasselbe wie am vorigen, lief also durch München spazieren und fraß mehrere Cheeseburger, die sie jedoch gegen 18:30 Uhr in die öffentliche Besuchertoilette des Karstadt am Gärtnerplatz erbrach. In der Bar legte ein Mädchen mit weißer Ponyfrisur Krautrock auf. Cecile wartete bis halb eins auf Detlev, der nicht auftauchte, und fuhr dann mit der letzten S-Bahn nach Hause, wo Irina und ihr Mann Sushi aßen und einen Film mit Steve Buscemi an die Wand beamten. Irinas Mann lachte glücklich, und Irina war angezogen, als befände sie sich auf einem Empfang für die Queen. Sie guckte Cecile an, kalt, kokett und tief verletzt, und flüsterte ihr ins Ohr, dass ihre Sachen im Gästezimmer lägen. Im Gästezimmer schloss Cecile die Tür und riss hysterisch schluchzend ihre Reisetasche auf, der Elefant war noch da.

Donnerstags hatte die Bar geschlossen. Am Freitag kannte der Barkeeper bereits Ceciles Namen und stellte ihr ungefragt einen Bronx auf den Tresen, zu dem sie sich von ihm eingeladen fühlen sollte. Detlev saß an der gegenüberliegenden Seite und schraubte an einer vulgären, aber gutgebauten Tussi rum, die vermutlich gerade eine Ausbildung zur Sozialpädagogin machte und verhalten rumkicherte. Als er Cecile sah, guckte er schnell wieder weg, woraufhin Cecile, von einer scheißchristlichen Hoffnung dazu angehalten, würdelos zu agieren, nicht ging, sondern einfach auf ihrem Platz sitzen blieb. Jedem auf sie zutretenden Individuum, das eine Diskussion über Palästina oder ihre Frisur anzufangen versuchte, gab sie mit einem sparsamen Blick zu verstehen, dass sie hier nicht zum Spaß saß. Nach einer Stunde war Detlev so betrunken, dass er fast hinfiel, als er aufstand und zur Toilette ging. Die Frau sah ihm leicht angewidert hinterher und kramte ihr Handy aus der Tasche, mit dem sie sich so lange beschäftigte, bis er wiederkam. Er versuchte, sie von hinten an sich zu ziehen und auf den Mund zu küssen, woraufhin sie aufsprang, ihre Hand in die Luft riss, wie um ihn zu ohrfeigen, und dann zu einer Gruppe von drei Typen in pastellfarbenen Hemden in die andere Ecke der Bar ging, die sie bemitleideten, als hätte sie gerade jemand mit einem Messer bedroht. Cecile stand auf und ging zu ihm.

»Geht's dir gut?«, fragte sie.

»Ja, mir geht's großartig«, sagte er und suchte mit seiner Hand am Tresen Halt, um nicht zu stürzen.

»Sollen wir woandershin gehen?«, fragte Cecile.

»Ich geh nach Hause.«

»Wie bitte?«

»Ich geh nach Hause. Ohne dich.«

Cecile schwieg kurz. Dann sagte sie: »So kannst du mit der Liebe eines kleinen, unschuldigen Mädchens nicht umgehen«, woraufhin Detlev in schallendes Gelächter ausbrach und, als er sich beruhigt hatte, antwortete, sie sollten sich lieber darüber unterhalten, wie sie mit der Liebe eines alten, verräterischen Mannes umzugehen habe. Jemand anders fragte, was der Spasti da redete, im Hintergrund zündete die Psychologieprofessorin ihre Bluse an, alle schrien, und als Detlev sich umdrehte, um zu sehen, was passiert war, nahm Cecile seine Hand und zog ihn nach draußen.

»Du kannst mit mir alles machen, was du willst«, lallte er im Taxi mit halb geschlossenen Augen. »Bis ich erkenne, dass du ein genauso widerwärtiger, hedonistischer Poser bist wie ich selber und diese ganzen anderen Afterhour-Verwundeten von vorhin. Warum, glaubst du, sind wir da alle gelandet? Weil uns mal ne große Zukunft versprochen wurde, als wir so alt waren wie du, ist aber nie eingelöst worden. Ich mein's todernst, du komische Kleine. Ich kann dich irgendwie nicht leiden. Aber deinen Schal mag ich.«

»Er dich auch«, antwortete Cecile, und beide lachten. Dann hatte Detlev einen hysterischen Hustenanfall und schlief ein.

Cecile sagte: »Ich bin verliebt in dich.«

Und Detlev antwortete mit geschlossenen Augen: »Such dir lieber ein nettes Mädchen in deinem Alter.«

Um Viertel vor fünf lagen die beiden nebeneinander im Englischen Garten, auf dem Fundament des Monopteros-Pantheon mit Ausblick über die in irgendeinen nebeligen Dunst getauchten Grünflächen, und Detlev, der eine Cola getrunken hatte und wieder zurechnungsfähig wirkte, erzählte ohne Unterlass in einem Ceciles Aufnahmefähigkeit übersteigenden Tempo zusammenhangslose Anekdoten aus seiner Kindheit. Cecile war so verknallt, dass sie kaum hörte, was er sagte. Sobald sie sich ihm körperlich näherte, also in der unbeholfenen Teenagermanier eines bis zur Psychose verliebten Punks ihren Kopf auf seine Schulter legte, rutschte er sofort von ihr weg, seufzte tief und sprach weiter, was sie beleidigt zur Kenntnis nahm, aber nach zwanzig Sekunden wieder vergaß, so wie Frauen die Schmerzen nach einer Geburt vergessen, weil sich das im Rahmen irgendeiner Evolution mal als förderlich erwiesen hat, egal. Er erzählte, wie er als Sechzehnjähriger Autos geklaut und spaßeshalber in irgendwelchen Seen versenkt hatte. Wie er sich an dem Tag, als er auszog, mit seinem Vater geprügelt und nur die Schwester ihn davon abgehalten hatte, ihm eine Stichverletzung zuzufügen. Er sagte tatsächlich »Stichverletzung« und danach, dass sein Vater aber eigentlich ganz lustig gewesen sei.

»An Weihnachten sagte der immer, man müsse noch den Molotow unter die Tischdecke legen, womit er natürlich Molton meinte, und zwar fünfzehn Mal hintereinander, das war sein Humor. Sparkassenangestellter. Und in seiner Jugend ein total übler Feger, gerüchteweise, wenn ich das richtig mitgekriegt habe, hatte er als Lehrling in der Sparkasse seines Vaters, meines Großvaters, Geld veruntreut. Woraufhin er in fürchterliche Unehren versunken ist und seine Mutter nur noch sagte: Wäre er doch nie geboren. Er wurde aus der Familie verbannt und dann hat er noch zu allem Überfluss wie in Brechts *Trommeln in der Nacht* ne Frau geheiratet, die aussah wie Marlene Dietrich, meine Mutter, und richtig großbürgerlich war. Ihr Vater war Landespräsident, die hatte in so einer Art Schloss gelebt und war auch total eingebildet. Und beide Familien dachten, das sei nicht standesgemäß. Die Eltern meines Vaters verachteten meine Mutter in erster Linie, weil sie evangelisch war und keine Möhren schneiden konnte. Und den Eltern meiner Mutter war mein Vater zu kleinbürgerlich. Als meine Schwester noch nicht auf der Welt war, hab ich die ganze Zeit alleine in unserem Haus rumgehangen. Und mich an der offenen Stromleitung elektrisiert und gedacht, ich hätte die größte Entdeckung aller Zeiten gemacht. Und immer gehört, wie sich die Erwachsenen über kleine Kinder unterhalten haben. Die haben zum Beispiel gesagt: ›Also Kinder, die brauchen kein teures Spielzeug, die können sich auch mit einer Garnrolle stundenlang beschäftigen.‹«

»Und was dachtest du da?«

»Ich dachte: Was istn das fürn Scheiß.«

»Und, äh, hast du viel geredet mit deinen Eltern?«

»Mein Vater legte Wert drauf, uns ein paar wichtige Sachen zu vermitteln, ja, zum Beispiel der Holocaust, da war ich vielleicht zehn, und er erzählte, dass das ein unglaubliches Verbrechen gewesen sei, und er war echt betroffen, ich muss dir ja nicht erklären warum.«

Cecile schüttelte ziemlich debil den Kopf.

»Ich weiß noch, als mein Sohn ungefähr acht war, hat er irgendwann mal was halb Nazihaftes nachgeplappert von seiner Alkoholikermutter, woraufhin ich ihm sagte, dass Millionen von Juden vernichtet worden seien, und irgendwelche Analogien zum Dritten Reich zog, und er sagte plötzlich: ›Das interessiert mich nen Scheiß, da war ich noch gar nicht da!‹«

»In dem Alter verzeihlich.«

»Ja, vielleicht, aber ich war geschockt. Inzwischen nimmt er die Dimensionen, glaub ich, auch so wahr, wie es sich gehört. Der wohnt bei mir. Dreizehn. Die Mutter ist gestorben. Überfordert mich komplett, aber er ist fantastisch. Er ist fantastisch, wirklich, er ist das Beste, was mir je passiert ist, er ist unfassbar.«

Detlev seufzte und fragte Cecile, ob sie Drogen habe, Cecile verneinte und bot ihm eine Zigarette an, woraufhin er sagte, er habe am Vortag mit dem Rauchen aufgehört, und dann sagte er noch: »Aufgeklärt worden bin ich jedenfalls nicht von meinen Eltern, sondern stilecht auf der Straße.«

Cecile nickte interessiert. Detlev fuhr fort: »Und ich sage dir, ich war vollkommen von den Socken, ich meine, ich staune auch immer noch darüber, über diese Sensation, ich hätte einfach nicht für möglich gehalten, dass Menschen so was machen, aber dann war es mir plötzlich total plausibel. Gregor Lukas hatte das erzählt, der zeichnete sich in erster Linie dadurch aus, dass er aus einfachen Verhältnissen stammte, etwas älter war und deshalb alles wusste. Wäre jetzt wahrscheinlich wegen Missbrauch angeklagt. Und zwar so richtig primitiv straßenmäßig – ›Ihr müsst euch nur eins merken: Pin in Loch‹, sagte der immer. Und ich hab den bewundert dafür, auf solche Ideen gekommen zu sein, aber nicht geglaubt, dass das stimmt, da musste ich mich erst mal rückversichern bei Schulfreunden mit normalen Parkettlegereltern, die weniger verkniffen waren als meine Mutter. In so Katholengegenden, wo Sex so verboten war, war das auch einfach mit so viel Kram verbunden und total besetzt. Gleichzeitig völlig umwerfend und gefährlich. Man spielte quasi mit dem Selbstmord, sobald man darüber nachdachte, denn wenn es rauskam, musste man sich umbringen. Dachte man. Insofern fand ich auch diesen Bertoluccifilm toll, wo dieses Mädchen, das immer mit ihrem Bruder so fragwürdige Sachen macht, obwohl natürlich Bertolucci drauf geachtet hat, dass man ihm nirgendwo unterstellen kann, dass – also, wo Goethe das schon viel besser gemacht hat – also bei Goethe schlafen die Geschwister wirklich miteinander, und man denkt, was macht denn der Goethe da, lässt die Geschwister miteinander schlafen, Goethe, das geht doch nicht. Also jedenfalls lässt der die

Geschwister miteinander schlafen, und jeder Leser denkt, um Gottes willen, Goethe, Goethe, was machst du da, das darf doch wohl nicht sein. Und dann stellt sich halt im allerletzten Augenblick raus, sie dachten nur, sie seien Geschwister, aber sie sind gar keine. Also, er hat es dann objektiv widerlegt. Egal. Und mein Vater, der hatte ja, glaub ich, mit meiner Mutter das Agreement, dass er ne Geliebte haben durfte. Mausi Gellhaus hieß die. Mausi Gellhaus kam auch mal Heiligabend zum Geburtstag meiner Mutter vorbei und brachte mir dann – obwohl, nee, das war wer anders, das war nicht Mausi Gellhaus. Von irgendeiner Frau hab ich mal so ein unfassbar tolles Kriegsschiff geschenkt gekriegt.«

»War das aus Schokozigaretten gebastelt?«

»Nee, das war aus Papier, aber wirklich ganz toll.«

»Und wann hast du beschlossen, links zu sein?«

»Das hab ich beschlossen, praktisch gleichzeitig, wie ich beschlossen habe, kein Abitur zu machen und das alles scheiße zu finden, nachdem ich einmal sitzengeblieben war und beim nächsten Zeugnis schon wieder drohte sitzenzubleiben. Und dann hab ich Marcuse gelesen, ›Repressive Toleranz‹, und da hab ich gemerkt, es gibt Leute, die stimmen mir darin zu, dass wir alle nur verarscht werden. Und dann hab ich gesagt, so, jetzt weiß ich, was los ist, wir werden hier alle nur verarscht, und genau das werde ich den Menschen jetzt zeigen. Und schwuppdiwupp war ich ein guter Schüler. Und schon hatte ich in Teilnahme am Unterricht ne Eins. Und sie haben mich weggelobt für meine Kritik an der Menschheit und der Gesellschaft, bis auf den blöden CDU-Arsch Hans-Peter Schröder, der mir trotz unendlichen Nachhilfeunterrichts in Griechisch ne Fünf gegeben hat.«

Dann erzählte er noch sehr ausführlich, wie er Ende der siebziger Jahre mit fünfzehn einen antiautoritären Verein namens »Föderation Neue Linke« gegründet und sich nicht weniger auf die Fahnen geschrieben hatte als die volle, volle, volle Revolution.

»Ein Revolutionär war man halt damals«, sagte er, die beiden liefen inzwischen auf den Hauptbahnhof zu, und Cecile lachte, und Detlev lachte mit. Dann fragte er: »Weißt du, was wirklich revolutionär ist?«

»Dass die Gala keine Celebrity mehr auf dem Cover hat, sondern ein stinknormales Model?«

Detlev nickte, und sie stiegen in ein Taxi, und in dem Taxi knutschten sie rum, und Cecile konnte echt nicht glauben, was für ein unfassbares Glück sie da gerade hatte.

17 Irgendwann eskalierte alles. Kai saß auf dem Schreibtischstuhl in Jonas' Zimmer und versuchte, parallel zu einem Großteil der restlichen Menschheit, eine Antwort auf die Frage zu finden, warum der Himmel plötzlich nicht mehr blau war. Hatte er zuerst nur wie von Schleim überzogen grünlich geschimmert, sah er inzwischen aus wie ein zweidimensionaler Green Screen, ein aggressives und unnatürliches Neon machte sich da breit, das, solange es nicht von Wolken abgeschwächt wurde, wirkte, als würde es das Ende der Welt ankündigen wollen. Niemand konnte erklären, was es zu bedeuten hatte. Die Theorie, Gammastrahlen eines Lichtjahre entfernten, gestorbenen Sterns hätten die Ozonschicht zerstört, war mehrmals widerlegt worden. Abgesehen vom Himmel selbst war alles genauso wie zuvor. Kein ewiges Eis, keine Vulkanausbrüche, kein Atomkrieg.

Jonas' Mutter bereitete in der Küche das Abendessen zu, und Jonas fummelte an einer kleinen digitalen Videokamera rum. Aus dem Badezimmer hörte man seine beiden Cousinen schiefe A-cappella-Versionen von Charthits singen. Sie waren aus Oer-Erkenschwick zu Besuch, hatten vor, bei einer Castingshow mitzumachen, und wollten zu diesem Zweck ein Bewerbungsvideo drehen.

Jonas nahm seine Aufgabe unverhältnismäßig ernst, während seine Mutter in der Küche in den Waffelteig aschte und sich mit der Mutter der Zwillinge, ihrer Schwester, darüber stritt, ob man Brokkoli kleinschneiden muss, bevor man ihn kocht.

»Scheiß auf den Scheißhimmel«, sagte Jonas, woraufhin Kai anfing, über Cecile nachzudenken, mit der er seit ihrem Einzug ungefähr fünf Worte gewechselt hatte. Er dachte daran, wie sie zu seinem Vater gesagt hatte, er solle ihre gerade auftretende grammatikalische Limitiertheit entschuldigen, aber dass ihr alleine die Inbetrachtziehung des Wortes »Ende« in seiner letzten SMS das Zwerchfell zerrissen habe. Dann war sie heulend ins Badezimmer gegangen und zwanzig Minuten später wieder zurückgekommen, um sich zu entschuldigen, was alles noch schlimmer gemacht hatte. Sobald sein Vater nicht in der Nähe war, war sie normal. Und wenn er wieder auftauchte, verwandelte sich ihr durchaus straightes Wesen zu einer Unterwürfigkeit, mit der sie ihr Leben, ihren Stolz und ihre komplette geschlechtsneutrale Erziehung temporär in die Tonne trat.

Jonas bat Kai, ihm ins Badezimmer zu folgen. Kai lief hinter ihm her, Jonas klopfte an die Badezimmertür, die Extrovertiertere der Zwillinge machte auf, beide kicherten blöd und stellten sich dann der Kamera vor. Zwei Stunden zuvor hatten sie die Backstagedokumentation ihrer Lieblingscastingband auf DVD geguckt. Nach einem Konzert in den Alpen bei irgendeiner Hüttengaudi war die Leadsängerin aus dem Auto gestiegen und hatte aufgrund einer Magenverstimmung in den Schnee gekotzt, was die Zwillinge so beeindruckte, dass sie es mehrere Male zurückgespult hatten und jetzt nachzuspielen versuchten.

Sie hießen Leonie und Helene und waren zehn Jahre alt. Die eine trug ein T-Shirt, auf dem »Von null auf Zicke« stand, die andere gebatikte Schlaghosen, beide hatten mit

Haarspangen fixierte Bumspalmen auf dem Kopf. Es war absurd. Leonie erklärte, dass sie sich gerade schminkten. »Aha«, sagte Jonas. »Darf ich euch denn dabei filmen, wie ihr euch schminkt?«

»Ja, klar.«

Sie griffen hektisch nach einem Lipgloss und schmierten ihn sich auf die Augenlider. Dann rannten sie zum an schlechte Boxen angeschlossenen Computer ins Wohnzimmer, um dort aus der Hocke in ehrgeizige Tanzschrittfolgen reinzujumpen. Nach dem zweiten Song war Kai so langweilig, dass er in der Bravo rumblätterte, die die Zwillinge mitgebracht hatten. Vier Seiten zeigten Fotos von Jugendlichen, die sich mit Selbstauslöser nackt fotografiert und im Interview Fragen zu ihrem ersten Sex beantwortet hatten. Es folgte ein Artikel über Justin Bieber, aus dem bereits alle Bilder rausgeschnitten worden waren, und danach eine lange Strecke über in alternativen Zusammenhängen lebende Teenager. Ein Mädchen, deren Mutter eine Zwergpudelzucht hatte. Ein Junge, der bereits mit sechzehn Mathematik studierte und auf die Frage, was er gerade las, die Titel zweier kompliziertester Abhandlungen über Spracherwerb nannte. Als Kai weiterblätterte, sah Jonas, wie sein Gesicht versteinerte. Und dann stieß Kai, zwar leise, aber so erschüttert, dass die Mädchen aufhörten zu tanzen und in seine Richtung starrten, das Wort »fuck« aus.

»Das ist sie«, sagte Kai zu Jonas, ohne seinen Blick von der Bravo abzuwenden. Er hielt ihm die Doppelseite vor die Nase, und Jonas sagte: »Fucking hell.« Das Foto eines blonden Mädchens mit Haaren bis zum Arsch in Sportswear, das gerade in der Mitte einer Manege im Spagat ihr Bein anwinkelte. Darunter mehrere offensichtlich gestellte

Aufnahmen von ihrem Alltag. Samantha mit einem älteren Typen im Seidenanzug, der sie ans Trapez hebt. Samantha mit zwei Schlangen um den Hals. Samantha mit fünf oder zehn Geschwistern auf einer hässlichen Ecksitzbank. Samantha in einem glänzenden, eng anliegenden Polyesteroverall, wie sie, über beide Ohren strahlend, auf ihre Tigerbettwäsche zeigt.

»Du hast mir nie erzählt, dass die nur einen Arm hat«, sagte Jonas.

»Die hat auch nicht nur einen Arm«, sagte Kai völlig paralysiert, während die Zwillinge im Hintergrund anfingen rumzuquengeln.

»Offenbar doch. Ist ja auch egal, hat sie als Kind vielleicht beim Rhönradfahren verloren. Ich würde an deiner Stelle mal googeln, wo die gerade abhängt mit ihrer crazy Zombie-go-home-Family, und dann fährst du da einfach hin. Statt zur Scheißklassenfahrt.«

»Warum Zombie-go-home?«, fragte Kai.

»Weil die volle Kanne inzestuös am Start sind, sieht man doch.«

Jonas nahm die Kamera wieder in die Hand und fragte die Zwillinge, wie sie das Mädchen in der Zeitschrift fänden, Kai sei nämlich voll in die verliebt. Die Mädchen guckten über Kais Schulter in die Bravo, sprangen zwei Sekunden später von großem Ekel erfasst durchs Zimmer und schrien: »Igittigitt, Schlangen!«

Zum gleichen Zeitpunkt saß Cecile neben Detlev vorm Fernseher. Detlev lag ausgestreckt auf dem Sofa und beachtete sie kaum. Er trug eine weiße Jeans zu einem weißen T-Shirt und hatte eine schwarze Mütze auf dem Kopf.

In der Hand hielt er ein Glas Milch, und als Cecile sagte, das sehe irgendwie gut aus, antwortete er, ohne seinen Blick vom Fernseher abzuwenden, es sehe erst dann richtig gut aus, würde in dem Glas Milch noch eine schwarze Olive schwimmen. Wenn er sie an dieser Stelle gefragt hätte, woran sie gerade dachte, hätte Cecile angefangen zu weinen und geantwortet: »Daran, dass ich einfach immer, wenn ich dich angucke, losheulen will. An alles, was du bist, an alles, was du je gesagt hast, an alles, was du jemals gemacht hast, und an alles, was du noch machen wirst. An deine ganze Kraft und Klarheit. An deine Ernsthaftigkeit und deine Stimme und deine Wildheit. Du weißt, ich liebe nur dich, lass uns über eine Hochzeit im Schlosshotel Aurachhof bei Neckarwestheim sprechen, daran denke ich gerade, und seit Wochen habe ich an kaum was anderes gedacht.« Stattdessen fragte er, ob sie am nächsten Tag zusammen mit Kai in die Stadt gehen könne, um Winterklamotten für seine Klassenfahrt in ein polnisches Skigebiet auszusuchen. Sie nickte und starrte in den Fernseher. Regionalprogramm, Talkshow, B-Prominenz, unter anderem eine vierzigjährige Seriendarstellerin, die sehr ambitioniert über die Gefahr von Nanotechnologie sprach und danach auf die Frage, ob sie ein Tier essen würde, das sie persönlich kannte, antwortete: »Einen Fisch vielleicht, je nachdem, wie weit der mir in seiner Entwicklung nahesteht. Ein Kaninchen nicht, einen Hund auch nicht, also, ich glaube, eher nicht.«

»Mit der war ich mal zusammen«, sagte Detlev und schaltete den Fernseher ab. Er ging in sein Zimmer und knallte die Tür hinter sich zu. Cecile blieb für die nächsten zwei Stunden auf dem Sofa sitzen und versuchte sich einzureden, dass es Quatsch war zu glauben, er sei genervt von ihr.

Als Kai nach Hause kam, fragte sie ihn, ob alles okay sei. Er sah verstört aus und hatte während der Minuten, die er bewegungslos im Türrahmen stand, kein einziges Mal geblinzelt. Er nickte bloß. Dann ging er in exakt derselben Gangart wie Detlev, Knicksenkfuß zu gesenktem Kopf, irgendwie alienhaft, in sein Zimmer und knallte ebenfalls die Tür zu. Cecile weinte ein bisschen und fragte sich, zu was für einer melodramatischen Idiotin sie sich entwickelt hatte. Kai legte sich aufs Bett und weinte auch. Beide versuchten einzuschlafen, was ihnen nicht gelang. Gegen 03:14 Uhr, es war der 16. März 2014 und unverhältnismäßig heiß draußen, wurde sich Kai außergewöhnlicher Schwingungen in seinem Körper bewusst und richtete seine ganze Aufmerksamkeit auf die Vorstellung, zur Decke zu schweben. Als er sich auf die Seite drehte, spürte er, wie er von seinem Körper losgelöst durch die Matratze auf den Boden sank. Dann schwebte er zur Tür. Parallel dazu drückte Cecile ihren Arm oder das, was sie für ihren Arm hielt, durch die molekulare Struktur des geschlossenen Fensters im Wohnzimmer. Sie kam sich unzulänglich vor, wie ein Kind, das unter Menschen ist, deren Sprache es nicht versteht. Sie hielt sich für eine Art 360-Grad-Aussichtspunkt ohne Substanz und schwebte, ohne etwas dagegen tun zu können, durch die Wohnzimmerwand nach draußen. Draußen war nicht das, was sie erwartet hatte, keine Straße, keine geschlossene Drogerie, keine Autos. Sie befand sich in einer hellgrünen, schwer zu durchdringenden Umgebung, hatte das Gefühl, asynchron zu sein, und wusste selbst nicht genau, was asynchron sein in diesem Zusammenhang bedeutete. Völlig unvermittelt schrie sie: »Was geht hier ab?«, hörte den Schrei jedoch von drinnen, aus der Richtung ihres auf dem Sofa liegen gebliebenen Körpers. Und nach einiger Zeit spürte sie die Gegenwart eines anderen.

Als Kai am nächsten Morgen die Küche betrat, trug Cecile mehrere indianerhaft geschichtete Wollschals und aß ihr zwölftes Knäckebrot. Sein Vater saß im Schneidersitz auf der mit Kissen überhäuften Fensterbank und raufte sich die Haare. Kai runzelte zum ersten Mal in seinem Leben die Stirn. Er erzählte Detlev von einem Film über einen kleinen Jungen, der ein Reh als Haustier hatte, also im Garten, das immer mit ihm zur Schule ging. Und Cecile fragte Detlev, ob er so ein Dings, sie glaube, es heiße ganz schlimm »Loungemodul«, also eine Art Verlängerung zum Hinlegen am Sofa, okay finde. Detlev antwortete keinem von beiden. Cecile und Kai sahen sich durchgängig an, als hätte sich ein Kanal zwischen ihnen aufgebaut, durch den es ihnen möglich war, sich wortlos darin zu bestätigen, in der letzten Nacht ein fundamentales Erlebnis geteilt zu haben. Irgendwann stöhnte Detlev, dass er überdurchschnittlich krasse Kopfschmerzen hätte, und ging ins Badezimmer. Bis auf den von einem tiefen Seufzer begleiteten Satz »Schon irgendwie crazy, oder?«, Cecile hing auf ihrem Stuhl mit vom Körper weggestreckten Armen, als befände sie sich in totaler Sicherheit, und Kai übergoss gerade Cornflakes mit laktosefreier H-Milch, wechselten die beiden kein Wort miteinander. Nach einer Viertelstunde kam Detlev zurück, allerdings mit runtergelassenen Hosen und einem komischen Silberblick, der auf die beiden gerichtet war, aber ins Nichts zu starren schien. Er sagte: »Ey kommt mal mit bitte, voll hardcore.«

Im Badezimmer zeichnete er mit ausgestrecktem Finger die Strecke nach, auf der er vorhin, feinsäuberlich in Reih und Glied, die kleinen Kügelchen aus der Waschpulverdose den Badewannenrand bis zur Decke entlanglaufen gesehen hatte. Cecile fragte ihn leicht triumphal, ob er gegen seine Kopfschmerzen tatsächlich LSD genommen habe, und befahl Kai danach, sich was Warmes anzuziehen, es sei nämlich arschkalt draußen.

In das Grün mischte sich irgendeine helle Dunstansammlung. Kai sagte: »Ich liebe Nebel.« Detlev schrie den beiden vom Balkon aus altertümliche, pathetische Abschiedsfloskeln hinterher, Kai wurde von ihm als »mein eigen Fleisch und Blut« bezeichnet und Cecile als »Baby«, schön anglo ausgesprochen, was sie an die Zeit erinnerte, in der sie morgens um sechs manchmal ohnmächtig im Schnee gelegen und sich von vergreisten Trinkhallenbesitzern in Taxis hatte hieven lassen.

Detlev wiederum erinnerte das an die Zeit, in der er auf SMS-Einladungen seines Freundes Rafael zu nachmittäglichen Grillpartys in dessen Garten mit der Frage geantwortet hatte, ob er die Gastgeberin ficken könne. Schlagartig kam er runter von seinem Trip, die vorher verschwommenen Seheindrücke wurden wieder zu dem altbekannten, ernüchternden Blödsinn, und er hatte das Gefühl sich übergeben zu müssen. Stattdessen suchte er sein Handy, fand es im Waschmittelkarton und wählte Susannes Nummer.

»Bist du eigentlich schon mal so richtig abgestürzt?«, fragte Cecile Kai in einem Zustand, den man gedankenverloren nennen könnte. »Mit am nächsten Morgen aufwachen, und man hat Blutergüsse und den Ring von jemandes totem Großvater am Finger, dementsprechend geheiratet, es ist nachmittags, und auf der Falkensteinstraße ist letzte Nacht ein fremder Typ vor deinen Augen überfahren worden, als du den Club verlassen hast, wie so ein Dummy mindestens vier Meter weit über einen weißen Porsche Panamera geflogen, und zu Hause läuft auf 3sat plötzlich eine irritierende Doku über Küchendesign?«

Kai verneinte. Cecile schmiss ihre Zigarette weg, setzte eine Sonnenbrille auf und sagte: »Warum solltest du auch, unnötige Erfahrung.«

Dann fing Kai an zu heulen und erzählte von Samantha. Cecile klopfte ihm auf die Schulter, kaufte ihm einen Milchshake und erklärte wider besseres Wissen, dass keine Liebe unerfüllbar sei. Als Kai aufgehört hatte zu weinen, fügte sie relativ unaufgeregt hinzu, dass sie das Gefühl habe, die zur Adoption freigegebene Tochter eines Mannes zu sein, der zuerst ihre Mutter, ihre Geschwister und dann sich selbst erschossen habe, woraufhin Kai in ein Detlevs Verharmlosungsmechanismen sehr ähnelndes Lachen ausbrach und sagte: »Du bist zwar manchmal doof, aber es gibt sechs Milliarden Menschen, die noch doofer sind als du.«

Cecile fragte sich, ob es noch ein anderes Wort mit Doppel-ö gab. Sie kamen an Apokalypse predigenden, verrückten alten Männern vorbei, in deren Bärten Eiszapfen hingen. Auf dem Parkplatz eines Supermarktes schrie eine durchgeballerte Version von Winona Ryder eine Person an, die sich aus zusammengeklebten DIN-A4-Blättern ein

Gespensterkostüm mit ausgeschnittenen Gucklöchern gebastelt und sie angeblich angespuckt hatte. Die Frau beleidigte das Gespenst mit ellenlangen Aneinanderreihungen veralteter Schimpfwörter und schleuderte ihre Einkaufstüten nach ihm. Die restlichen ihnen entgegenkommenden Menschen machten sich unter dem Grün des Himmels vermutlich Gedanken über das, worüber sie sich bereits jahrelang Gedanken gemacht hatten. Verführungsstrategien, Kinder, und warum ihnen ihre Kollegin am Vortag gesagt hatte, dass sie einen zu dicken Arsch für rosa Stretchjeans hätten. Sie alle sahen verrückt aus. Irgendwann standen Kai und Cecile vor einem Schaufenster, starrten auf eine dort ausgestellte, unfassbar hässliche Multifunktionsdaunenjacke und atmeten parallel zueinander sehr tief ein.

18 Am darauffolgenden Morgen brachte Detlev Kai zum Gleis 4 des Münchner Hauptbahnhofs, seine Stufe schien bereits vollständig in dem dort wartenden Eurocity nach Polen zu sitzen. Detlev umarmte Kai und erzählte, wie er in seinem Alter ein Praktikum bei der Lokalzeitung gemacht hatte. »Mein erster Artikel hieß ›Windhose in Freibad weht Handtücher weg‹. Und mein zweiter handelte von einem Falken, der dem Eggegebirge entflohen war und plötzlich auf dem Dach vom Lebensmittelladen saß. Das war dann auch der letzte, glaub ich.«

Etwas Emotionaleres schien ihm einfach nicht einzufallen, aber Kai verstand die Geste, er biss sich einen kleinen Fetzen abgeblätterter Haut von der Lippe und klopfte seinem Vater zum Abschied auf die Schulter. Dann ging er mit suchendem Blick an den Zugfenstern entlang, um in ein Abteil am anderen Ende des Gleises zu steigen. Ab und zu kratzte er sich am Nacken oder blieb für den Bruchteil einer Sekunde stehen, Detlev sah dieser perfekt proportionierten Masse unverwundbaren Jungsfleisches beim Laufen zu. Die Gangart eines noch nicht ausgewachsenen Wolfes. Er sah Kai aus hundert Metern Entfernung ein- und ausatmen und sah sich auf dem Bahnsteig um. Im Gegensatz zu ihm stürmten alle Menschen zielgerichtet irgendwohin, während er selbst bloß dastand und auch für den Rest der Woche problemlos da hätte stehen bleiben können.

Dann dachte er an seinen letzten Traum, in dem er von

einem nur wenige Zentimeter breiten Balken in einen reißenden Bach gefallen war und sich, obwohl dieser Versuch hoffnungslos zu sein schien, an der dünnen Wurzel eines umgestürzten, zwischen Felsen verkanteten Baumes festgehalten hatte. Von unten sah er Kai, vier Jahre alt, wie er von dem Balken aus hilfesuchend in seine Richtung starrte und anfing zu weinen. Detlev schrie ihm zu, dass er ihn vergessen und weiterlaufen solle, was Kai nicht verstand, er weinte einfach nur und schien ihn gleichzeitig retten und von ihm gerettet werden zu wollen. Als sich Kai so weit in seine Richtung nach unten beugte, dass er ebenfalls ins Wasser zu fallen drohte, schrie Detlev nur, dass er Kai verdammt noch mal nicht helfen könne. Dann wachte er auf. Der Traum hatte einen so fundamentalen Schmerz in ihm ausgelöst, dass er ihn seit Tagen nicht zu verdrängen schaffte.

Zwanzig Minuten später, zu einer Uhrzeit, zu der er normalerweise gerade aufwachte und beschloss weiterzuschlafen, saß Detlev in einer puristisch eingerichteten Tagesbar und bestellte Whisky. Ihm gegenüber saß Susanne. Sie erzählte eine Stunde lang davon, wie ihre Mutter als Kind zu einer Tante gegeben worden war und die Tante, morphiumabhängig, am vierzehnten Geburtstag ihrer Nichte an einer Überdosis starb. Wie die Mutter danach zu einer wohlhabenden Schulfreundin zog und, um dort wohnen bleiben zu dürfen, als Angestellte für die komplette Familie kochen, putzen und waschen musste. Wie sie mit achtzehn einen Mann, Susannes Vater, geheiratet hatte, der ihr fünf Tage nach der Hochzeit bei einem Spaziergang über die Äußere Maximiliansbrücke sagte, dass er sich zwar nicht für sie, aber definitiv für seine vorige Freundin dort runtergestürzt hätte. Sie erzählte, wie ihre Mutter jetzt, im Alter von fünfundsiebzig, ihren gelangweilten Hausfrauenclique aus dem Kegelverein die Freundschaft gekündigt hatte und bei ihrer Tochter eingezogen sei, um »endlich ihr Leben zu leben«, wie Susanne sie mit in der Luft angedeuteten Anführungszeichen zitierte. Und dann erzählte Susanne, dass sie sich tatsächlich dazu entschlossen habe, sich um sie zu kümmern.

»Sie hatte halt nie jemanden, was will man da machen«, sagte sie und grinste auf eine Weise, die Detlev zwar bekannt, aber nicht vertraut war, es wirkte wie die geupgradete Version einer angeborenen Einsicht auf das in irgendeiner Zukunft harrende Elend. In einem Nebensatz erwähnte Susanne außerdem, dass sie sich von ihrem linksradikalen Schriftsteller getrennt habe, weil der erstens zu langweilig gewesen sei, zweitens Patricia Riekel, Burda-Stylegroup-Chefin, für eine »echt starke Frau« hielt und sie drittens völlig begeistert in ein TV-realistisches Theaterstück mitgenommen hatte, woraufhin sie nicht nur an ihm, sondern an der ganzen Menschheit habe zu zweifeln begonnen. Hamlet, immer dieser doofe Shakespeare, und dann noch auf unterstem Niveau, und das komplette Bildungsbürgertum habe sich totgelacht, sobald der eitle schauspielernde Gymnasiastinnenschwarm ins Publikum gefurzt, »ficken« geschrien oder ironisch Hip-Hop zitiert habe. »Und wenn da Frauen vorkommen, dann immer nur so, dass sie innerhalb von zwei Sekunden entweder vergewaltigt, mit Dreck beworfen oder zur hysterischen Verrückten stilisiert werden, denen kein Ausweg bleibt als Selbstmord. Es ist seltsam, wie verloren und deutlich begrenzt ich in meinen sozialen Kontakten eigentlich bin«, sagte Susanne. »Es ist einfach so, dass mich langfristig alle nerven, mittelfristig wenig interessieren und kurzfristig, nun ja, scheint jeder Kontakt deshalb albern.«

Detlev lachte. Die beiden gingen in die Wohnung, die sie vor fünf Jahren gemeinsam bezogen hatten. Susanne öffnete reflexhaft die Fenster aller Zimmer, sah sich um und ließ sich aufs Sofa fallen.

Sie zog ein Ramones-T-Shirt in Kindergröße aus der Sofaritze und blätterte danach in einem zerfledderten antiquierten Bildband, der *Die Welt von oben* hieß und die ersten Schwarzweißfotografien europäischer Metropolen versammelte. Die Widmung war »Für D. von C., in diesem Sinne«, und Susanne fragte relativ unbeeindruckt, mit wem er in der Zwischenzeit geschlafen habe.

»Anorektischer Ex-Junkie, ungefähr neunzehn«, antwortete Detlev und fügte hinzu, dass er sich, hingerafft von seiner kurzfristig wieder aufgetretenen Wildheit, habe verführen lassen.

»Sah sie halbwegs okay aus?«

»Ja, ich glaube schon. Okay ist das richtige Wort, bisschen uninteressant. Hätte die Tochter von Buster Keaton und irgendeiner zu kurz gekommenen Kellnerin sein können. Generell interessiert an Autos und anspruchsvoller Literatur, zumindest tat sie so. Typischer Fall von sich defizitär im Herzen fühlen. Hat fünfzehnmal sekündlich gelogen und ausgedachten Bullshit erzählt bezüglich ihrer Herkunft, von ›meine Eltern waren lateinamerikanische Asis und sind tot‹ bis hin zu einem unter Tränen abgegebenen Geständnis, sie wäre absurd reichen Verhältnissen entflohen, aus irgendeinem Schloss am Nord-Ostsee-Kanal, weil ihre Eltern eigentlich doch keine Asis, sondern betrügerische, sadistische

Upperclass-Spießer waren mit Jürgen-Teller-Originalen an der Wand. Dabei war sie allerhöchstens untere Mittelklasse und komplexbeladen wie scheiße, ehrlich.«

Er erzählte detailliert von Ceciles nächtlichen Fressanfällen, dass Sex mit ihr unerträglich gewesen sei und wie sie zwölf Stunden täglich nichts anderes getan hatte, als auf seine Befehle zu warten.

»Wo ist sie jetzt?«, fragte Susanne dann, sie stützte über die Sofalehne gebeugt ihr Kinn auf der Faust ab, und grinste.

»Keine Ahnung. Sie ist mir scheißegal«, sagte Detlev, und Susanne wusste, dass er nicht log. Sie stand auf, ging in den Flur und machte die doppelreihige Knopfleiste ihres Metallic-Trenchcoats zu. Dann fragte sie ihn, ob er Lust habe, mit ihr ins Kino zu gehen.

Währenddessen saß Cecile in einem überfüllten ICE nach Berlin, fühlte sich elend und wollte nichts anderes, als Detlev sagen, dass sie ihn hätte glücklich machen können. Sie war innerhalb der letzten 24 Stunden mehrere Male gestorben und fragte sich, warum sie überhaupt noch atmete. Sie wünschte sich eine Revanche. Die Revanche würde aber nie kommen, und wenn, dann zu spät. Das einzige Argument gegen Suizid bestand augenblicklich darin, dass sie nicht auf ihrer eigenen Beerdigung würde sein können. Sie wollte nichts mehr, als Detlev an ihrem Grab weinen zu sehen. Kalt vor Wut, in einer Mischung aus Zweifel und feindseliger Sehnsucht konstatierte sie, dass sie den Rest ihres Lebens in erbitterter Einsamkeit verbringen würde.

Wenige Minuten nach dieser niederschmetternden Erkenntnis kam Kai aus dem Speisewagen zurück, drückte ihr ein Trinkpäckchen in die Hand und ließ sich neben sie in seinen Sitz fallen. Er seufzte, guckte sie kurz an und zog dann sein Handy aus der Tasche, um seiner Klassenlehrerin am Telefon zu erzählen, er sei versehentlich in den falschen Zug ein- und weit hinter der polnischen Grenze ausgestiegen, und dass ihm drei zwei Meter große Typen sein Gepäck geklaut hätten. Cecile war beeindruckt von der Genauigkeitswut dieser Lüge, noch mehr beeindruckte sie aber, dass Kai, als er aufgelegt hatte, vor schlechtem Gewissen beinahe anfing zu heulen. Zwanzig Minuten später rief Detlev an, mehrere Male, bis Kai es schaffte, abzunehmen und dieselbe Story vor ihm zu wiederholen. Kurz darauf erhielt er eine SMS von Jonas, in der »Well done, ich bin stolz auf dich!« stand, und die nächsten Anrufe, egal ob sie von Klassenkameraden, der besorgten Lehrerin oder seinem Vater kamen, die inzwischen alle miteinander über den Verbleib des Jungen zu kommunizieren schienen, nahm er, um das ihm unerträgliche Lügenfeld zu verdrängen, nicht entgegen. Kurz bevor der Zug in Berlin einfuhr, sprach Detlev ihm jedoch auf die Mailbox, dass man gerade ca. zweihundert Polizisten mit der Suche nach ihm beauftragt habe, woraufhin Kai ihn in einer Übersprunghandlung zurückrief und ins Telefon schrie, dass alles völlig in Ordnung, er in Esslingen ausgestiegen und dort in ein Ibis-Hotel gezogen sei. Detlev atmete erleichtert aus. Cecile fragte Kai, wie zur Hölle er auf Esslingen gekommen war. »Mir ist nichts anderes eingefallen«, antwortete er. Und als Kai und Cecile gerade an einem eingestürzten, notdürftig reparierten Stahlträger des Berliner Hauptbahnhofs entlangliefen, Cecile an die Michael-Jackson-Textzeile »Here abandoned in my fame, Armageddon of the brain« denken musste und

Kai sich versehentlich mit einem obdachlosen Zeitungsverkäufer darüber zu unterhalten begonnen hatte, was passiert, wenn ein zweihundert Quadratmeter großer Meteorit in die Ostsee fällt, bekam Kai von Detlev eine SMS, in der in Großbuchstaben mit zweiundzwanzig angehängten Ausrufezeichen mitgeteilt wurde, dass es in Esslingen gar kein Ibis-Hotel gab. Kai biss sich in seinen Handrücken und sprang mehrmals mit zusammengekniffenen Augen in die Höhe, als könne er durch dieses Ritual im Erdboden versinken. Cecile lachte und erzählte ihm ein paar Details aus der Jugend von Sid Vicious, verschwieg ihm jedoch, dass Sid Vicious bereits im Alter von zwanzig gestorben war. Dann stiegen sie in eine S-Bahn, in der eine Gruppe von zwanzig bis dreißig Grufti-Teenagern gerade den »Establishment Blues« von Sixto Rodriguez als eine Art phlegmatische Weltuntergangshymne performte.

Garbage ain't collected, women ain't protected
Politicians using people, they've been abusing
The mafia's getting bigger, like pollution in the river
And you tell me that this is where it's at.
The mayor hides the crime rate
council woman hesitates
Public gets irate but forget the vote date
Weatherman complaining, predicted sun, it's raining
Everyone's protesting, boyfriend keeps suggesting
you're not like all of the rest.

Die letzte Zeile, »you're not like all of the rest«, wiederholten sie mehrere Male hintereinander, und zwar breit grinsend.

Kai und Cecile verließen die Bahn nach einigen Stationen, relativ wahllos, um ein Zweibettzimmer eines innerhalb weniger Monate aus dem Boden gezogenen Pappmaschee-Hostels am Checkpoint Charlie zu beziehen. Cecile bezahlte das Zimmer in bar. Sie betraten es, Kai schmiss sich aufs Bett. Cecile ging in den Waschraum auf dem Flur. Als sie zurück ins Zimmer kam, mit einem um ihren Körper geschlungenen weißen Handtuch, war Kai fest eingeschlafen. Das Handy klingelte ununterbrochen, einige Zeit sah Cecile ihm regungslos dabei zu, dann sagte sie, »Scheiße, ich kann das nicht«, und hob es vom Nachttisch auf. Kai wurde wach und starrte ihr ins Gesicht. Sie hielt das Telefon an ihr Ohr, holte tief Luft und sagte plötzlich: »Detlev, Kai ist bei mir, wir sind in Berlin, es tut ihm leid, dass er gelogen hat, und du musst dir keine Sorgen machen, ich passe auf ihn auf.«

Währenddessen ließ sie vor lauter Anspannung ihr Handtuch fallen, sodass sie plötzlich nackt vor Kai rumstand, was ihr, wie sie irritiert feststellte, überhaupt nichts ausmachte. Kai machte das auch nicht unbedingt was aus. Trotzdem vergrub er den Kopf in seinem Kissen und haute mehrere Male mit geballten Fäusten auf die Matratze, während er aus dem Telefon wütendes, nicht genau zu verstehendes Geschrei von Detlev hören konnte. Cecile legte irgendwann einfach auf. Dann sagte sie, es tue ihr zwar leid, aber dass das einfach habe sein müssen. Kai nickte und schmiss sein Telefon in den Mülleimer. Nach zwanzig Minuten war er wieder eingeschlafen. Cecile stand die halbe Nacht rauchend am Fenster und sah mehreren besoffenen Menschengruppen beim Nachhausegehen zu. Sie fragte sich, in was für eine absurde Kacke sie da schon wieder geraten war, und dachte an Samantha, die sie sich als einarmig an einem Trapez hängende Proletenzicke vorstellte. Sie stellte sich das Grab von Kais Mutter vor und danach, wie auf ihrem eigenen Grabstein mal »Keep on fighting« stehen würde.

Während Kai und Cecile am nächsten Tag auf den Pausenhof einer Grundschule für Sprachbehinderte zuliefen und sich Kais sämtliche Muskelgruppen beim Anblick des dort aufgebauten sechsmastigen Zirkuszelts zusammenzuziehen begannen, er zitterte, und sein Zwerchfell drohte zu zerreißen, lief Samantha achthundert Meter entfernt in ihrem »here comes trouble«-Sweatshirt durch eine Aldi-Filiale. Zwei ihrer Brüder stritten sich gerade über Cornflakes, während der dritte ihr derart provokativ ins Gesicht starrte, dass sie ihn fragte, ob er sie angucke, weil sie so hässlich sei.

»Ja.«

»Toll.«

»Deine sogenannten Hautirritationen. Sieht von hier aus voll lustig aus.«

»Ach ja? Du hast auch Pickel.«

»Aber nicht so drei richtig krass auffällige.«

»Streitet ihr euch jetzt über Pickel oder was?«

»Wer hat den größten!«

»Na du!«

»Was?«

»Dein Kopf, Mann!«

Vierzig Minuten später saß die komplette Familie im Küchenwagen, der zur Abwechslung mal sonnendurchflutet war. Samanthas Mutter packte die Einkaufstüten aus und sagte, sie finde alles richtig scheiße. Samantha fragte, was sie dafür könne, während die Mutter ihr Betroffenheitsgesicht auflegte, gekoppelt mit dem ins Leere laufenden Vorwurf an ihren schweigenden Mann, warum der ihr Kinder gemacht hatte, die nicht im Säuglingsstadium verweilt hatten: »Nee wirklich, das ist, also, man schickt euch los, und ich geb ihm« – die Mutter deutete auf Rocco und schnaubte mehrmals hintereinander – »Geld und nen Einkaufszettel, und jetzt guck ich auf den Kassenbon, und da ist noch ne Currywurst drauf! Man kann euch nirgendwo hinschicken mit Geld, und ihr macht das, was euch gesagt wird, sondern es ist immer so, dass da dann noch ne Currywurst drauf ist oder ne Bifi.«

»Ja.«

»Du sagst immer nur ja, ja, ja und hörst nicht auf, Rocco!«

»Was soll ich denn sonst sagen?«

»Ich hab keinen Bock mehr! Wenn das so weitergeht, könnt ihr alle eure Sachen packen und ins betreute Wohnen oder wie nennt man das!«

Rocco machte eine Kaugummiblase.

»Und hör auf mit den Blasen!«

»Ich find's auch scheiße, ehrlich gesagt«, sagte Samantha.

»Was ist denn euer Problem hier plötzlich?«

»Mein Problem ist, Rocco, dass du so eine Scheiße ständig abziehst, und ich toleriere das sozusagen, weil du halt mein Sohn bist, weil ihr alle meine Kinder seid und du dann aber null Respekt vor mir hast.«

»Ich hab voll viel Respekt vor dir, ey.«

»Und mein anderes Problem ist, dass alle meine Kinder

keinen Respekt vor mir haben. Dass Maria immer anfängt zu jammern, wenn man ihr irgendwas sagt, zum Beispiel, dass sie vom Computer weggehen soll, und sie geht in ihr Zimmer und: Whuääääh!«

»Weiß ich. Und was ist jetzt damit?«

Maria fing bitterlich an zu weinen, dieses ungefähr siebenjährige Mädchen auf der Küchenanrichte, mit einem Mortadellabrot in der Hand und einer kleinen Zirkusdirektorenuniform am Leib, wie einem Dokumentarfilm über Robbenbabys entrissen.

»Na ja, guck doch mal, jetzt fängt die nämlich schon wieder an zu heulen!«

Die Mutter stürmte aus dem Wagen. Bevor Samantha dasselbe tat, antwortete sie auf die rhetorische Frage ihres Bruders, was sie zu der ganzen Sache sage: »Dass die Mama schon irgendwie recht hat. Also, dass sie recht hat, wenn sie sagt, dass du nicht mit Geld umgehen kannst.«

»Wie bitte? Du bist doch schuld an allem!«

»Hä?«

»Na, wegen der Bifi!«

Rocco schmiss eine Gabel nach ihr. Samantha legte ein enorm betretenes Gesicht auf und wiederholte einen Satz, den sie am Vortag zufällig in einer Dokumentation über das Adlon gehört hatte: »Eine derart kaputte häusliche Szene hab ich noch nie erlebt.«

Dann verließ sie den Wagen und brach in schallendes Gelächter aus, weil sie grundlos daran denken musste, wie sich das Rhinozeros aus dem Zirkus ihres Onkels während der Vorstellung mal mit den Hinterbeinen auf den Manegenkasten gestellt und von dort aus ins Publikum geschissen hatte. Während sie sich fragte, ob die betreffenden Zuschauer mittlerweile, also fünf bis sechs Jahre später, über diesen entsetzlichen Vorfall hinweggekommen waren, liefen einige Gruppen sechs- bis zwölfjähriger sprachbehinderter Kinder an ihr vorbei. Chiffon-Pumphosen, ungewaschene Zaubererkostüme und Miniaturversionen des Prinzessinnenkleids ihrer Mutter am Leib, in ihren Gesichtern ungefilterte Aufregung. Auf mehreren Bierzeltbänken wurden sie von ihren Klassenlehrerinnen geschminkt, zwei von ihnen standen hyperventilierend in der gegenüberliegenden Ecke bei den Dixiklos und versuchten in Plastiktüten auszuatmen. Eilkrit rannte mit nur halb angezogenem Kleid und ihren Tauben über den Platz. Hysterisch rief sie allen zu, dass man Vogelscheiße am besten mit Sägemehl aus den Haaren bekomme.

Lamberto machte auf einer Weichbodenmatte Handstand und bereitete irgendeinen mit Akrobatik versetzten Stummfilmsketch vor. Als Samantha an ihm vorbeilief, warf sie ihm eine Kusshand zu wie einen Basketball in den Korb. Sie selbst war für die Clowns zuständig, eine kleine Gruppe von Kindern, die auf die Frage, was sie später werden wollen, normalerweise »Fernsehmoderator« oder »Comedian« antworteten. Die Nummern waren seit Samanthas Geburt dieselben geblieben, Kinder in zu großen Klamotten bekamen eine rote Nase angemalt und ihre Versuche, den Zirkusdirektor zu rasieren oder Koffer zu transportieren oder ein Shetlandpony über einen Stock springen zu lassen, arteten grundsätzlich im immer gleichen Effekt ungelenk eingeübter Trottelaktionen aus. Sie hatte keine Ahnung, wo sich die Kinder aus ihrer Gruppe gerade befanden, und ehrlich gesagt auch Bedenken, ob Clowns, die nicht zur flüssigen Artikulation von Sprachlauten fähig waren, den gewünschten Effekt erzielen würden. Einige Elternteile standen bereits am noch geschlossenen Kartenhäuschen. Gegenüber von ihnen zog Rocco im Popcornwagen seine Paillettenweste falsch rum an. Samantha lief an allen vorbei, demonstrativ arrogant. Die Menschen auf dem Gelände schienen eine Gasse für sie zu bilden, als würde sich gerade das Meer teilen, ein Schwarm tieffliegender Krähen jagte knapp über der Zeltspitze vorbei, was einen Moment lang die Blicke aller Anwesenden in den grünen Himmel lenkte, und als sich Samantha gerade im Vorzelt ihres Wohnwagens umzuziehen begann, stieg ihr der Geruch von Spiritus in die Nase, die Luft begann zu zittern, sie hörte Flammen, eher ein Kratzen als ein Knistern, und rannte um ihren Wagen herum, hinter dem ihr Vater in einigen Metern Entfernung seinen inzwischen vierten Komposthaufen angezündet hatte. Ihr Vater stand mit dem Rücken zu ihr und einem leeren Benzinkanister in der Hand vor dem drei Meter hohen Biomüllberg und schmiss da hintereinander mehrere Streichhölzer rein. Samantha wollte schreien oder zu ihm rennen, konnte sich aber wie im Traum weder bewegen noch ihre Stimme benutzen. Ihr Vater stand einfach nur da, wie ein phlegmatischer Actionheld, und der Komposthaufen stand innerhalb kürzester Zeit in meterhohen Flammen. Die ersten Menschen kamen aus der Ferne auf das Feuer zugerannt. Ihr Vater drehte sich zu Samantha, lächelte sie trübe an und ging dann seelenruhig den Leuten entgegen und durch ihre Mitte hindurch auf das andere Ende des Schulhofes zu. Samantha nahm all das in Zeitlupe wahr und beobachtete ihn mit offenem Mund dabei, wie er sich auf einen Liegestuhl vor dem Hintereingang des Zelts legte und die Arme hinter seinem Kopf verschränkte. Dann schloss er die Augen und schlief ein, so zufrieden, wie Samantha ihn lange Zeit nicht gesehen hatte. Nicht zu bezähmende Panik erfasste sie. Ihre Mutter schrie wie am Spieß »Wasser, Wasser!« und bemühte sich vergeblich, die anderen Leute dazu zu bringen, irgendetwas zu unternehmen. Niemand tat etwas, ungefähr sechzig Menschen standen komplett paralysiert vor einer Art erweitertem Osterfeuer und wirkten, als hätten sie so etwas noch nie gesehen. Mitten in dieser Masse bewegungsloser Gesichter sah Samantha plötzlich eins, das ihr das Blut in den Adern gefrieren ließ.

Sie musste beinahe kotzen, sie drohte auseinanderzufallen, sie fühlte sich vollkommen zerbröckelt und nackt. Ein Naturzustand, der nichts mit tierischer Begierde zu tun hatte, sondern eher eine Maßnahme für den Leichenhaufen zu sein schien, auf dem sie irgendwann nichts anderes mehr als einer unter vielen nackten Toten sein würde.

»Wie mach ichn das mit dem Arm? Einfach zwischendurch kurz ansprechen, oder?«, fragte Kai. Cecile antwortete, ohne ihren Blick von Samantha abzuwenden: »Spitzenmäßig, tiptop, eins a.«

Dann ging Kai auf Samantha zu. Während er sich immer weiter von ihr entfernte, starrte Cecile auf Kais Rücken und stellte fest, dass sie Lust hatte, ihm hinterherzurennen. Die Feuerwehr löschte den Komposthaufen innerhalb von zehn Sekunden, die Vorstellung wurde abgesagt.

Eine halbe Stunde später saßen Kai und Cecile schweigend in Samanthas Wohnwagen. »Soll ich mal was zu trinken holen gehen oder so?«, fragte Samantha.

Kai sagte: »Ähm«, und Cecile rief parallel dazu: »Ich fände das super.«

Samantha stand von ihrem Bett auf, ging nach draußen und ließ die Tür offen stehen. Cecile drehte sich auf dem Schreibtischstuhl dreimal um die eigene Achse und schließlich zu Kai. Der guckte weg, bis beide plötzlich anfingen zu lachen, Cecile ihren Mantel auszog und »Mach dir keine Sorgen« sagte.

»Warum sagst du das?«

»Weil du ein extrem cooler Typ bist.«

Kai sah sie fragend an. Cecile guckte fragend auf eine halb abgeblätterte Fototapete mit Lotusblütenaufdruck. Als Samantha wiederkam, hatte sie diesen besonderen Ausdruck fundamentaler Genervtheit aufgesetzt, der nur total hübschen Mädchen vorbehalten war. In der Hand hielt sie eine Sektflasche, die fünf Stufen nach drinnen nahm sie mit nur einem Schritt. Ihre Mutter war ihr hinterhergelaufen, aber kurz vor der Tür auf der letzten Stufe stehen geblieben. Sie streckte ihren Kopf in den Wagen, sah verheult aus und hatte vergessen, eine ihr von der Feuerwehr um die Schultern gewickelte sinnlose Wärmedecke abzulegen.

»Ich find's ja nicht so geil, wenn ihr jetzt schon Alkohol trinkt«, sagte sie.

Samantha stöhnte genervt, zwang sich an den anderen vorbei zurück zur Tür und versuchte sie zuzuziehen. Eilkrit hinderte sie daran.

»Und jetzt musst du mir gleich wieder hinterherlaufen wie son Hund?«, fragte Samantha. Eilkrit nickte.

»Toll.«

Die Mutter sah von Cecile zu Kai und schien unbedingt herausfinden zu wollen, woher sie den Jungen kannte.

»Siehst du nicht, dass wir Gläser brauchen? Kannste mal welche holen gehen?«, fragte Samantha.

»Nein, ich hol jetzt keine Gläser.«

»Dann geh raus.«

Ihre Mutter reagierte nicht, sie guckte noch immer Kai an.

»Entweder du holst jetzt Gläser oder du gehst raus, Mama!«

»Willste dich jetzt irgendwie brüsten oder so? Vor deinen komischen Freunden?«

»Klar, ich will mich volle Kanne vor denen brüsten, gut erkannt.«

»Aha.«

Kurze Stille.

»Und schämst du dich gar nicht?«

»Nee. Du dich vielleicht? Ich würd mich jedenfalls schämen, wenn ich so rumlaufen würde wie du!«

»Und ich würd mich schämen, wenn ich so mit meiner Mutter reden würde!«

»Ja, fantastisch, dann hau ab jetzt, du siehst unterirdisch aus, unterirdisch.«

Eilkrit rollte demonstrativ mit den Augen und wollte damit vermutlich signalisieren, dass sie nicht kapituliert hatte, sondern nur zu schlau war, um sich weiterhin derartigen Unzulänglichkeiten hinzugeben. Dann haute sie tatsächlich ab. Sie hatte verloren.

»Jetzt bin ich mal wieder die Letzte, die das merkt, aber sechzehnjährige Mädchen sind widerliche Arschlöcher«, sagte Samantha. Ihr Gesicht entspannte sich innerhalb weniger Sekunden. Plötzlich sprang ein Kind in einem weißen, zu langen Nachthemd vom oberen Teil des Stockwerkbettes, was Kai so erschreckte, dass er laut aufschrie.

»What the fuck, Maria!«, schrie Samantha.

Maria war auf den Knien gelandet, sie guckte die drei nacheinander erwartungsfreudig an, schien traurig darüber zu sein, dass niemand ihren Sprung zu würdigen wusste, und stellte sich hin. Dann sagte sie, zu Tode beleidigt, dass Samantha ihr versprochen hätte, ihr beim Ausfüllen irgendeines Freundschaftsalbums zu helfen. Sie drückte ihr das von Diddlmäusen überzogene Buch in die Hand, Samantha stöhnte mal wieder, forderte Cecile jedoch auf, ihr einen Stift vom Schreibtisch zu geben. Dann sagte sie zu dem Mädchen: »Jetzt steht hier ›Hobbys‹. Was machst du denn gerne?«

Maria überlegte fieberhaft.

»Tanzen, turnen, gut mit Schwertern umgehen.«

»Und Lieblingsfarbe?«

»Blau. Also Blue, du kannst auch schreiben: Blue.«

Samantha nickte und schrieb, durch einen Schrägstrich voneinander getrennt, sowohl Blau als auch Blue in die Steckbriefspalte.

»Und dein Lieblingsheld?«

Maria überlegte wieder, diesmal aber sehr viel angestrengter als zuvor.

»Kleopatra«, schrie sie irgendwann mit senkrecht in die Luft gehaltenem Zeigefinger.

»Kleopatra? Spinnst du? Weißt du überhaupt, wer das war?«

»Die Königin von Ägypten! Ich weiß sogar, wie ihr Ehemann heißt!«

»Toll, das wissen wir auch.«

»Ach ja? Wie heißt der denn, ihr Ehemann?«, fragte Maria.

»Richard Burton«, sagte Cecile. Samantha prustete vor Lachen, Cecile grinste stolz. Kai kannte weder Richard Burton noch den Monumentalfilm von 1963, in dem er an Elizabeth Taylors Seite Marcus Antonius gespielt hatte. Maria war so verunsichert, dass sie nach einer kurzen Schockstarre wie ein Roboter den Wagen verließ.

»Richard Burton, ich fass es nicht«, wiederholte Samantha mit Freudentränen in den Augen, und Cecile antwortete, dass sie müde sei und dringend nach Hause müsse. Bevor sie Maria hinterher nach draußen ging, zwinkerte sie Kai zu, und zwar so, dass Samantha es nicht sehen konnte. Danach zuckte sie entschuldigend mit den Schultern, als könnte sie sich selbst nicht erklären, wie sie auf die Idee gekommen war, ihn mit einer so durchgeballerten Bilderbuchgeste der Komplizenschaft zu belästigen. Kai atmete tief aus, Samantha tat dasselbe. Dann köpfte sie die Sektflasche, nahm einen Schluck und ließ sich aufs Bett fallen. Sie sagte nichts. Sie guckte ihn auch nicht an. Nach fünf Minuten hatte Kai das Gefühl, sie sei eingeschlafen, und fragte deshalb so nebensächlich wie möglich: »Was istn da eigentlich mit deinem Arm passiert?«

Samantha setzte sich sofort aufrecht hin.

»Was meinst du?«

»Dein Arm, der ist – «

»Der ist was?«

Kai runzelte die Stirn. Sie guckte ihn fragend an.

»Die Hälfte von deinem Arm ist ab, Samantha!«

Samantha fing hysterisch zu lachen an, Kai lächelte und verstand die Welt nicht mehr. Weil ihm nichts Souveräneres einfiel, tat er so, als fände er das ebenfalls irre lustig. Danach erlaubte er sich den naheliegenden Scherz, zu fragen, ob ihr das bisher noch nicht aufgefallen sei.

»Nein, bisher nicht, sieht aber ganz okay aus, oder?«, antwortete Samantha und lachte weiter.

Sie sprang hysterisch um ihn herum, mit einer Körperspannung, die was Maschinenhaftes hatte. Kai hatte keinen Zugriff auf diese Performance. Als sie sich beruhigt und wieder hingesetzt hatte, fragte sie sehr eloquent, ob er wisse, wie ein japanischer Arthouse-Horrorfilm mit ihm in der Hauptrolle enden würde.

»Ich hab noch nie einen gesehen, glaube ich«, sagte Kai.

»Solltest du aber. Ich hab mich mein Leben lang für Noriko Nakagawa aus *Battle Royale* gehalten, macht Spaß, sich mit moralisch überlegenen Helden zu identifizieren, die am Ende als Einzige überleben.«

»Und worum geht's da?«

»In *Battle Royale*? Totaler Krieg. Schulklasse wird auf einer Insel ausgesetzt und dazu aufgefordert, sich gegenseitig abzuschlachten.«

»Ist der gut, der Film?«

»Absolutes Meisterwerk, ich wünschte, ich hätte ihn selber gemacht. Hast du Zigaretten?«

Kai schüttelte den Kopf. Dann fragte er, ob sie sich für Filme interessierte. Sie lachte wieder.

»Als ich sechs war, hab ich nachts im Fernsehen bei meiner Tante Ute nen Schwarzweißfilm von 1946 gesehen, *Gilda*, Regie: King Vidor, klassischer Film noir, der sich durch die konventioneller Hollywoodmoral entgegengesetzte Düsternis und Entfremdung auszeichnen muss. Kennst du Rita Hayworth?«

»Nein«, sagte Kai, völlig fertig und perplex.

»Sie wär dein Typ.«

»Du bist mein Typ.«

»Ich seh auch aus wie sie. Allerdings ist sie nicht im Geringsten wie ich. Und außerdem hab ich mich nach einiger Zeit auf asiatisches Kino spezialisiert, den ganzen Martial-Arts-Blödsinn und viel Action. Takashi Miike, Kinji Fukasaku, Hark Tsui, Joon-ho Bong, und –«

»Wovon zur Hölle redest du?«, fragte Kai.

»Wovon ich rede?«, schrie Samantha plötzlich. Ihr Atem wurde unregelmäßiger, ihre Pupillen weiteten sich, und sie sprang vom Bett auf.

»Du willst wissen, wovon ich rede?«

Kai nickte schüchtern, dieser völlig unvorhersehbare Stimmungswechsel überforderte ihn kolossal. Samantha holte Luft.

»Davon, dass ich in Verhältnisse reingeboren wurde, in denen ich tun muss, als sei ich ein debiles Proletengirl! Ich hab mein Leben lang gelogen! Ich gehöre zu den unerträglichen Menschen, die sich dümmer stellen, als sie sind! Zu denen, die sich am Ende eines Films eingestehen, ihr Leben lang falsch gewesen zu sein, und deren Eingeständnis und deren Tod nur zum Fortlauf der Scheißhandlung dienen! Und weißt du weshalb? Aus Harmoniesucht, Kai. Weil ich auf die Scheißfrage, ob ich eine Kuh oder ein Cowboy sein will, ›Kuh‹ antworten würde.«

Kai schluckte, Samantha fing beinahe an zu heulen und setzte sich wieder. Sie kratzte sich an beiden Schläfen, starrte kurz auf den Boden und dann wieder ihn an, etwas weniger feindlich zwar, aber trotzdem so, als würde sie gleich implodieren.

»Wenn das jetzt ein Film wäre, dann wäre ich nicht das durchtriebene Outlawbiest, das sich mit nem Samuraischwert an erwachsenen Arschlöchern rächen muss und deswegen cool ist. Ich wäre auch nicht die von allen Helden geliebte, unschuldige Gewinnerin am Ende. Ich wäre die hinterhältige Schlampe, die an dieser Stelle wegen eigener Unzulänglichkeiten ein Messer im Rücken hätte und dir in der letzten Sekunde ihres Lebens gestehen würde, dass sie dich erstens immer geliebt und zweitens deine komplette Familie umgebracht hat.«

»Mach dir keine Sorgen, ich hab keine Familie«, sagte Kai lachend, aber Samantha starrte ihn nur durchdringend an.

»Meine Mutter ist tot«, fuhr er fort, »mein Vater ist unzurechnungsfähig, meine Tanten sitzen in Neuseeland und spielen Poker, und –«

»Siehst du: Mutter tot, super Ansatz.«

»Aber du hast sie definitiv nicht umgebracht.«

Samantha sah ihn an, Kai sah auf die Lotusblütentapete neben ihrem Kleiderschrank. Er würde im Nachhinein nicht mehr rekonstruieren können, wie viel Zeit verging, bis sie aufstand, auf ihn zulief und ihn küsste. Zuerst auf die Wange, danach auf die Stirn, dann steckte sie ihm unangekündigt die Zunge in den Hals. Alles zerfloss. Die Zeit, der Raum, er selbst sowieso, es war ein stilechter Moment von nur in der Liebe herzustellender Perfektion, bis Samantha plötzlich übergangslos von ihm abließ, einen Schritt nach hinten ging und sagte, dass er morgen Abend wiederkommen solle.

»Ich bin hier nicht schwer zu finden«, fügte sie hinzu. Kai nickte und versuchte sich zu orientieren. Er nahm Ceciles Jacke vom Schreibtischstuhl, sah sich um, ob er nichts vergessen hatte, dann fiel ihm wieder ein, was gerade passiert war.

»Soll ich echt gehen jetzt?«

»Ja.« Er gab ihr die Hand, sie lachte und küsste ihn noch einmal auf den Mund.

»Und geh ich recht in der Annahme, dass ich niemandem von deinen gestorbenen Regieambitionen erzählen darf?«, fragte er.

»Du hast ne irre gute Rhetorik für nen Scheißvierzehnjährigen.«

»Und du kennst dich irre gut mit dramaturgischen Strukturen aus. Für ein Scheißzirkusmädchen.«

»Glaubst du eigentlich, die Welt geht unter?«

»Nein. Aber ein Teil der Menschheit vielleicht.«

Samantha dachte kurz nach, sagte dann todernst: »Das ist eine gewagte These, Kai«, und zuckte mit den Schultern. Kai zuckte ebenfalls mit den Schultern und verabschiedete sich.

Vom Fenster aus beobachtete sie, wie er, ohne sich noch mal umzudrehen, den Schulhof entlanglief und sich alles genauestens ansah, das Zelt, die Wohnwagen, eine aus dem Stall ausgebrochene Ziege, die gelangweilt durch die Gegend trottete. Am Tor zur Straße, in zweihundert Metern Entfernung, stand Cecile. Nachdem Kai ihr einige Minuten wild gestikulierend irgendwas erzählt hatte, lachte sie und klopfte ihm auf die Schulter. Samantha wartete, bis sie die beiden nicht mehr sehen konnte, schminkte sich mit feuchtem Klopapier das Gesicht ab und ging raus, um Lamberto zu suchen. Als er ihr die Tür zu seinem Wagen aufmachte, drängte sie sich an ihm vorbei ins Innere und ließ sich auf einen Stuhl an seinem kleinen Küchenklapptisch fallen. »Ich muss mit dir reden«, sagte sie und fing augenblicklich an zu weinen. Sie erzählte ihm unfassbar detailliert, in viel zu schnellem Tempo und einem ernsthaften Nervenzusammenbruch nahe, wie sie vor drei Jahren ein paar debile Unterschichtkids in Brandenburg dazu aufgefordert hatte, einen handgroßen Stein von der Autobahnbrücke zu schmeißen. Lamberto nickte verständnisvoll an den richtigen Stellen, konnte aber noch immer nicht gut genug Deutsch, um auch nur im Ansatz zu verstehen, wovon sie gerade sprach, und war sehr erschrocken, als sie ihn irgendwann sehr rabiat, in einem Gemenge mehrerer Sprachen und eindeutig auf Sex hinauslaufender Gesten dazu aufforderte, sie zu entjungfern. Zwanzig Minuten später lagen sie nebeneinander in seinem Bett und teilten sich eine Zigarette.

Was beide zu diesem Zeitpunkt noch nicht wussten, aber ahnten, war, dass Lamberto innerhalb der nächsten zwei Wochen das Auto von Samanthas Bruder klauen, mit ihr zusammen nach Venedig abhauen und sie dort heiraten würde.

19

Um 20:54 Uhr steckten Kai und Cecile im Fahrstuhl ihres Hotels fest. Kai bekam Panik.

»Ich hab gestern noch gelesen, dass Fahrstühle gar nicht abstürzen können, das ist technisch völlig unmöglich«, sagte Cecile, um ihn zu beruhigen.

»Aber es können ganz blöde Sachen passieren«, seufzte Kai. »Zum Beispiel in Frankfurt, da gibt's den Uniturm, der ist dreißig Stockwerke hoch, und da ist ein Fahrstuhl stecken geblieben zwischen zwei Stockwerken. Und da war eine Frau drin gefangen, die sich logischerweise retten wollte. Sie schob die Fahrstuhltüren auf, sah unter sich das nächste Stockwerk, sprang raus und fiel dann den Schacht runter. Dreißig Stockwerke tief.«

»Und? Gestorben?«

»Natürlich.«

»Fucking hell.«

Cecile überlegte kurz.

»Wir würden immerhin nur zwei Stockwerke tief fallen, das ist ja schon mal was«, sagte sie dann.

»Und uns beide Beine brechen oder so«, sagte Kai. »Also, im äußersten Fall. Ein anderer toller Unfall ist Sektkorkenrausziehen. Korken geht durch Brille durch, und dann ist die betreffende Person später blind, weil Splitter im Auge. Ist einem Freund von Detlev passiert.«

»Echt?«

»Bei dessen Hochzeit.«

»Detlevs Hochzeit?«

»Ja. Also nein, bei der Hochzeit von dem Typen, das ist ja das Tragische«, sagte Kai. »Und als der Krankenwagen endlich mit ihm weggefahren war und Detlevs anderer Kumpel aus Frust für die Hinterbliebenen ne weitere Champagnerflasche aufmachen wollte, passierte dem allen Ernstes dasselbe. So was nennt man die Duplizität der Ereignisse.«

»Das ist ausgedachte Scheiße, Kai.«

»Mein Vater lügt nicht.«

Cecile gab Kai recht. Dann fragte sie ihn, ob sie ihm was erzählen solle, was sie noch nie zuvor jemandem erzählt hatte. Kai nickte.

»Ich habe 500 000 Dollar. Ohne Scheiß.«

Kai glaubte ihr das zwar sofort, antwortete aber relativ gelangweilt nichts anderes als »Wow« und fragte drei Minuten später, wo sich das Geld denn befinde.

»In einer irre hässlichen Skulptur. Die ich meinen Eltern geklaut habe.«

»Der Elefant? Ist das dein Ernst?«

Cecile nickte.

»Der ist die größte Scheiße, die ich je gesehen habe, deine Eltern sind geschmacklos.«

Cecile nickte wieder, Kai dachte nach. Sein Verhältnis zu so viel Geld war relativ unhysterisch. Er wusste, dass selbst 500 000 Dollar schneller ausgegeben waren, als man dachte, und nur Besitzanhäufung hinterließen, die es dann mit Selbstverleumdung aufrechtzuerhalten galt. Irre anstrengend. Trotzdem fühlte sich die Vorstellung, mühelos einen Trip nach Hawaii finanzieren zu können, ganz okay an.

»Ich brauche dieses Geld«, sagte Cecile, ohne Kai anzugucken, und Kai nickte erneut.

»Sind deine Eltern Arschlöcher?«, fragte er dann.

»Ich glaube schon«, sagte Cecile.

»Sind sie reich?«

»Ja.«

»Dann zwing sie einfach dazu, den Elefanten zurückzukaufen. Easy.«

Cecile lachte ungläubig.

»Ich mein's ernst«, sagte Kai. »Du treibst sie mit Küchenmessern in irgendeinen abschließbaren Keller und lässt sie erst raus, wenn sie den Kaufvertrag unterschrieben haben.«

»Den Kaufvertrag?«

»Ja, oder was weiß ich, den Scheck oder was man da nimmt.«

»Es gibt überhaupt keine Schecks mehr.«

»Aber Online-Banking, Cecile.«

»Verdammte Scheiße.«

»Irgendwas.«

»Shut up!«

»Go away!«

»Fuck yourself!«

Cecile lachte, Kai lachte mit, sie lachten genaugenommen so heftig, dass sie parallel zueinander in die Knie gehen mussten, und einige Minuten später setzte sich der Fahrstuhl wieder in Bewegung, und sie erhoben beide ihre Hände, um sie in die erhobene Hand des jeweils anderen zu schlagen, man nennt das »High Five«, glaube ich. Kais Nerven waren jedenfalls zum Zerreißen gespannt. Als sie ihr Zimmer betraten, es sah exakt so aus wie am Vortag, legte sich Cecile, ohne sich auszuziehen, aufs Bett, erzählte noch ein bisschen von den Hunden ihrer Eltern und schlief mitten im Satz ein. Kai stellte sich ans Fenster und dachte eine viertel Stunde lang über Samanthas Wimpern nach.

Was er zu diesem Zeitpunkt nicht wusste und auch nicht im Geringsten ahnen konnte, war, dass er sie am nächsten Abend nicht wiedersehen, sondern nur einen leeren Schulhof vorfinden würde, auf dem nichts als ein Kreis von Sägemehlresten liegengeblieben war. Genauso wenig wusste er, dass Cecile ihm eine Woche später ihre Eltern vorgestellt haben und er selbst kurz darauf 250 000 Dollar besitzen würde. Er wusste nicht, dass Susanne seinen Vater vor wenigen Stunden mit weit geöffnetem Mund auf dem Küchenboden gefunden hatte, das linke Bein angewinkelt, den rechten Arm von sich weggestreckt, und dass ein bayrischer übergewichtiger Notarzt genau jetzt, um 21:22 Uhr, Detlevs Todeszeitpunkt auf ein Blatt Papier schrieb, um danach Feierabend zu machen und im Internet ein Indianerset von Playmobil für seinen vierjährigen Sohn zu bestellen, mit mehreren Miniaturtipis, Totempfählen und Friedenspfeifen. Kai wusste nicht, dass gerade eine obdachlose ehemalige Chemielehrerin am Münchener Odeonsplatz zwei unabhängig voneinander die Straße entlanglaufende Menschen, einen Mann Mitte vierzig und ein siebzehnjähriges Mädchen, sich in exakt denselben Bewegungsabläufen zuerst ans Herz fassen und danach zu Boden sinken sah, woraufhin sie erschrocken in den Himmel starrte, sich bei Gott für eine Bestätigung ihrer Theorie der Ausrottung der Menschheit durch sich selbst bedankte und in die Knie ging.

In diesem Moment, mitten in der Nacht, wusste Kai nur, dass sich mehrere unbelohnte Jahre der Demütigung gelohnt zu haben schienen. Er war blass und erschöpft und ging ein paar Gegensatzpaare durch, die eigentlich keine waren. Missbrauch und Besessenheit, Paradies und Verbrechen, Himmel und Hölle. Und dann zweifelte er plötzlich daran, ob aus leidenschaftlicher Liebe jemals funktionierende ökonomische Modelle abgeleitet werden könnten.

Zwei Jahre später, am 1. Mai 2016, war der Himmel so klar und blau, wie es ging.

Vielleicht war tatsächlich ein Meteorit in die Ostsee gefallen, und eine durch ihn ausgelöste Tsunamiwelle hatte bereits die Hälfte Europas überschwemmt. Vielleicht war zwischenzeitlich der beträchtlichste Fortschritt in der Clusterphysik außer Kontrolle geraten, die Pest ausgebrochen oder schlechterdings überhaupt nichts passiert. Nur drei Dinge waren definitiv.

Kai war sechzehn, Cecile fast einundzwanzig, und mit ineinander verschränkten Fingern standen sie vor einem winzigen, extrem niedergeschlagenen katholischen Priester. Er hatte große, dünne Segelohren, in denen man, als durch ein kaputtes buntes Fenster ein Sonnenstrahl in die Kirche fiel, sämtliche Äderchen schimmern sehen konnte. Die Trauzeugen waren ein betrunkener Punk über sechzig, der gerade auf seinem iPod Rammstein hörte, und eine Organistin im Jogginganzug, die vor Rührung bereits angefangen hatte zu weinen, als Kai und Cecile die Kapelle noch gar nicht betreten hatten. Als der Priester seine notdürftig improvisierte Rede mit der Trauliturgie »bis dass der Tod euch scheidet« beendete und sie erwartungsvoll ansah, steckte Kai Cecile einen aus Kaugummipapier gebastelten Ring an den Finger. Sie strahlte ihn an, er strahlte zurück, und dann antwortete er dem Stellvertreter aller überweltlicher Wesen: »Man stirbt nicht so leicht, wenn man jung ist.«

QUELLENNACHWEIS

S. 26 Motherfucker, it's a perfect crime. By (USA 2) SLASH, IZZY STRADLIN, DUFF ROSE MC KAGAN, DARREN A REED, MATT SORUM AND W. AXL ROSE, GUNS N' ROSES MUSIC (ASCAP) © ALL RIGHTS ON BEHALF OF ARTEMIS MUZIEKUITGEVERIJ B.V. AND GUNS N' ROSES MUSIC ADMINISTERED BY WARNER/CHAPPELL MUSIC GMBH & CO KG; Musik & Text: Axl W. Rose © Black Frog Music/Universal Music Publishing GmbH

S. 92 Suzy, what's got into you? Teddy and His Patches: Suzy Creamcheese © K+T: CONWAY, DAVID JAMES/FLORES, THEODORE MICHAL TEDDY, JANELL MUSIC PUB

S. 93 What I don't know ... I live primitive. The Groupies: Primitive, Album: Nuggets: Original Artyfacts From the First Psychedelic Era, 1964–1968 (disc 3), 1972, kein Urheber

S. 115 Sie saßen aufrecht ... Bestandteil des Handgelenks ist. Hier bezieht sich der Text fast wortgleich auf Stephen Jay Gould: Der Daumen des Panda. Suhrkamp taschenbuch wissenschaft, 1989, aus dem Amerikanischen von Klaus Laemann unter Mitwirkung von Eva-Maria Schmitz. © Stephen Jay Gould 1980, © der deutschsprachigen Ausgabe Birkhäuser Verlag Basel 1987. Der Abdruck erfolgte mit freundlicher Genehmigung des Suhrkamp Verlages Berlin.

S. 212 So tell the girls that I am back in town. Musik & Text: Jay Jay Johansson © Universal Music Publishing MGB Scandinav/Musik Edition Discoton GmbH

S. 224 They only want you when you're seventeen, when you're 21, you're no fun. Musik & Text: Daniel Hunt © Universal Music Publishing Ltd./Universal Music Publishing GmbH

S. 290 Here abandoned in my fame, Armageddon of the brain. Musik & Text: Jackson © Mijac Music bei Sony/ATV Music Publishing LLC

S. 291 Garbage ain't collected … all of the rest. Musik & Text: Sixto Diaz Rodriguez © Interior Music Corp. / Universal/MCA Music Publishing GmbH

Danke für massiven Einfluss an

Maria Koch (geb. Neumann), Julia Späth, Leonie Hahn

&

Oliver Barduhn, Sibylle Berg, Sophie & Johanna Boch, Denise Booth, Anika Decker, Mara Delius, Petra Eggers, Mirna Funk, Julia Graf, Carl Hegemann, Malakoff Kowalski, Janine Ortiz, Nina Pohl, Sophie Rois, Elisabeth Ruge, Deborah Schamoni, Jan Sefzik, Willem Stratmann

Sibylle Berg
Wie halte ich das nur alles aus?
Fragen Sie Frau Sibylle
160 Seiten, Hanser 2013

Endlich! Sibylle Berg beantwortet in ihrer ultimativen Überlebensfibel bissig und ironisch, scharfzüngig und liebevoll die drängendsten Fragen unserer Zeit. »Folgen Sie mir einfach, und haben Sie keine Angst«, sagt Sibylle Berg. *Wie halte ich das nur alles aus?* Ist das Buch, das jeder braucht!

- Warum ist es so schwer, sein Leben mit einem Partner zu verbringen?
- Verblödet die Jugend immer mehr?
- Warum werde ich jedes Jahr an meinem Geburtstag trauriger?
- Ist es eigentlich noch cool, in die Provence zu reisen?
- Muss man unbedingt jemanden lieben?
- Wo kämen wir hin, wenn alle heiraten dürften?
- Darf ich anders leben als die anderen?
- Ich rege mich immer öfter auf. Werde ich immer empfindlicher oder die Welt immer blöder?

Viktor Jerofejew
Die Akimuden
Roman
464 Seiten, Hanser Berlin 2013

»Einer der wichtigsten Chronisten dieser turbulenten und erschreckend faszinierenden vergangenen Jahrzehnte Russlands.« DIE ZEIT

Moskau. Eröffnet wird die Botschaft eines Landes, das man auf der Weltkarte vergeblich sucht. Der Name des geheimnisvollen Landes: Die Akimuden. Die Beziehungen zwischen Moskau und den Akimuden führen zu einer ganzen Kette unglaublicher Ereignisse – komischer und absurder, poetischer und tragischer, mit Liebenden, mit Spionen …

Aber zunächst fallen die Toten ein … es ist eine regelrechte Invasion … ringsum herrscht Chaos … sie übernehmen das Kommando, ziehen in die Wohnungen der Lebenden ein … Der Chef kommandiert seine Minister herum, der Patriarch von Russland erklärt die Akimuden zum Land des Teufels, die schöne Katja, alias Fink, wird als Agentin auf Akimud, den Botschafter, angesetzt. Der wiederum wird schließlich auf dem Roten Platz am Kreuze sterben: Ist er der neuer Gottessohn? Und soll er Russland retten – oder rettet überhaupt Russland die Welt?

Viktor Jerofejew, legendärer Chronist der permanenten russischen Apokalypse und Autor des Kultbuchs *Der gute Stalin*, kehrt auf die Bühne der Weltliteratur zurück. *Die Akimuden*, ein atemberaubender Science-Fiction-Historien-Thriller, wagt einen Blick zurück in die Zukunft, dorthin, wo sich Russlands Schicksal entscheidet.